mum's list

MUM'S LIST
by St John Greene

Copyright ⓒ St John Greene and Rachel Murphy, 2012
First published in Great Britain in the English language by Penguin Books Ltd.

Korean Translation Copyright ⓒ MUNHAKDONGNE Publishing Corp., 2013
This Korean edition is published by arrangement with Penguin Books Ltd., through EYA(Eric Yang Agency).
All rights reserved.

이 책의 한국어판 저작권은 EYA(Eric Yang Agency)를 통해
Penguin Books Ltd.와 독점 계약한 (주)문학동네에 있습니다.
저작권법에 의해 한국 내에서 보호를 받는 저작물이므로
무단 전재 및 무단 복제를 금합니다.

이 도서의 국립중앙도서관 출판시도서목록(CIP)은
e-CIP 홈페이지(http://www.nl.go.kr/ecip)와
국가자료공동목록시스템(http://www.nl.go.kr/kolisnet)에서 이용하실 수 있습니다.
(CIP제어번호: CIP2013003555)

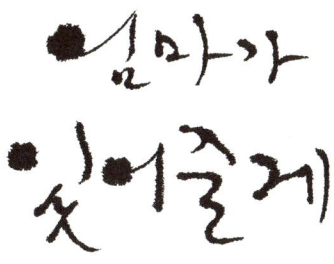

엄마가 잊어줄게

세인트 존 그린 지음 이은선 옮김

mum's list

문학동네

케이트에게
우리 둘이 나이가 들어 검은 머리가 파뿌리처럼 변했을 때
이런 회고록을 썼어야 하는 건데. 당신을 위해 이 책을 썼어.
우리의 기억을 영원히 간직하기 위해. 우리가 나눈 사랑의 증거로.
당신을 무진장 무진장 사랑하는 신지, 리프, 핀이.

감사의 글

　케이트가 세상을 떠났을 때 나를 인터뷰하고 엄마의 리스트를 언론에 맨 처음 소개한 사우스웨스트 뉴스서비스가 없었더라면 이 책은 세상에 나오지 못했을 것이다.

　멀케이 콘웨이 에이전시의 조녀선 콘웨이 덕분에 펭귄 출판사를 만날 수 있었으니 그 역시 큰 역할을 한 셈이다. 출간 작업 내내 프로답게 훌륭한 충고와 조언을 아끼지 않은 조녀선에게 감사의 뜻을 전하고 싶다. 나를 따뜻하게 맞이해주고 열렬하게 작업에 임해주었으며 두 아이를 사랑으로 대해준 펭귄 출판사의 담당 편집자 케이티 폴레인과 보조 편집자 탬신 잉글리시에게도 고맙다는 말을 전하고 싶다.

　이 책을 나와 함께 쓴 레이철 머피는 정말 놀라운 능력을 보여주었다. 그녀는 참을성 있고 상대방을 배려할 줄 아는 사람이다. 같이 아이를 키우는 입장이라 그랬겠지만, 그래도 그 짧은 시간 동안 어떻게 내 머릿속으로 들어와서 뚝딱 원고를 만들어냈는지 놀라울 따름이다. 원고에서 내가 하고 싶던 이야기를 모두 살려주었으니 고마운 마음을 어찌 말로 다 표현할 수 있을까.

　케이트의 부모님 크리스틴과 마틴, 남동생 벤에게도 진심으로 고맙다는 말을 전하고 싶다. 그들은 나에게 아낌없는 사랑과 응원을 보내주었고, 앞으로도 영원히 그럴 것이다. 나는 언제든지 그들에게 의지할 수 있고, 리프와 핀은 그들을 끔찍이 사랑한다.

내 곁을 지켜준 우리 가족에게도 감사의 뜻을 전하고 싶다. 우리 아버지와 함께한 일요일 점심은 이 자리를 빌려 특별히 소개할 만한 자리였다. 때로는 우리가 집에서 만든 음식을 먹는 유일한 때였으니까. 한없는 우애를 보여주고 내가 어려운 시기를 딛고 앞으로 나아갈 수 있도록 용기를 불어넣어준 형제들 덕분에 계속 기운을 낼 수 있었다. 고마운 마음을 말로 다 표현할 길이 없다. 케이트가 세상을 떠난 뒤 아이들은 잠이 들고 집 안에는 정적이 감돌 때, 몇 날 며칠이고 전화로 안부를 확인하고 커피 한잔 하자며 찾아와 내 곁을 지켜준 남동생 맷을 어떻게 잊을 수 있을까.

그리고 일일이 이름을 밝히지 않아도 자신을 가리키는지 알 나의 가까운 친구들. 케이트라면 그들의 도움에 가장 감동했을 것이다. 불안해서 이야기할 상대가 필요할 때마다 내 전화를 받아준 친구들. 케이트라면 그들 모두를 자랑스러워했을 것이다.

:차례:

프롤로그

"뭐 마실래?" 동생이 물었다.

바 앞에 서서 미소 짓는 동생은 나를 만나 무척 반가운 기색이었다. 나는 자연스레 왼쪽 어깨 너머를 돌아보며 케이트에게 물었다.

"당신은 뭐 마실래?"

나이트클럽 안은 시끄러웠고, 조명이 사방에서 번쩍거렸다. 디스코 조명과 드라이아이스 안개를 배경으로 케이트의 실루엣이 눈에 들어왔다. 희부연 조명 때문인지 아름다워 보였다. 하긴 그녀는 늘 아름다웠다. 옅은 파란색 눈이 나를 향해 반짝였고, 내 손을 꼭 잡은 그녀의 손길이 느껴졌다. 하지만 이내 정신이 퍼뜩 들면서 심장이 조여왔다.

사실 케이트는 내 옆에 없었다. 그것은 내가 그토록 간절히 보고 싶어했던 흐릿한 환상, 그녀의 그림자에 불과했다. 그녀가 내 곁에 있는 것이 너무나 익숙했기에, 내 마음이 농간을 부린 것이다.

나는 화끈거리는 얼굴을 달래며 동생 쪽으로 다시 고개를 돌렸다. 동생은 입을 벌린 채 나를 빤히 쳐다보고 있었다.

"맙소사. 형, 괜찮아?" 맷이 걱정스러운 목소리로 물었다.

동생 여자친구의 열여덟번째 생일파티가 열린 날이었다. 케이트가 세상을 떠난 지 얼마 되지 않은 터라 내가 초대에 응하자 동생은 기뻐했다. 그녀를 보낸 뒤 처음으로 가족들과 함께하는 근사한 저녁시간이라, 나는 모두를 생각해서 별 탈 없이 보낼 수 있기를 바랐다.

"걱정 마. 괜찮으니까." 진심이었다.

"진짜야?"

"응, 진짜야. 걱정하지 마, 내가 실성할 일은 없을 테니! 버릇을 고치기가 힘들 뿐이야. 술이나 마시자."

맷은 다행이라는 듯 미소를 지어 보였고, 나도 미소로 화답했다. 겉으로 표현하지는 않았지만, 케이트를 다시 봐서 기뻤다. 떠나보낸 지 한 달도 되지 않아 그녀의 얼굴을 보니 그녀를 잃은 슬픔이 얼마나 생생한지, 내가 얼마나 그녀를 그리워하는지 다시금 실감이 났다.

파티장을 돌아다니며 내게 뭐라고 말을 건네면 좋을지 몰라하는 사람들을 열심히 다독이는데, 케이트가 여전히 내 곁에 있다는 사실이 위로가 되었다. 그녀는 세상을 떠났지만, 그렇다고 내 인생에서 사라진 것은 아니었다. 어떻게 그럴 수 있겠는가? 그녀가 곧 내 인생이었는데. 비록 지금부터는 그녀 없이 살아가야 하겠지만.

나는 잠깐 외따로 서서 플로어를 누비는 십대 아이들을 바라보았다. 아주 신이 난 모습들이었다. 그맘때 케이트와 나도 그랬다. 아니, 함께한 대부분의 시간에 그랬다. 웅웅거리는 소음과 아이들의 웃음소리를 듣고 있자니 우리가 막 데이트를 시작하던 무렵이 떠올랐다. 몸에 딱 붙는 청바지를 입고 세상 걱정 없는 얼굴로 춤을 추던 십대 시절의 케이트. 머릿속으로 그녀를 그려보았다. 그녀는 실제보다 나이들어 보이는 편이라 열여섯 살 때부터 나이트클럽을 문제없이 드나들었다. 자신만만하게 웃는 얼굴로 몸을 가볍게 흔들며 도어맨 앞으로 걸어가면 실패하는 법이 없었다. 오히려 몇 살이냐며 제지를 당하는 쪽은 그녀보다 다섯 살이나 많은 나였다. 케이트는 언제나 눈부셨고, 플로어의 깜빡이는 조명과 레이저 속에서 오로지 그녀만 내 눈에 들어왔다. 그녀의 시선이 내게 향하면, 그 공간에 마치 우리 둘만 있는 듯한 느낌이었다.

케이트와 나는 클럽이 지겨워지면 멘딥힐스에 있는 프리디에서 종종 한밤의 소풍을 즐겼다. 별빛 아래 담요를 깔고 앉아 인공위성을 찾아보고, 개구리와 벌레 들의 합창에 귀를 기울이던 열일곱 살의 그녀가 눈에 선하다. 케이트는 온 세상을 통틀어 그곳을 가장 좋아했다. 시야를 가리는 인공조명이 없으니 별빛이 어찌나 밝은지 거대한 천체투영관 안에 우리 둘만 있는 듯했다. 나는 축축하고 달콤한 풀냄새와 섞인 케이트의 향수 냄새를 맡으면서 그녀와 몇 시간이고 이야기를 나누며 하나가 되었다.

그때 기억에 가슴이 훈훈해졌다. 케이트와 나는 소울메이트였고, 그렇게 이십 년 이상을 함께했다. 얼마나 커다란 행운이었던가. 앞길이 창창한 십대 아이들을 보고 있자니 케이트와 어릴 때 만난 덕분에 행복한 시간을 그렇게 오랫동안 누릴 수 있었다는 데 감사한 마음이 들었다. 그 세월은 암도 어떻게 할 수 없는 부분이었다.

케이트가 암 선고를 받았을 때 우리는 뒤통수를 한 대 얻어맞은 기분이었다. 공교롭게도 우리 아들 리프가 극히 희귀하고 공격적인 암에서 회복한 지 몇 주 만에 들은 소식이었으니 한층 잔인하고 불운하게 느껴질 수밖에 없었다. 그 상황에서 조금이라도 다행스러운 부분을 찾아보려고 얼마나 안간힘을 썼는지 모른다. 혈기 왕성한 케이트는 호랑이처럼 병과 맞서 싸우겠지. 병세가 훨씬 나빴던 리프도 이겨냈으니 케이트도 거뜬히 물리칠 수 있을 거야. 리프는 암 때문에 왼쪽 다리가 조금 약해져서 좌우 균형이 잘 맞지 않았지만 놀라운 적응력을 보였고, 리프에게 장애가 있다는 걸 알아차리는 사람은 거의 없었다. 암으로 어떤 고통을 겪든, 어디를 못 쓰게 되든, 케이트 역시 그 못지않은 회복력을 발휘할 게 분명했다.

우리는 늘 인생을 최대한 즐겼다. 세계 각지를 여행했고, 거의 하루종일 붙어 지냈다. 후회 없이 살았으니 큰 축복이었다. 케이트는 아무리 병세가 심각하더라도 날마다 일분일초에 최선을 다할 성격이었다. 그게 가장 다행스러운 부분이었다.

케이트를 보내고 일 년이 지나 이 책을 쓰기 시작한 시점에서 분명히 말하건대 그녀는 나나 아이들을 실망시킨 적이 없었다. 죽는 날까지 그리고 그 이후에도 우리에게는 자랑스러운 아내이자 엄마였다. 마지막 몇 달 동안에는 병세가 아주 심각했음에도 불구하고 아이들과 함께 디즈니월드와 라플란드*에 다녀왔고, 죽기 며칠 전에는 아이들에게 〈백설공주〉 팬터마임 공연을 보여주어야 한다고 고집을 부려 브리스틀까지 다녀왔다. 그느라 휠체어에 산소호흡기까지 동원돼 공연보다 더 엄청난 광경을 선사했지만!

그런가 하면 케이트는 엄마의 리스트를 만들어 마지막 순간까지 새로운 내용을 추가했다. 케이트는 불멸의 존재를 꿈꾼 게 아니었다. 그 리스트가 언론의 엄청난 주목을 받았고 결국에는 이 책이 탄생했다는 사실을 알면 부끄러워할 것이다. 그 리스트는 내가 침대에서 그녀를 끌어안은 채 "만약 당신이 떠나면 어떡하지?"라고 무심결에 중얼거린 데서 비롯됐고, 케이트가 자신이 아니라 우리를 위해 쓴 것이었다.

헌신적인 어머니이자 다정한 아내였던 케이트는 나 혼자서도 두 아이를 최대한 잘 기를 수 있도록 돕고 싶어했다. 그녀가 떠난 뒤 나

---

* 산타 마을로 유명한 스칸디나비아반도 북부 지역.

는 남겨진 리스트를 읽으면서 외로움을 덜 수 있었다. 케이트의 영혼이 그곳에 살아 있었다. 죽음을 맞이하는 순간까지 그 리스트를 완성하느라 애쓴 그녀가 얼마나 고마웠는지 모른다. 근사했던 아내와 나를 잇는 연결 고리가 있다는 사실에 큰 위안을 얻었다.

케이트의 리스트가 내 인생에 미칠 여파를 걱정하는 사람들도 있는 모양이다. 케이트의 존재가 너무 강렬해서 그녀를 잃은 슬픔을 영영 떨쳐버리지 못하면 어떻게 하느냐고. 이 리스트 때문에 과거에 꽁꽁 묶여서 영영 헤어나지 못하면 어떻게 하느냐고.

하지만 나는 조금도 의심한 적 없다. 케이트의 리스트는 크나큰 선물이었다. 우리 아이들을 위해 근사한 미래를 설계할 때, 그 리스트가 나를 이끌어주고 안심시켜주고 도와줄 것이다.

언제쯤이면 케이트의 소망을 모두 이룰 수 있을지, 혹은 그날이 찾아오기는 할지 아직은 잘 모르겠다. 평생을 바쳐야 하는 항목도 있으니까. 하지만 한 가지만큼은 분명하다. 내가 멋진 아내 케이트를 추억하며 지금도 최선을 다해 한 걸음씩 옮기고 있다는 것.

내가 떠난 뒤에 아이들에게

두 배로 뽀뽀해주기

"해냈다!" 케이트가 키득거리며 외쳤다. 그
키득대는 웃음소리. 그 금발 머리. 수레국화 빛깔의
그 파란 눈동자. 나는 아름다운 아내를 바라보며 웃음을 터뜨렸다.
그녀는 나를 웃기는 재주가 있었다. 그녀가 까불거리며 키득대는 소
리만 들어도 나는 웃음보가 터졌다. 그날 한번 터진 웃음은 멈출 줄
을 몰랐다. 나는 축축한 모래사장에 누워 웃음을 터뜨리며 케이트를
내 옆으로 끌어당겼다. 이십여 년 전에 케이트에게 청혼하던 날이 생
각났다. 그때 나는 그녀의 스키가 폭신폭신한 눈더미에 박히도록 교
묘하게 유도했다. 그런 다음 그녀의 위로 몸을 날려 주머니에 넣어두

었던 반지를 꺼냈다. 그녀는 키득거렸고, 우리는 지금처럼 입을 맞추었다. 그때 나는 그녀도 나와 결혼하기를 원한다는 데서 비롯된 안도감과 이렇게 멋진 여자와 남은 인생을 보낼 수 있다는 흥분으로 웃음을 터뜨렸다. 지금 터뜨린 웃음에도 안도와 흥분이 섞여 있지만, 그 이유는 달랐다.

걱정스러웠던 마음이 내 등을 타고 모래사장으로 빠져나가는 게 느껴졌다. 오랜만에 환희와 미래에 대한 기대가 차올랐다. 파도가 우리 발을 적셨고, 케이트와 나는 소리를 지르며 꼭 끌어안았다. 파도가 물러나자 지난 삼 년간의 공포와 막막함이 바닷속으로 씻겨나가 내게서 멀어지는 느낌이 들었다. 태양이 눈부시게 반짝였고, 우리 삶이 빛과 온기를 되찾았다.

우리는 손을 잡고 모래사장에 드러누워 있었다. 나는 우리 둘의 인생에서 달라진 많은 부분과, 달라지지 않은 많은 부분을 생각했다. 리프와 핀이라는 보석 같은 두 아이가 생겼어도 마음만은 다음 모험을 기다리며 엉덩이를 들썩이는 십대였다. 이제는 그 무엇도 우리를 막을 수 없다고 나는 확신했다.

우리는 턱을 괴고, 바닷가에서 잡기 놀이를 하는 두 아이를 바라보았다. 때는 2008년 여름, 리프의 네번째 생일을 몇 주 앞둔 시점이었다. "정말 유감스럽지만, 리프가 며칠밖에 살지 못할 수도 있습니다." 나는 생후 십팔 개월로 접어든 리프가 암에 걸렸다는 청천벽력 같은 소식을 들었을 때 느꼈던 섬뜩한 충격을 떠올렸다. 얼음 한

통이 내 가슴 위로 떨어져 심장이 얼어붙고 폐가 으스러지는 기분이었다. 숨을 쉬려 애쓰는데, 그보다 더 엄청난 소식이 나를 강타했다. 우리 아이가 목숨을 부지하더라도 장애인이 될 거라는 소식이었다. "정말 유감스럽지만, 리프가 두 번 다시 걷지 못할 수도 있습니다."

이제 와 그때 기억을 떠올리니 영화 대본이나 다른 사람의 이야기처럼 느껴졌다. 수혈이나 화학요법을 받을 때마다 우리가 꼭 끌어안고 눈물을 흘렸던 아이가 지금 바닷가를 따라 달리는 저 구김살 없는 아이라니 믿기지가 않았다. 리프는 우리의 기적이었다.

나는 케이트를 향해 미소 지었다. 표정을 보니 그녀도 나와 똑같은 생각을 하는 모양이었다. 내 옆에 느긋하게 엎드린 그녀가 얼마나 어려 보이던지 놀랄 정도였다. 미간에 깊이 파였던 두 줄짜리 주름이 이제는 보드라운 살갗 속으로 희미하게 사라졌다. 아픈 아이를 볼 때마다 엄습하는 두려움과 걱정, 가슴을 후벼파는 감당 못할 슬픔이 우리 세상을 지배하기 전 그 태평했던 케이트로 돌아갔다.

"리프 달리는 것 좀 봐!" 케이트가 키득거렸다. "우리 리프가 해낸 거야!" 심지어 목소리마저 젊고 자유로워졌다. "우리가 해냈다고!" 여행지에서 같이 스쿠버다이빙을 했던 때처럼 그녀의 두 눈이 반짝였다. 나는 케이트가 마스크를 벗는 순간을 항상 손꼽아 기다렸다. 마스크를 벗으면, 열대어들에게 반짝이는 비늘과 화려한 줄무늬를 훔쳐오기라도 한 것처럼 그녀의 얼굴이 무지개색으로 빛났기 때문이다. 리프와 핀이 잡기 놀이를 하는 모습을 만끽하던 그날도 그녀의 얼굴에서 그렇게 빛이 났다.

"여보, 믿기지가 않는다. 우린 참 운이 좋지?" 나는 고개를 끄덕이며 씩 웃었다. 나의 케이트가 돌아온 것이다. 다른 사람들 같으면 운이 좋다는 표현을 쓰지 않았겠지만, 그날 그녀는 그 단어를 선택했고 내가 그녀를 더없이 사랑하는 것도 바로 그래서였다. 다른 사람들 같으면 억울해하거나 비관했을지 몰라도 케이트는 달랐다. 그녀는 삶을 있는 그대로 받아들이고, 늘 밝은 쪽에 초점을 맞추려고 애썼다.

"못 잡겠지, 못 잡겠지!" 핀이 놀리는 소리가 들렸다. 리프에게서 둘째에게로 시선을 옮겼다. 두 살배기치고 굉장히 발이 빠른 핀이 리프와 신나게 접전을 벌이고 있었다. 나도 인정하고 다들 이야기하다시피 리프가 케이트를 닮아서 진중한 성격이라면, 핀은 나의 분신과도 같아서 까불까불하고 운동이라면 사족을 못 쓰고 잠시도 가만있지 못했다. 핀도 우리에게 기적 같은 존재였다. 케이트가 조산을 하게 됐다는 소식을 듣던 순간이 떠오르면서, 핀이 태어나던 날 밤 그 전화를 받았을 때처럼 가슴이 아려왔다. 리프의 배에서 혹이 발견되면서 케이트의 스트레스 지수가 치솟는 바람에 벌어진 일이었다. 혹의 정체가 무엇인지 검사 결과를 기다리는 동안 진통이 시작됐다. 그때 케이트는 임신 팔 개월째였다. 아이를 낳기에는 너무 이른 시기였다.

바닷가를 쏜살같이 달리는 핀을 바라보며 정신없던 병원생활이 끝난 데 감사 기도를 드렸다. 두 아이 모두 하마터면 목숨을 잃을 뻔했다. 한 아이는 집중치료용 인큐베이터 안에서, 또다른 아이는 골반암으로. 살 수 있는 확률이 몇 퍼센트라고 했더라? 이제 와서 그런 걸 따진들 뭐하겠는가? 어리석은 짓이었다. 기껏해야 몇 년 전 일인데, 문득 전생에 겪었던 일처럼 느껴졌다.

크게 숨을 내쉬며 두렵고 괴로웠던 기억을 바닷바람 속으로 날려보냈다. 아무 걱정 없이 함성을 지르며 폴짝폴짝 뛰어다니는 아이들이 경이로웠다. 친구들은 우리더러 '인크레더블'*이라고 했다. 불행한 일을 겪기 전에도, 겪은 후에도 "너희는 참 놀라운 가족"이라는 말을 듣곤 했다. 케이트가 내 옆에서 미소를 짓고 아이들이 행복한 얼굴로 함께 뛰어놀던 그 순간, 그 말이 맞다는 생각이 들었다. 우리는 불행한 사건과 맞닥뜨렸지만, 의기양양하게 웃으며 헤쳐나갔다. 우리 가족은 정말이지 놀라운 가족이었다.

함께 차에 앉아 조약돌이 깔린 클리브던의 바닷가를 바라보았던, 일 년하고 몇 개월 전의 그 화창했던 날이 떠올랐다. 지금은 햇살 대신 시커멓고 두꺼운 구름이 하늘을 덮은 2010년 1월 20일이다. 아이들을 자동차 어린이용 좌석에 앉히고, 나도 뒷자리로 건너가 아이들 사이에 앉기로 했다. 차에서 내리는 순간 바람이 얼굴을 때려 몸이 부르르 떨렸다. 구름을 걷어내고 태양을 끌어낼 수 있으면 좋겠다는 생각이 들었다. 외투 주머니를 가볍게 두드려 풍선껌을 챙겼는지 확

---

* 초능력이 있는 가족의 모험담을 그린 영화.

인했다. 이것은 케이트와 내가 진작 의논한 부분이었다. 아이들이 껌을 씹고 싶다며 오래전부터 우리를 들들 볶았는데, 이번에 주는 것이 좋겠다고 둘이서 결론을 내린 것이다.

"얘들아, 아빠가 정말로 정말로 중요하고, 정말로 정말로 슬픈 이야기를 할 거야." 나는 아이들을 양옆으로 바짝 끌어안으며 말문을 열었다. 조그만 귀가 내 양쪽 갈비뼈를 파고드는 게 느껴졌다. 심장이 하도 쿵쾅거려서 그 소리 때문에 아이들이 겁을 먹지는 않을까 걱정될 정도였다. 두근거림을 가라앉히려고 크게 심호흡을 했다.

나는 유치원과 학교에서 두 아이를 태우고 우리가 좋아하는 클리브던의 바닷가 근처로 향하는 그 짧은 시간 동안 평소처럼 행동하려고 무던 애를 썼다. "오늘 하루 어땠니?" 이렇게 묻자마자 바로 후회했다. 아이들이 뭐라고 대답하든 곧 분위기가 침울해질 게 분명하지 않은가. 실제로 아이들이 뭐라고 대답했는지도 모르겠다. 추운 어느 수요일 오후에 아이들을 데리러 온 여느 부모처럼 아무렇지도 않은 척, 목적지까지 안전하게 차를 몰아야 한다는 일념으로 정신이 없었으니까.

나는 오늘 아침 일기장에 '오, 주님. 제 인생에서 가장 암울한 순간이 찾아왔습니다'라고 적었다. 그런데 지금 이 순간이 더 암울했다. 리프와 핀은 중요하고도 슬픈 소식이 뭔지, 귀를 쫑긋 세우고 기다렸다. 교복과 원복을 깔끔하게 차려입은 아이들이 가여웠다. 항상 부모 말 잘 들으려고 애쓰는 착한 아이들이라 나도 모르게 살짝 미소를 지으며 두 아이의 금발을 헝클어뜨리고 말았다. 이 정도면 내 심정을 잘 감추었다고 할 만했다. 이날 아침에 무슨 일이 있었는지 아이들에게 전할 필요가 없다면 얼마나 좋을까. 학교에 아이를 데리러 온 다른 부모처럼, 친구나 숙제에 대해 묻고 차와 함께 먹을 간식으로 뭘 준비했는지 이야기할 수 있다면 얼마나 좋을까. 무슨 말을 꺼내야 할지, 어떤 식으로 말해야 할지 알 수 없었기에 잠깐 동안 그저 아이들을 꼭 끌어안은 채 호흡을 가다듬고 눈물을 삼켰다.

"솔직하게 말해." 케이트가 다정하게 속삭이는 소리가 들리는 듯했다. 부드럽게 용기를 북돋는 목소리였지만 그 한마디가 내 심장에 그대로 꽂혔다. 몇 주 전 그녀가 침대에 누워 리스트를 쓰면서 똑같은 말을 했던 게 생각났다. "솔직하게 말하는 게 정말 중요한 것 같아. 우리 아이들도 그렇게 말하는 법을 배웠으면 좋겠어." 그녀는 이렇게 설명하고, 수첩에 네번째 수칙을 적었다. '솔직하게 말할 줄 아는 아이들로 키워줘.' 학교와 병원 측에서도 그러는 편이 좋겠다고 했다. 나는 말을 빙빙 돌리거나 애매모호한 표현을 쓰지 않을 작정이었다. 그랬다가는 아이들이 헛된 희망을 품거나 헷갈릴 수 있었다.

헛기침을 하고, 두 아이의 얼굴을 바라보며 이야기할 수 있도록 자세를 고쳤다. 아이들에게 단도직입적으로 알려야 했다. "너희한테 이런 소식을 전하게 돼서 아빠도 미안하다." 이렇게 말하는데, 목소리가 갈라졌다. 네 개의 옅은 파란색 눈이 내 눈을 쳐다보았다. 그 순간 아이들의 눈 속에서 케이트가 보였고, 나를 지켜보는 그녀를 느낄 수 있었다. 케이트가 아파하는 리프를 보며 그럴 수만 있다면 자기가 대신 아팠으면 좋겠다고 울음을 터뜨렸던 기억이 떠올랐고, 그 말이 어떤 의미였는지 정확히 알 것 같았다. 그럴 수만 있다면 나도 두 아이의 아픔을 대신 짊어지고 싶었지만, 내가 막아줄 수 있는 게 아니었다.

두 아이는 미니 손전등처럼 반짝이는 눈으로 내 안색을 살피며, 점점 희미해지는 빛 속에서 단서를 찾았다. 이제 겨우 네 살과 다섯 살, 너무 어린 나이건만. 나는 어색하게 침을 꿀꺽 삼켰고, 울음을 참으려다 실패해 얼굴이 벌게지는 걸 느낄 수 있었다.

"엄마가 돌아가셨어. 이제는 퇴원해서 집으로 돌아오시지 못할 거야. 오늘 아침에 돌아가셨거든." 내 입에서 튀어나온 말이 귓가에 닿자, 나는 숨이 막혔고 더는 감정을 주체할 수 없었다. 아이들이 내게 매달렸다. 그렇게 우리 셋은 서로 끌어안은 채 차가운 겨울 공기를 향해 하얗고 뜨거운 입김을 뿜어냈다.

"엄마가 하늘나라로 가신 거예요?" 마침내 리프가 코를 훌쩍이며 물었다.

"응."

"구름 위로요?" 아이는 침을 꿀꺽 삼켰다.

"응." 이렇게 대답하고 나서 얼른 덧붙였다. "그러고 싶으면 엄마가 구름 위에 있다고 생각해도 돼."

엄마가 잠이 들었다는 식으로 말하면 안 된다고 했다. 그랬다가는 아이들이 무서워서 밤에 잠을 이루지 못하거나 엄마가 언젠가는 깨어날 거라고 착각할 수 있었다. 아이들에게 엄마가 구름 위에 있다는 거짓된 믿음을 심어주기는 싫었지만, 리프가 원한다면 구름 위로 떠난 엄마의 모습을 상상하는 것 정도는 괜찮지 않을까 싶었다.

다시 한동안 아무도 말이 없었다. 서로를 끌어안은 채 울기만 했다. 그러다 머리 위에서 요란한 엔진 소리가 들렸고, 우리 셋은 일제히 고개를 돌려 김이 서린 뒤창을 내다보았다. 비행기 두 대가 완벽한 하얀색 십자가를 남기며 묵직한 회색 구름으로 덮인 머리 위 하늘을 비스듬하게 가로지르고 있었다. 우리는 그 광경을 눈물이 그렁그렁 맺힌 눈으로 바라보았다.

"저것 보세요. 엄마가 우리한테 날린 키스예요." 리프가 말했고, 우리는 계속 눈물을 흘렸다.

이제 우리 셋뿐이었다. 같은 공기, 같은 아픔을 공유하며 우리가 만들어낸 새하얀 구름 속에 앉아 있던 그 순간, 그 사실이 뼈저리게 실감났다. 어둠과 추위가 내려앉은 것도 모른 채 적어도 삼십 분이 넘도록 계속 펑펑 울었다. 짭조름한 눈물 때문에 얼굴이 따끔거렸고, 평소 발그스름했던 두 아이의 뺨은 얼룩덜룩 시뻘겋게 변했다. 그렇게 몇 날 며칠이고 울 수도 있었다. 하지만 두 아이의 나지막한 흐느낌과 헐떡이는 울음소리가 살짝 잦아들 무렵 이제 그만할 때가 됐다는 생각이 들었다.

"너희 풍선껌 씹어볼래?" 내가 물었다. 분홍색 풍선껌 포장지를 벗기면서 아이들 표정이 조금 밝아지기는 했지만, 핀의 뺨에는 계속 눈물이 흘러내렸다.

"고맙습니다, 아빠." 예의바르게 인사하며 녀석은 껌을 입안에 넣었다. "그런데 엄마는 왜 돌아가셨어요?" 아이는 큰 소리로 코를 훌쩍이며 내 눈을 똑바로 들여다보았다.

"엄마가 많이 아팠던 건 너도 알지? 어젯밤에 병원에서 너를 꼭 안아주셨을 때도 아주아주 아팠어. 너무 아파서 돌아가신 거야."

"엄마 보고 싶은데." 핀이 말했다. "엄마 다시 만날 수 있어요?"

"미안하지만, 이제 다시는 못 만나."

녀석은 처량한 얼굴로 껌을 씹었고, 나는 어떤 말을 덧붙여야 더 좋은 대답이 될지 생각나지 않아 하릴없이 그 모습을 바라보았다.

"나 이거 좋아." 일이 분 정도 지났을 때 핀이 말했다. "맛있어요, 아빠."

리프도 고개를 끄덕였다. "풍선껌 주셔서 감사합니다." 녀석은 이렇게 말하면서 외투 소맷부리로 눈물을 훔쳤다.

"나중에 또 주실 거예요?"

"앞으로 특별한 날에는 꼭 풍선껌을 씹자. 엄마도 그러는 게 좋겠다고 생각하셨거든. 이제 집에 갈까?"

다시 운전석으로 돌아가 안전띠를 매는데, 이상하게 마음이 평온했다. 하나의 임무를, 그것도 이렇게 중대한 임무를 나 혼자서 무사히 마친 것이다. 내가 이 상황에 어떻게 대처했는지 안다면 케이트도 잘했다고 칭찬해주었을 것이다. 입장이 바뀌었더라도 그녀 역시 꼭 나처럼 했을 것이다. 그렇게 생각하니 위로가 됐다.

아무도 없는 해변을 나서며 백미러로 두 아이를 확인했다. 아이들은 요란하게 껌을 씹어 달짝지근한 딸기 향으로 차 안을 가득 채우며 퉁퉁 부은 눈으로 창밖을 내다보고 있었다.

아무것도 모르는 이 어린 승객 둘을 앞으로 내가 도맡아야 했다. 뱃속에서 경련이 일었고, 나는 그 엄청난 임무에 대해 생각하며 운전대를 잡은 손에 힘을 주었다. 아이들에게는 이제 엄마가 없었다. 나뿐이었다. 나는 갑자기 홀아비 겸 싱글대디가 되었다. 이 단어들을 떠올리기만 해도 얼떨떨하고 혈압이 오르락내리락하는데.

아무 일도 없었던 척 도망쳐버리고 싶은 마음도 있었지만, 있는 힘을 다해 아이들을 보호하고 케이트가 자랑스러워할 만한 아빠가 되고 싶은 마음도 컸다. 나는 여전히 그녀의 미스터 인크레더블이고 싶었다. 적어도 그 정도는 할 수 있었다.

나는 천천히 조심스럽게 차를 몰았다. 이제 위험한 짓은 금물이었다. 앞으로는 운전할 때마다 속도를 줄여야 할 것이다. 내게 무슨 일이라도 생기면 누가 아이들을 돌보겠는가. 게다가 허둥지둥 집으로 달려갈 필요도 없었다. 집은 내가 나올 때 모습 그대로일 테니까. 예전에 케이트가 그랬던 것처럼 오븐에 저녁거리를 태우는 사람도 없을 테니까. 케이트가 시도한 요리들을 생각하니 나도 모르게 살며시 미소가 떠올랐다. 다 된 요리를 전자레인지에 넣고 '땡' 소리가 날 때

까지 기다리는 수준이라면 모를까. 그 이상은 케이트의 능력 밖이었
다. 이런 말로 나는 그녀를 놀리곤 했다.

우리 둘이 결혼할 때 가장 가까운 친구였던 루스가 케이트에게 간
단한 요리를 대여섯 가지 가르쳐주었다. 덕분에 탈리아텔레*, 라사
냐, 멕시칸 파히타**, 카레, 볼로네세 스파게티가 그녀의 '주 종목'이
되었지만, 결코 대가의 경지에 이르지는 못했다. 이제 루스는 또다른
역할을 맡게 되었다. '루스는 우리 아이들과 터울이 같은 두 아들을
키우고 있으니 육아 상담사로 제격.' 케이트는 이렇게 일러주었다.
'만에 하나 양가 부모님 사이에 의견이 엇갈릴 때 도움을 받을 것.'
'만에 하나'라는 단어에 미소가 떠올랐다. 대부분의 부부처럼 우리도
양가 부모님의 성향이 워낙 달라서 이쪽과 저쪽을 모두 만족시키는
일이 늘 걱정거리였다. 이제 장인, 장모님에게 딸은 없고 사위만 남
았다. 이로써 모든 게 엉망진창이 되어버렸다. 여기에 생각이 미치자
머리가 지끈거렸다. 케이트도 머리가 지끈거렸을 것이다. 그래도 나
보다 한 수 앞을 내다볼 줄 아는 사람이라 자기가 떠난 뒤에 문제의
소지를 줄일 수 있도록 방법을 고민했던 것이다.

루스는 나도 아주 좋아하는 친구다. 그녀는 이십 몇 년 전에 내가
스쿠버다이빙을 배우면서 만난 친구 크리스의 부인이었다. 케이트

---

* 길고 넓적한 파스타.
** 양파, 고추, 닭고기 또는 쇠고기 따위를 볶아서 전병의 일종인 토르티야에 싸서 먹는
멕시코 요리.

도 크리스에게 스쿠버다이빙 자격증을 받았다. 지금 루스는 크리스와 이혼하고 우리 집에서 도보로 몇 분이면 갈 수 있는 거리에 살고 있다. 나는 그녀를 '펫 로트와일러*'라고 부른다. 내가 바보처럼 굴면 바보처럼 군다고 직언하는 몇 안 되는 친구 중 한 명이기 때문이다. 존경스러운 부분인데, 육아 상담사로 루스를 점찍어놓다니 케이트가 참 현명하다는 생각이 들었다.

나는 왼쪽 어깨 너머를 흘끗 돌아보았다. "얘들아, 껌 삼키면 안 된다. 혹시라도 삼킬까봐 지금까지 껌을 주지 않았던 거야. 조심해. 조심한다고 약속해줘."

"알았어요, 아빠." 리프가 대답했다. "이걸로 풍선도 불 수 있어요. 보세요!"

리프가 불던 풍선이 터지자 그 소리를 듣고 핀이 키득거렸다. 집 앞 진입로에 차를 세우고 주르르 현관을 통과할 때도 아이들은 여전히 킥킥거리고 있었다.

현관문을 열었을 때 "우리 아들들 왔구나!" 하고 외치던 케이트의 낯익은 목소리가 그리웠다. 현관 앞에 아무렇게나 놓인 그녀의 핸드백과 계단 아래쪽에 나동그라진 그녀의 신발을 볼 수 없어서 슬펐다. 그런데 놀랍고 다행스럽게도 두려워했던 것만큼 집 안이 휑뎅그렁하지는 않았다. 전화벨이 울렸고, 우리가 키우는 테리어 코럴이 짖어

---

* 덩치가 크고 보호 본능과 공격성이 강한 개의 품종.

댔고, 내가 미처 외투를 벗기도 전에 누군가가 문을 두드렸다.

아이 학교에서 만난 학부모 폴라였다. 눈이 통통 붓도록 운 얼굴이라 일단 달래기부터 했다. "미안해요, 신지." 그녀가 불쑥 내뱉었다. "안 와볼 수가 없었어요. 뭐라도 해야 할 것 같아서."

"괜찮으니까 걱정하지 마세요." 이렇게 말하며 그녀를 안아주었다. "와줘서 감동했어요."

위로를 받는 입장이 아니라 주는 입장이 되니 기분이 좋았다. 훨씬 편하기도 했다. 그녀가 커다란 케이크 통을 내밀었다. "나는 심란하면 과자를 굽거든요. 브라우니가 이백사십 개쯤 들어 있어요. 정말 미안해요!"

나는 브라우니가 가득 담긴 통을 남긴 채 사과를 하고 허둥지둥 달려내려가는 그녀를 보고 웃음을 터뜨렸다.

그뒤로 몇 시간에 걸쳐 수많은 친구와 이웃이 카레, 코티지파이, 라사냐를 들고 찾아왔다. 잠깐 들렀다 간 사람도 있었지만, 들고 온 음식을 문 앞에 놓고 얼른 도망친 사람도 있었다. 우리 집이 재난지역으로 선포되기라도 한 것 같았다. 하룻밤 사이에 생존을 위해 식량 지원과 비상 배급이 필요한 미니 아이티로 둔갑한 것이다. 장인, 장모님이 찾아와 아이들과 놀아주는 동안, 나는 음성사서함에 녹음된 메시지를 듣고, 찾아오는 사람들을 맞이하고, 온실에 들어가 남몰래 살짝 눈물을 흘렸다.

어디에나 케이트의 흔적이 남아 있는데, 케이트는 그 어디에도 없었다. 그녀가 즐겨 입던 옷가지가 꾸깃꾸깃한 채로 다림질감 바구니 맨 위쪽에 들어 있었고, 뒷문에 못을 박아 걸어두었던 그녀의 밝은색 구명조끼가 바닥에 떨어져 있었다. 우리 집 차고는 구명조끼와 온갖 생존장비 들로 가득했다. 이제 와 생각해보니 아이러니했다. 아니, 아이러니하다기보다 재수가 더럽게 없다고 해야 하나. 케이트는 왜 살아남지 못했을까? 그렇게 튼튼하고 건강했는데. 담배는 입에 대지도 않았고, 술도 거의 안 마셨고, 건강에 좋다는 방식대로 살았는데. 딱 한 가지 부족했던 점이 있다면 야채를 잘 먹지 않았다는 것이지만, 그래도 최선을 다했는데. 죽을 이유가 없었는데. 케이트는 왜 그렇게 되었을까?

다른 집 아내와 엄마 들이 왔다갔다하면서 위로의 말을 건네는 소리가 들렸다. 내 아내, 내 소울메이트는 가고 없건만. 우리 아이들은 엄마를 잃었는데, 남들은 멀쩡하게 살아서 서로 보살피고 사랑하고 삶을 공유했다. 숨을 쉬고 이야기하고 끌어안았다. 우리 집 현관문을 나서서 자신의 아이들과 인생의 반쪽이 기다리는 집으로 돌아갔다.

저녁 일곱시. 이제 나는 혼자 남겨졌고, 아이들이 목욕할 시간이었다. 케이트와 나는 일정한 규칙을 고수했다. 우리 둘 중 한 명이 물을 받으면 케이트가 아이들을 씻기고 얌전하게 잠옷으로 갈아입힌 다음 잘 자라고 뽀뽀를 했다. 그러면 내가 아이들에게 책을 읽어주었는데, 그러다보면 늘 다시 시끄러워지곤 했다. 내가 간지럼을 태워서 아이들이 키득거리면 케이트가 방문 앞에 나타나 양손을 허리에 얹고 서서 못마땅하다는 듯 고개를 저었다.

케이트도 내심 그런 분위기를 좋아했고, 내가 그런 속마음을 알아차렸다는 것도 알고 있었다. 그녀는 장난기가 넘쳤고, 아이들의 웃는 모습을 가장 사랑했다. 그래도 모범적인 엄마로서 규칙은 규칙이고 취침 시간은 취침 시간이었다. "거기 말썽꾸러기 셋!" 그녀는 장난스럽게 눈을 반짝이며 우리를 나무랐다. "이제 그만 잘 시간이야." 그녀가 아이들에게 잘 자라고 뽀뽀를 하면 내가 뒤이어 뽀뽀하면서 엄마가 한눈파는 틈을 타 아이들을 마지막으로 살짝 간지럼 태우곤 했다.

오늘밤에는 어디부터 시작해야 할까? 이제부터는 내가 엄마도 되고 아빠도 되어야 하는데, 불가능한 일이었다. "얘들아, 목욕할 시간이다." 큰 소리로 외쳤다. 이미 천 번도 넘게 했던 말이지만, 오늘 처음 하는 양 새롭고 전과 다르게 느껴졌다. 우리 셋은 예전처럼 다 같이 이층으로 올라갔지만, 전과 달랐다. 케이트가 떠났으니 앞으로는 그 무엇도 전과 같지 않을 것이다.

아이들 방 문틀로 시선이 향했다. 케이트가 화난 척 서 있곤 했던 그 하얀 문틀에 아이들의 키가 연필로 표시되어 있었다. 그녀가 아이들 머리에 책을 얹고 가만히 있으라면서 키를 재던 모습이 생각났다. 두 아이는 십팔 개월이라는 터울에도 불구하고 키가 비슷했다. 리프가 아파서 제대로 자라지 못하는 바람에 핀과 거의 같은 나이로 보였다. '문틀에 내 키를 표시해놓기. 엄마 키는 155센티미터였음.' 케이트는 이런 부분까지 꼼꼼하게 리스트에 적어놓았다. 이 일은 아이들의 도움을 받을 수 있었다. 함께 하기에 좋은 일이었다.

물을 트는데, 욕조 가장자리에 있는 우유 거품목욕제가 눈에 띄었다. 케이트가 좋아했던 제품인데, 반밖에 남지 않았다. "반이나 남았다고 해야지." 케이트가 바로잡아준다. 그 소리를 얼마나 자주 들었는지 모른다. 그녀는 뭐든 반이나 남았다고 생각하는 성격이었다. 고통이 그녀를 차츰 무너뜨릴 때조차 그녀의 잔은 늘 반이나 차 있었다.

아이들을 씻기고 잠옷으로 갈아입히는 내내 그 기억을 떠올리며 긍정적으로 생각하려고 열심히 노력했다. 케이트를 잃은 충격은 영원히 극복하지 못하겠지만, 보석 같은 두 아이가 있으니 정말 다행이었다. 아이들은 그녀의 일부분이자 우리의 일부분이었다. 케이트는 세상을 떠났지만, 내게는 살아야 할 이유가 많고 많았다.

"오늘밤에는 아빠 침대에서 같이 자면 안 돼요?" 리프가 물었다. "당연히 그래도 되지." 내가 대답했다. 아이들은 우리 방으로 달려가더니 작은 로켓처럼 침대 속으로 폭 파고들었다. 케이트는 병에 걸렸을 때 어마어마하게 커다란 킹사이즈 침대를 구입했다. 일어나지도 못할 만큼 기운이 없을 때 널찍한 데서 아이들과 껴안고 마음껏 뒹굴수 있도록 아늑한 보금자리를 마련하고 싶었던 것이다. 슬프게도 그녀는 침대에 누워보지도 못한 채 병원에서 눈을 감았고, 이제는 이넓은 공간이 우스꽝스러워 보였다. 두 아이가 폭신폭신한 하얀색 이불 구름으로 둘러싸인 채 커다란 크림색 가죽 프레임 한가운데에 동동 떠 있는 느낌이었다.

"이제 눕자, 얘들아." 내가 말했다. "자야 할 시간이야." 아이들은 순순히 이불 속으로 꼼지락꼼지락 들어갔다. 어쩌면 약간의 간지럼을 기대했을지도 모르지만, 그럴 기분이 아니었다. 아무렇지도 않은 척 아이들 앞에서 무너지지 않고 버티는 것만으로도 힘에 겨웠다. "이제 얌전하게 코하는 거다?" 허리를 숙여 두 아이에게 잘 자라고 뽀뽀했다. 베개에 밴 케이트의 향수 냄새가 아이들 머리에서 풍기는 비누 향과 섞였다. '내가 떠난 뒤에 아이들에게 두 배로 뽀뽀해주기.' 케이트는 이렇게 말했지만, 다시 일러줄 필요는 없었다. 나는 "잘 자라, 리프" 하고 속삭인 뒤 한쪽 뺨에, 이어서 반대쪽 뺨에 입을 맞추었다. 한쪽은 나, 다른 쪽은 케이트의 몫이었다. 핀에게도 똑같이 입을 맞춘 뒤 두 아이를 한꺼번에 끌어안았다. 눈물이 보이지 않게 아이들 사이로 얼굴을 묻을 수 있어 다행이었다.

케이트의 존재감이 피부로 느껴졌다. 그녀를 강렬하게 연상시키는 향수 냄새 때문에 케이트가 나를, 아니 우리 셋을 감싸안은 듯했다. 자신이 시킨 대로 두 아이에게 뽀뽀하는 모습을 확인한 그녀가 "고마워" 하고 내 귀에 속삭이는 소리가 들릴 것만 같았다.

나는 살며시 방문을 닫고 아이들 귀에 들리지 않도록 입을 막은 채 울음을 터뜨렸다. 그런 채로 문이 열려 있는 욕실 쪽을 흘끗 쳐다보니 아이들이 벗어놓은 그대로 바닥에 널브러져 있는 교복과 원복이 눈에 들어왔다. 앞으로는 이렇게 살아야 했다. 이제는 내가 내팽

개친 물건을 치워줄 사람도 없었고, 케이트가 그랬던 것처럼 나 대신 말끝을 맺어주거나 내 속마음을 읽어줄 사람도 없었다.

나는 허리를 숙이고 옷가지를 줍다가 낯선 소리를 듣고 그 자리에 얼어붙었다. 누군가가 계단을 올라오는 발소리 같았는데, 이 집 안에 아이들 말고는 나밖에 없으니 말도 안 되는 일이었다. 숨을 참고 바짝 귀를 기울이는 한편 이 집 열쇠를 가지고 있을 만한 사람이 있는지, 손님이 있었는데 내가 깜빡한 것은 아닌지 미친 듯이 기억을 더듬었다. 아이들이 놀랄까봐 고함을 지를 수는 없었지만 꺼림칙했다. 내 이름을 부른 사람도 없었고, 문을 두드린 사람도 없었는데. 케이트는 아니었다. 케이트라고 하기에는, 아니 케이트일 거라고 상상하기에는 발소리가 너무 무거웠다. 나는 허리를 펴고 본능적으로 침실 쪽으로 다가갔다. 아이들을 지키기 위해서였다. 층계참을 지나는 순간 욕실을 둘러싼 파이프 속에서 갑자기 물이 콸콸 쏟아졌고, 발소리는 더이상 들리지 않았다.

왈칵 눈물이 쏟아졌다. 중앙난방기가 돌아가는 소리였던 것이다. 나는 욕조에 걸터앉아 최대한 조용히 흐느꼈다. 전에는 이 집이 얼마나 시끄러운지 모르고 지냈다. 케이트가 살아 있을 때는 케이트 때문에 집 안이 시끄러운 줄 알았다. 그런데 이제 보니 아니었다. 내가 숨을 죽이고 흐느끼느라 몸을 들썩일 때마다 욕조마저 '끼익' 하며 귀에 거슬리는 소리를 냈다.

마침내 울음이 멎었을 때 나는 이제 무엇을 해야 하나 고민하며 일층으로 내려가 할 일을 찾았다. 음성 메시지도 몇 개 더 들어야 했고, 개에게 사료도 주어야 했고, 싱크대에 넘쳐나는 찻잔도 씻어야 했다. 냉장고에는 친구와 친척 들이 가져다준 온갖 음식이 가득했다. 누가 뭘 가지고 왔는지, 어느 그릇이 어느 집 것인지 알 도리가 없었다. 알아서 정리해야 했다.

내일은 목요일, 아이들이 평소처럼 유치원과 학교에 가는 날이라 다행이었다. 아이들을 위해서도 일상을 유지하는 게 최선이었고, 아이들의 가방을 챙기고 점심 도시락을 준비하는 소일거리가 있어 내게도 다행이었다. 그래도 오늘 하루가 얼른 지나갔으면 하는 마음이 간절했다. 잠이 들면 적어도 울음을 터뜨릴 일은 없을 테니까.

마침내 침대로 들어갔을 때 아이들은 쌔근쌔근 자고 있었다. 내 머리가 베개에 닿자마자 둘 다 꼼지락거리며 내 쪽으로 바짝 몸을 붙였다. 이 녀석의 발이 귀를 건드리고 저 녀석의 머리가 겨드랑이를 간질이는 바람에 밤새도록 자다 깨다를 반복하며 잠을 설쳤다. '엄마는 밤에 리프가 안아주면 얼마나 기분좋았는지 몰라.' '핀의 포옹은 언제나 특별했어.' 케이트의 리스트에는 그렇게 적혀 있었다. 불과 몇 주 전에 쓴 글이건만, 그녀가 이제는 두 번 다시 아이들을 안아줄 수 없다니 믿기지가 않았다.

정말이지 이럴 수는 없었다. 베개로 등을 받치고 수첩을 든 채, 내가 누워 있는 지금 이 자리에 앉아 있던 케이트의 모습이 눈에 선했다. 특유의 예쁜 하얀색 면 잠옷을 입은 케이트. 처음 사귀기 시작할 때 내가 그녀를 부르던 별명이 '티모테이* 걸'이었다. 하늘하늘한 하얀색 리넨 집시치마 위에 하얀색 면으로 된 민소매를 받쳐 입은 모습이 그 샴푸 광고 모델과 똑같았기 때문이다. 물론 케이트의 머릿결이 모델보다 훨씬 훌륭했고, 나는 그 점을 늘 강조했다.

그 머리가 빠지기 시작했을 때 케이트가 얼마나 충격을 받았는지 모른다. 자기 금발에 대한 자부심이 워낙 강했기 때문에 베개에 머리카락이 뭉텅이로 빠져 있거나 샤워를 하다 머리카락으로 수챗구멍이 막히면 눈물을 흘렸다. 푸념을 늘어놓은 적은 없었지만, 얼마나 속상해하는지 알 수 있었다. 그녀의 눈부신 미모의 핵심이 바로 그 금발이었던 것이다.

케이트의 머리카락 때문에 화가 났던 때가 떠올랐다. 한쪽 젖가슴을 잃은 것만 해도 가슴 아픈데, 머리카락까지 포기해야 하다니. 너무 잔인한 일이었고, 심란해하는 그녀를 보기가 싫었다. 달걀 같은 대머리라도 내 눈에는 여전히 끝내주게 멋졌다. 같이 럭비 시합을 보러 갔을 때 나는 그녀에게 두상이 럭비공처럼 완벽하다고 말했다. "칭찬으로 받아들일게." 그녀는 웃음을 터뜨렸다. "당연히 그래야지. 진짜 예쁘다는 뜻인데." 나는 이렇게 말했고, 진심이었다. 케이트는 늘 눈부셨다.

우리는 트위크넘에서 열린 잉글랜드와 프랑스의 경기를 관람하러

---

* 샴푸 브랜드.

나선 길이었고, 잉글랜드 팀이 이겼다. 내가 지역 럭비 팀 선수로 활약할 때 나를 응원 왔던 십대의 그녀처럼, 케이트는 펄쩍펄쩍 뛰며 좋아했다. 화학요법을 받던 중인데도 활기찬 그녀의 모습을 보고 얼마나 기운이 났는지 모른다.

"아이들을 데리고 왔어야 했는데." 케이트가 흥분한 목소리로 말했다.

"더블린에서 아일랜드 대 잉글랜드 경기가 열리면 그때 꼭 애들을 데리고 가자." 내가 제안했다.

"좋아!" 그녀는 손뼉을 쳤다.

이제 와 생각해보니 케이트를 잃은 것에 비하면 머리카락이 빠진 것쯤은 지극히 사소한 문제였다. 케이트의 육신 중에서 남은 것이 아무것도 없지 않은가. 그녀의 눈은 얼음같이 서늘한 파란색이었다. 반짝이는 그 눈이 얼굴에 광채를 더했다. 그리고 몸매는…… 이야기를 시작하자면 한도 끝도 없다. 처음 만났을 때 케이트는 분무기로 흰 물감을 뿌린 것처럼 탈색한 청바지를 입고 있었다. 그때도 입이 떡 벌어질 만큼 예뻤고, 이십오 년이 지난 뒤에도 여전히 입이 떡 벌어질 만큼 예뻤다. 천수를 누리는 행운을 타고났더라면 앞으로 이십오 년 뒤에도 그랬을 텐데.

하지만 케이트는 모든 것을 잃었다. 처음에는 젖가슴을, 그다음에는 머리카락을. 이제는 눈동자도 더이상 반짝이지 않고, 아름다웠던 몸도 사라져버렸다. 나는 두 번 다시 아름다운 케이트와 사랑을 나눌 수 없다. 케이트와 함께 아이들을 데리고 럭비를 보러 갈 수도 없다. 그 대신 리스트에 한 가지 항목이 추가됐다. '아이들을 데리고 국제 럭비 경기 보러 가기.' 이것만큼은 약속할 수 있었다. 이 약속은 반드시 지킬 것이다.

다음날 아침 일곱시 삼십분에 자명종이 울리자 눈이 번쩍 뜨였다. 평범한 날이 아니라는 사실을 내 머리보다 몸이 먼저 알아차렸는지 아직 정신을 차리지 못한 와중에도 당장 긴장이 됐고 심장이 두근거렸다. 나는 꼬마 겨울잠쥐처럼 내 옆에 웅크리고 있는 아이들을 바라보았다. 두 아이는 케이트 자리에 누워 있었다. 케이트가 죽었다는 사실이 퍼뜩 떠올랐다. 방금 다른 사람에게서 그 소식을 전해듣기라도 한 것처럼 다시금 온몸으로 충격이 전해졌다. 아이들이 꿈틀거리며 뒤척이기 시작했다. 이 아이들의 엄마가 죽었다. 머릿속에 온통 그 생각뿐이었다. 내 아내가 죽었고 아이들의 엄마가 죽었는데, 우리는 학교에 가기 위해 잠에서 깨고 그녀가 없는 인생의 다음 하루를 시작하고 있었다.

잠시 후 이번에는 내 휴대전화 자명종이 울렸다. 나는 자명종을 하나 더 맞춰놓은 기억이 없었기 때문에 화들짝 놀랐다. 혹시 케이트가 계획하거나 내가 해주길 바란 중요한 일을 빠뜨리거나 실수를 저지르지는 않았는지 걱정이 됐다. '리프 약'이라는 메시지가 휴대전화 화면 위로 깜빡였다. 나는 웃으며 주르륵 눈물을 흘렸다. 임종이 얼마 남지 않았을 때 병원 침대에서 케이트가 나에게 휴대전화를 달라고 했던 게 생각났다. 리프에게 날마다 먹이는 약을 잊어버리지 않게 애써 자명종을 맞춰놓은 것이다.

자리에서 일어난 리프가 눈물을 훔치는 나를 보았다. "아빠, 제발 그만 울어요오오오!" 녀석이 좌절감에 그 조그만 얼굴을 일그러뜨리며 외쳤다. 내가 밤새도록 운 줄 아는 눈치인데, 어쩌면 맞는 생각일 수 있었다. 이제는 핀까지 침울한 얼굴로 일어나 앉았다. 리프가 동생의 어깨를 감싸안으며 단호하게 말했다. "기운내. 우린 잘 지낼 수 있을 거야." 두 아이가 다 안다는 듯한 눈빛과 희미한 미소를 서로 주고받았다. 형제끼리 음모를 꾸미는 중이었다. "당연히 잘 지낼 수 있지." 나는 애써 밝은 미소를 지으며 말했다. 절반쯤은 진심에서 우러난 미소였다. 씩씩한 두 아이 덕분에 오늘 하루를 감당할 의지와 힘이 생겼다.

"좋아, 얘들아, 이제 차례대로 씻어야지." 나는 두 아이를 침대에서 끌어냈다. 유치원과 학교 가는 날의 정해진 일과를 지킬 작정이었다. 그래야 이 상황을 감당하는 데 도움이 될 것 같았다. 앞으로는 두 아이가 각자 알아서 해야 할 일들이 조금씩 늘어날 텐데, 내가 과잉보호하거나 정해놓은 규칙을 바꾸면 우리 셋 모두에게 아무 도움이 안 될 것이다.

아이들이 씻는 동안 나는 교복과 원복을 준비하고 침대를 정리했다. 내가 씻는 동안 두 아이가 평소처럼 옷을 갈아입었다. 핀이 까만

바지와 초록색 스웨터를 입을 때는 리프가 도와주었다. 두 녀석이 코럴과 기니피그들에게 밥을 주려고 일층으로 내려왔고, 나는 아침을 차리고 리프에게 약을 먹였다.

모든 일이 계획대로 굴러갔다. "얘들아, 이 닦아야지" 하고 말하자 아이들은 아침을 먹은 뒤 늘 그랬던 것처럼 먼저 가려고 서로 밀쳐가며 이층으로 달려올라갔다. "이번에는 내가 먼저 닦을 차례야." 핀이 말했다. "잠깐." 층계참에 다다랐을 때 리프가 말했다. "내가 이를 닦는 동안 너는 머리를 빗으면 어때?"

나는 어색하게 주방을 왔다갔다하며 아침 식탁을 치웠다. 아이들이 욕실로 사라지자 일층에 정적이 드리웠다.

코럴은 온실에 꼼짝 않고 앉아서, 부스러기를 찾아 얼어붙은 뒷마당을 돌아다니는 새들을 구경했다. 가만히 서서 녀석을 지켜보는데, 내 숨소리가 들릴 지경이었다. 임종이 얼마 남지 않았을 때 케이트는 숨을 쉬는 것조차 괴로워했다. 나와 나란히 누워서 리스트에 항목을 추가하는 동안, 흉악한 산소통을 매달고 가쁜 숨을 몰아쉬었다. 나는 그 산소통이 고마웠지만 끔찍하기도 했다. 케이트가 그걸 매달고 있어야 한다는 게 싫었다. 예전에 케이트는 행복할 때만 가쁜 숨을 몰아쉬었다. 눈물이 줄줄 흐를 정도로 배를 잡고 웃을 때, 나와 격렬한 사랑을 나눌 때, 스쿠버다이빙을 마친 뒤 마스크를 벗으며 짜릿함으로 심장이 두근거릴 때.

나중에는 산소통으로도 부족해서 결국 입원을 했다. 입원을 하면 상태가 호전될 줄 알았다. 라플란드와 크리스마스라는 험난한 여정을 마친 뒤라 한숨 돌리고 폐의 부담을 덜 수 있을 줄 알았다. 그런데 그렇지가 않았다. 상태가 더 악화됐다. "여보, 아이들한테 마지막으로 편지를 쓰고 싶어." 케이트가 말했다. 그때가 2010년 1월 19일이었다.

불과 몇 주 전에 우리가 라플란드에서 돌아왔을 때 의사들이 말한 기대 수명은 최장 십팔 개월이었다. 그 가능성이 점점 희미해지는 것을 두 눈으로 똑똑히 목격하면서도 나는 희망의 끈을 놓지 않았다. 십팔 개월이면 리프의 일곱번째 생일도 지날 테고, 핀도 다섯 살 반이 될 것이다. 2011년 3월이면 케이트도 마흔이다. 최소한 자신의 마흔번째 생일까지는 버틸 수 있지 않을까?

나는 케이트를 돕지 못했고, 심지어 그녀가 아이들에게 마지막 편지를 쓰는 모습조차 지켜보지 못했다. 너무 갑작스럽기도 했고, 한편으로는 케이트와 아이들만의 비밀로 지켜주어야 하지 않을까 싶었다. 나는 병원에서 로이스에게 전화를 걸었다. 로이스는 학교에서 영어를 가르치는 사랑스러운 우리 친구였다. "나 좀 도와줄래?" 내가 물었다. "케이트가 너만 괜찮으면 와주었으면 좋겠다고 해서. 둘이 이야기했던 거 알아. 나는 못하겠어." 나는 병상에서 케이트에게 굿나이트 키스를 하고 그녀를 로이스에게 맡겼다. "아침에 다시 올게. 사랑해. 무진장 무진장."

"고마워, 여보." 케이트는 진심으로 고마워했고, 나는 울컥했다.

아내가 왜 이런 일에 고마워해야 할까? 이 세상 어떤 엄마라도 아직 어린 두 아이에게 작별 편지를 쓰는 일은 없어야 하는 게 아닐까?

나는 "행운을 빌게"라고 속삭이고, 케이트의 뺨에 다시 입을 맞추었다. "무진장 무진장." 그녀가 나지막이 중얼거렸다.

집으로 돌아가는데, 내가 응급구조요원으로 일하는 동안 치료했던 환자들 모습이 떠올랐다. 그때 내가 목숨을 구한 사람이 수십 명이었다. 마약과 술에 찌들어 자기 몸을 학대했던 젊은 여자들의 얼굴이 생각났다. 파란 불빛이 번쩍이는 가운데 경련을 일으키고 토하고 기절했다가, 어려운 상황에서, 어떤 경우에는 자기 의사와 상관없이 목숨을 건진 그들의 얼굴이 떠올랐다. 인생이 어쩌면 이렇게 불공평할 수 있을까.

나는 그날 밤 케이트의 부재에서 오는 한기를 달래며 침대에 누워, 그녀가 아이들 앞으로 보낼 편지에 대해 한참 동안 생각했다. 리프와 핀은 쌔근쌔근 잠들었고, 가족과 친구 들에게서 받는 도움을 생각하면 고마울 따름이었다. 그들 덕분에 내가 케이트를 간병하러 병원에 가야 하는 상황이 닥쳐도 아이들이 일상을 유지할 수 있었다.

케이트는 아이들에게 어떤 말을 남기려는 걸까? 이미 기운이 빠질 대로 빠졌는데, 그 엄청난 일을 무슨 수로 감당하려는 걸까? 내가 지금 무슨 생각을 하고 있는 거지? 케이트인데, 나의 케이트인데. 그 조그만 몸안에 엄청난 에너지가 담겨 있는 여자인데. 그녀는 분명 훌륭하게 해낼 것이다. 만일의 경우에 대비하는 것일 뿐, 겁에 질려 허둥지둥 편지를 남기려는 것은 아닐 것이다. 아직 시간이 있을 것이다.

그러다 결국 잠이 들었다. 아니, 내 몸이 어지러운 선잠 속으로 빠져들었다는 표현이 더 적절할 것이다. 미소를 지었다가 웃었다가 가쁜 숨을 몰아쉬는 케이트의 모습이 꿈속을 가득 채웠다. 꿈속에서 그녀가 가쁜 숨을 몰아쉰 이유는 알 수 없었다. 짜릿한 스쿠버다이빙을 즐긴 뒤 거친 숨을 한꺼번에 토해내거나 나와 격렬하게 입을 맞춘 다음 공기를 한껏 들이쉬던 예전의 케이트였을까? 아니면 고장난 허파를 채우느라 허덕이는 지금의 케이트였을까?

침대맡에서 전화벨이 울렸을 때 방 안은 칠흑 같은 어둠으로 덮여 있었다. 나는 야광 시계를 확인했다. 1월 20일 새벽 네시 무렵이었다. 간호사의 목소리를 듣기 전부터 나는 불길한 소식임을 직감했다.

"케이트의 상태가 아주 나빠졌어요."

케이트가 눈을 감기 전에 가서 만나야 했다. 우물쭈물할 겨를이 없었다. 옷을 대충 걸치며 한꺼번에 두 계단씩 달려내려가서 집 밖으로 휘청거리며 나가 옆집 대문을 두드렸다. 옆집에 사는 제인은 인정이 넘치고 착한 이웃사촌이었다. "케이트 상태가 심각하대요." 나는 이렇게 말하고 나서 아이들과 함께 있어달라고, 아침에 유치원과 학교에 좀 보내달라고 외친 뒤 나머지는 그녀에게 맡겼다.

웨스턴슈퍼메어에 있는 병원은 차로 사십 분 거리였다. 너무 길고 너무 멀었다. 케이트를 떠나보내는 일은 상상조차 할 수 없었다. 나는 액셀을 힘껏 밟으며 도로를 갈랐다. 십오 분에 걸친 광란의 질주가 끝나고 병원 앞 주차 구역의 네 칸을 가로질러 차를 세운 뒤 차 문을 쾅 소리 나게 닫고 가장 가까운 출입문을 향해 달렸다. 비상구였지만 우악스럽게 문을 열고 케이트의 병동으로 쏜살같이 달려갔다. 경비 둘이 "이봐요!" 하고 외치며 쫓아왔지만 돌아보지 않았다.

케이트는 일인실에 누워 있었는데, 복도를 우당탕 달려오는 내 소리를 듣고 간호사가 문을 열어놓았다. 일분일초가 급한 상황이었던 것이다. 다행스럽게도 그리 늦지 않았다. 간호사 다섯 명이 케이트의 병상을 에워싸고 있었다. 이제 보니 케이트의 몸에 연결된 관이나 선이 하나도 없었다. 그럴 만한 시기가 이미 지난 것이다.

"모르핀으로 진정시켰어요." 한 간호사가 말했다. 그 조그만 몸을 끌어안자 케이트가 나를 바라보았다. 장인, 장모님도 오시는 중이라 두 분과 작별 인사를 할 때까지 케이트가 버텨주었으면 하는 바람뿐이었다. 케이트는 이제 얕은 숨을 몰아쉬고 있었고, 간호사들은 모르핀을 더 투여해야 하는 것 아니냐며 수군거렸다. 마지막으로 엄청난 양의 모르핀을 투여했을 때 장인, 장모님이 도착했다.

"미안해." 케이트가 말했고, 나는 그녀의 손을 잡았다.

"바보 같은 소리 하지 마! 미안해할 것 없어." 나는 그녀를 품에 안고 왼손을 잡았다. 처음에는 약혼반지를, 나중에는 내 것과 똑같은 결혼반지를, 마지막에는 이터너티 링*을 끼워준 그 손을.

---

* 고리 전체에 다이아몬드를 두른, 영원한 사랑을 약속하는 반지.

엄마가 있어줄게   045

장인, 장모님도 나란히 앉아서 케이트의 오른손을 잡았다. 우리는 케이트의 숨이 끊어진 뒤에도 계속 기운을 북돋는 말을 건넸다. 나는 응급구조요원으로 일하던 시절에 숨이 끊겨도 뇌는 이삼 분 동안 살아 있다고 배웠다. 고맙게도 한 간호사가 이 사실을 일깨워준 덕분에 계속 케이트에게 말을 건넬 수 있었다. "당신은 이 세상에서 가장 훌륭한 아내이자 엄마였어." 내가 말했다. "당신이 바란 대로 할 수 있도록 최선을 다할게. 당신이 아이들을 얼마나 사랑했는지, 얼마나 훌륭한 엄마였는지 아이들한테도 전할게."

"우리 준비 다 했어요!" 리프가 외쳤다. 코럴이 요란하게 짖어 뒷마당에 앉아 있던 새들을 쫓아냈고, 핀은 주방으로 껑충껑충 달려와 물었다. "오늘 저녁에 수영해요, 아빠?" 나는 현실로 돌아왔지만, 꿈을 꾸는 기분이었다. 케이트가 바로 전날 세상을 떠났는데, 우리는 학교 갈 준비를 하며 일상을 이어가고 있다니. 뭔가 잘못된 듯한 기분이 들었지만, 그래야 하는 거였다. 이것이 케이트가 원했던 일인 것이 의심의 여지 없이 분명했기에 우리는 외투를 걸치고 신발을 신었고, 나는 아이들을 차에 태우고 학교로 향했다.

엄마는 아빠가 "무진장 무진장"이라는
말을 써주었으면 좋겠어

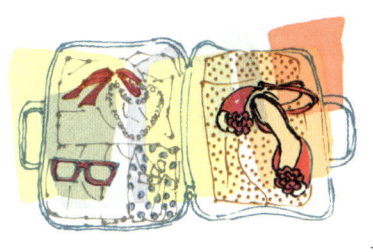

"책 읽어주시면 안 돼요?" 리프
가 자기 침대로 뛰어들며 물었다.

핀도 형을 따라 방으로 들어갔다.

"『플린 선장과 공룡 해적들』 읽어주시면 안 돼요?" 녀석이 물었다.

오늘밤에는 아이들이 자기 방에서 자는 문제를 놓고 이렇다 저렇
다 별말도 없었다. 두 아이 모두 자연스레 자기 방으로 향하는 눈치
였다. 케이트가 세상을 떠난 지 일주일도 지나지 않았지만, 어린아이
들에게는 단 며칠도 긴 시간처럼 느껴지는 법이다. 또 생각이 바뀌면
언제든 내 방으로 와 내 곁을 파고들어도 된다는 걸 두 아이 모두 알

고 있었다.

"좋아. 그럼 따라와라, 해적들." 내가 이렇게 말하면서 해적 두목 흉내를 내자 아이들이 키득거렸다.

마르고 닳도록 읽은 책이라 외워서 읊을 수 있을 정도였다. 아이들이 내 옆구리를 한쪽씩 차지했다. 처음 듣는 이야기인 양 기대하는 아이들의 표정을 보니 미소가 떠올랐다. 녀석들이 오래전부터 좋아하던 작품이라, 꼬마 플린(핀은 주인공 플린이 자기라고 철석같이 믿었다)이 비밀 통로를 지나 신비로운 해적 세계로 건너가는 장면에서 아이들이 어떤 식으로 놀라워하며 눈을 휘둥그레 뜰지 알기 때문에 왠지 안심이 됐다. 보다 확실한 재미를 위해 티라노사우루스, 스테고사우루스, 트리케라톱스 해적 들이 거친 바다에서 싸울 때 섬뜩한 음향효과를 곁들이자 아이들이 좋아서 비명을 질렀다.

"우리도 비밀 통로 만들면 안 돼요?" 리프가 물었다.

"우와아아, 그럼 안 돼요?" 핀이 옆에서 거들었다.

"제에에발요, 아빠. 그럼 지이인짜 멋질 텐데."

케이트라면 이 아이디어를 좋아했을 테고, 나도 마찬가지였다.

"어디 한번 생각해보자." 말은 이렇게 했지만, 머릿속으로는 이미 아이들에게 놀이방을 만들어주고 싶어했던 케이트의 소원을 떠올리고 있었다. 그녀는 그 소원을 어찌나 중요하게 생각했는지 리스트에 두 번이나 적어놓을 정도였다. '아이들 놀이방을 마련해주기.' 이렇게 쓰고 '아이들에게 놀이방과 암벽등반 연습용 벽을 만들어주었으면 좋겠어'라고 다시 한번 강조했던 것이다.

나는 두 아이에게 잘 자라고 뽀뽀를 했다. 그러면서 "무진장 무진장" 사랑한다고 말했다. 아이들도 "무진장 무진장" 사랑한다고 대답했다. 네 번의 뽀뽀가 끝나고 꼬마 해적들은 꿈나라로 떠났다. 녀석들이 부럽다는 생각이 들었다. 이제 나 혼자 침대에 누우면 금세 잠들지 못할 텐데.

천천히 층계참을 지나다가, 케이트가 떠난 이래 나 혼자 평온하게 침실로 어슬렁어슬렁 걸어가는 게 처음이라는 사실을 깨달았다. 방 안으로 들어가 살며시 문을 닫았다. 주위를 둘러보며 생각할 수 있는 시간이 감사하기도 했지만 두렵기도 했다.

창가 테이블에 놓인 컴퓨터 앞으로 느릿느릿 다가가 전원을 켰다. 우리 이메일은 항상 케이트가 분류했고, 페이스북 같은 걸 관리하는 솜씨도 그녀가 나보다 훨씬 뛰어났다. 사진도 마찬가지라, 예전에는 앨범에 깔끔하게 정리하고 가끔 메모와 날짜까지 적어놓았다. 요즘 들어서는 모든 걸 컴퓨터에 저장했던 터라 병에 걸린 뒤에 나를 시켜 거대한 맥 컴퓨터를 장만하게 했다. 비디오와 사진을 좀더 효과적으로 관리하고, 행복했던 기억들을 언제든 즐겁게 돌아보기 위해서였다.

나는 그날 밤 기계적으로 케이트의 페이스북에 접속해 소박하고 일상적인 최근 사진을 몇 장 올렸다. 집에서 아이들과 놀고 개를 쓰다듬는 케이트의 모습을 담은 사진이었다. 아이들을 재우고 나서 그녀가 자주 하던 일이었다. 어떤 날에는 내가 아이들에게 책을 읽어주고 있을 때 바쁘게 자판을 두드리는 소리가 들리기도 했다. 나는 다른 사람들도 나만큼 생생하게 케이트를 기억해주길 바랐다. 돌이켜 보면 그런 식으로 나를 치유했던 것 같다. 덕분에 케이트뿐 아니라 바깥세상과도 일종의 연결 고리가 생겼으니까.

나는 혼자 잘 지내지 못한다. 솔직히, 혼자 있는 걸 싫어한다. 그날 밤 컴퓨터로 외로움을 달래는데, 내가 혼자 있는 걸 얼마나 끔찍하게 싫어하는지 깨달을 수 있었다. 나는 그다음으로 내 페이스북에 접속했다. 케이트가 세상을 떠난 날, 많은 사람에게 그 소식을 최대한 빨리 알리기 위해 허둥지둥 올린 메시지가 있었다. 내 휴대전화로 문자를 돌려 맨 처음 널리 소식을 전한 사람은 여동생 케이였다. '정말 슬픈 소식. 오늘 새벽에 케이트가 세상을 떠났습니다. 케이트와 신지를 아는 모든 분께 이 메시지를 전해주세요.' 그뒤로 내 전화기에 불이 났다. 그전까지 나는 'OMG'가 무슨 뜻인지 몰랐다. 이제는 'Oh My God'의 약자임을 안다.

우리 친구들은 전 세계에 뿔뿔이 흩어져 있기 때문에 문자를 받지 못한 사람들에게도 소식을 알려야 했다. 페이스북에 이 끔찍한 소식을 올린 기억이 워낙 가물가물해서, 지금 다시 읽어보니 무척 낯설었다.

친구와 가족 여러분께 매우 슬픈 소식을 전합니다. 오늘 아침에 케이트가 평온하게 하늘나라로 떠났습니다. 제 머릿속은 온통 케이트와 아이들에 대한 생각뿐입니다. 따뜻한 위로와 응원을 아끼지 않았던 여러분, 감사합니다. 케이트의 뜻에 따라 조화나 카드는 사절하겠습니다. 조의금은 아이들 이름으로 개설한 신탁 계좌로 보내주세요. 장례식 일정은 추후에 있을 공지를 참고하세요. 머잖아 연락드리겠습니다. 신지.

도무지 실감이 나지 않아서 두세 번 읽은 뒤에야 무슨 뜻인지 이해가 됐던 것 같다.

이제 내 심정을 표현하는 글을 덧붙이고 싶었다. 나는 내 감정을 최대한 진솔하게 표현하고 나눌 수 있기를 바라며 후다닥 자판을 두드렸다.

사랑과 응원을 보내준 친구와 가족 여러분께 감사의 말씀을 전합니다. 케이트는 정말 특별한 여자였습니다. 멋지고 근사한 배우자이자 소울메이트였고, 훌륭한 엄마이자 친구였죠. 그녀는 "무진장 무진장"이라는 말로 우리 모두를 끔찍하게 사랑하는 마음을 표현했는데, 이제는 아이들이 그 말을 씁니다. 어떤 미래가 우리를 기다릴지 아무도 모르지만, 여러분의 사랑과 응원이 있으니 잘 헤쳐나갈 거예요!!!

케이트가 없는 인생이 전과 같을 수는 없겠지만, 우리가 지금까지 함께 해온 일과 아이들이 앞으로 해낼 일을 보면 케이트도 뿌듯해할 겁니다. (계속 지켜봐주세요!!!)

케이트가 정말이지 보고 싶지만, 날마다 아이들을 보며 케이트를 생각합니다. 아이들의 표정, 미소, 반짝이는 눈빛이 저를 지탱하는 힘이에요. 우리가 서로에게 어떤 의미였는지 아는 친구와 가족 들은 "한 번도 사랑해본 적 없는 것보다 사랑하고 잃는 게 낫다"고 하는데, 사랑했던 마음은 영원히 사라지지 않을 겁니다. 케이트를 생각하면 그녀와 함께할 수 있었던 내가 얼마나 운이 좋은 녀석이었나 싶습니다. 여러분을 무진장 무진장 사랑하는 신지가. :)

로그아웃을 하기 전에 케이트가 아프기 한참 전에 작성한 페이스북 프로필을 확인했다. '좋아하는 구절' 칸에 진한 글씨로 이렇게 적어놓았다.

일은 열심히! 노는 건 더 열심히!!
두려움을 만끽하며 저지르자!
짜릿하게 살지 않으면 인생을 낭비하는 것이다!
인생은 짧고 죽을 때 가지고 떠날 수도 없다.

나는 이 구절들을 곱씹으며 로그아웃을 했다. 케이트는 나를 두고 떠났다. 그녀의 인생은 너무 짧았고, 나는 그녀 없이 이 세상에 남았다. 둘이서 짜릿하게 살았으니 후회는 없었고, 다만 일은 열심히, 노는 건 더 열심히 해야겠다는 결심은 케이트의 죽음으로 더욱 굳어졌다. 우리가 공유했던 철학을 아이들에게 심어줄 것이다.

윙윙거리던 컴퓨터 소리가 멎자 나는 적막한 침실을 둘러보며 이제 뭘 하면 좋을까 고민했다. 온 집 안이 섬뜩하리만치 고요해서 한밤중 같았지만, 시곗바늘은 이제 막 아홉시를 지났을 뿐이었다. 이제 뭘 하면 좋을까? 집에서 만든 코티지파이와 애플크럼블이 아직도 냉장고에 그득했지만, 일층으로 내려가 나 혼자 뭘 먹는 건 엄두가 나지 않았다.

침대 옆 테이블에 놓인 조그맣고 예쁜 상자가 시선을 사로잡았다. 케이트의 결혼반지, 약혼반지, 이터너티 링이 담긴 상자였다. 뚜껑을 열자 완성된 퍼즐처럼 나란히 맞물린 반지들이 보였다. 결혼하고 몇년 뒤, 약혼하고 오랜 세월이 흘러 케이트의 손가락에 이터너티 링을 끼워주었을 때 내 심정이 그랬다. 그 반지가 내게는 마지막 퍼즐 조각이었다. 영원히 사랑한다는, '무진장 무진장 끝없이' 사랑한다는 선언이었다. 그 반지를 끼워주었을 때 나는 완벽한 미래를 상상했다. 함께 나이를 먹고, 흔들의자에 나란히 앉아 뜨개질을 하고 책을 읽는 우리 모습을 그렸다. 나는 그런 미래를 꿈꾸었고, 그럴 수 있을 거라고 믿어 의심치 않았다.

케이트와 같이 맞춘 내 결혼반지는 작아져서 살을 파고들었다. 사십대로 접어들면서 살이 많이 쪘기 때문이다. 병원 음식이 원망스러울 따름이었다. 지난 오 년 동안 병원에서 수없이 끼니를 해결했다. 리프가 아팠을 때는 병원에서 긴긴 밤 불침번을 서며 아이를 보살펴야 했기 때문에 레드불을 마시고 또 마셨다. 깜빡 잠이 들었다가는 아이가 이리저리 뒤척이다 몸에 연결된 수많은 관에 휘감길 수 있었고, 그러다 그중 하나를 잡아 빼기라도 하면 큰일이었다.

살을 빼든지 결혼반지를 늘려야겠다고 입버릇처럼 말했는데, 이제 또다른 대안이 생겼다. 반지를 아예 빼고 다니는 것이다. 그때는 그래야 할 것 같았다. 내가 유부남이 아니라는 사실을 이제는 받아들여야 했다. 케이트와 결혼할 때 '죽음이 우리를 갈라놓을 때까지' 함께하겠다고 약속했는데, 그 시점이 도래한 것이다. 나는 고통스러운 마음으로 반지를 빼서 케이트의 반지들 옆에 놓고, 케이트가 쓰던 검은 머리끈을 찾았다.

그러고는 케이트의 스위스아미 칼로 두꺼운 머리끈에 사랑의 매듭 모양을 새기고 넷째 손가락에 끼웠다. 결혼반지가 남긴 반질반질한 자국에 머리끈이 딱 들어맞는 순간 울음이 터졌다. 장모님께 안전한 금고가 있으니 당분간 반지들을 맡겨야겠다는 생각이 들었다. 이렇게 소중한 물건을 그냥 보석상자에 둘 수는 없었다.

결정을 내리고 몇 가지나마 정리를 했으니 어느 정도 진척되었다고 할 수 있었지만, 또 한편으로는 내가 이런 식으로 뒤처리를 할 준비가 전혀 되어 있지 않다는 게 느껴졌다. 나는 케이트가 점점 꺼져

가는 생명의 불씨를 붙들며 리스트를 작성하고 있었을 때조차 임종이 얼마 남지 않았다는 사실을 믿지 않았다. 더이상 진실을 외면할 수 없는 시점에 이르렀을 때는 그녀가 두고 떠날 물건들이 아니라 사람들에만 온 신경을 쏟았다. 그러니까 엄마 없이 자라게 될 아이들과 내 생각만 했던 것이다.

다른 일은 둘째 치고 케이트의 유품을 정리하는 것만 해도 얼마나 엄청난 일인지 실감이 났다. 그녀의 유품이 방에 한가득했다. 한꺼번에 처분하거나 자선단체에서 운영하는 가게에 기증할 수는 없었다. 각별한 의미가 있는 유품은 친구와 가족 들에게 선물해 그들도 케이트의 일부분을 간직할 수 있도록 빠짐없이 제대로 처리해야 했다. 케이트가 옷 몇 벌을 루스에게 주라고 했던 게 생각났다. "나하고 사이즈가 같거든. 꼭 입고 다니라고 해. 몇 벌은 다른 사람한테 줘도 되겠다." 그녀가 차분한 목소리로 말했다.

"그만해!" 나는 조금 어색하게 웃어넘겼다. "어떻게 그런 소리를 하냐?"

"나랑 같은 회사에서 일했던 어맨다한테 주고 싶은 부츠도 있어." 그녀는 어맨다와 같이 쇼핑을 하면서 깜찍한 검정색 부츠를 놓고 장난삼아 경쟁을 벌였던 일화를 들려주어 나를 웃겼다.

케이트는 늘 남들보다 한발 앞서나갔고, 다른 사람을 배려하고 더 행복하게 해줄 수 있는 방법을 고민했다. 나도 간직하고 싶은 유품을 골라야 할 텐데, 고민하고 말고 할 게 없었다. 나에게 뭘 남기고 싶은

지 콕 짚어서 말하지 않았던 것으로 미루어 케이트도 짐작했을 것이다. 내가 선택한 것은 일생을 함께한 수많은 추억이었다. 그 생각을 했더니 기운이 솟았다. 케이트의 유품을 정리하기 전에 절대 처분할 수 없는 것부터 고르면 되지 않을까?

나는 층계참으로 살금살금 걸어가 다락방 문을 열었다. 이 작업을 수행하려면 커다란 여행가방이 필요했다. 사다리를 내리고 어두컴컴한 다락방으로 올라가서 더듬더듬 전등 스위치를 찾았다. 불을 켠 순간, 나란히 놓인 빛바랜 대형 상자 몇 개가 불쑥 내 앞에 등장했다.

"젠장!" 나도 모르게 이 말이 불쑥 튀어나왔다.

다리에 힘이 풀려서, 떨어지지 않게 사다리를 붙잡아야 했다. 불과 몇 주 전에 크리스마스 장식을 치우느라 다락방에 올라왔을 때만 해도 분명히 없던 것들이었다. 몇 십 년 만에 맞닥뜨린 그 상자를 충격과 의심 가득한 눈으로 빤히 쳐다보았다. 그게 뭔지 몰라서가 아니라 내 눈이 믿기지 않아서였다. 향수가 거센 파도처럼 밀려들었다. 어렸을 때 오래전에 잃어버렸던 장난감이 어디선가 불쑥 나타나면 추억의 소용돌이가 일었던 것처럼.

그 상자 안에 무엇이 들었는지는 똑똑히 알고 있었다. 케이트가 내게 보낸 수백 통의 연애편지였다. 그녀는 십대 시절에, 특히 그녀가 너무 어리다며 그녀의 부모님이 우리 사이를 갈라놓으려고 했을 때 편지와 시로 애정공세를 퍼부었다. 나는 그때 받은 편지를 고스란히 간직했고, 둘이 한집에서 살기 시작했을 때 그녀가 도로 가져가

정성스럽게 상자 안에 보관했다. 그게 이십여 년 전 일이었다. 그뒤로 얼마나 많은 일이 벌어졌던가. 그 편지들을 마지막으로 들춰본 때가 언제였는지도 가물가물했다. 육 년 전에 이 집으로 이사했을 때도 이 상자들을 본 기억이 없었다. 그런데 지금 이렇게 나타나서 나를 똑바로 쳐다보며 전부 다시 읽어보라고 유혹하다니.

맨 처음 느꼈던 충격이 가라앉자. 이런 일을 꾸미다니 케이트답다는 생각이 들었다. 그녀는 체계적인가 하면 감상적이었고, 현실적이면서도 뻔뻔할 정도로 로맨틱했다. 세상을 떠난 뒤에도 거부할 수 없는 매력으로 나를 이렇게 아찔하게 만들다니. 그녀의 방식에 감탄이 절로 나왔다.

케이트는 기회가 있을 때마다 나를 골탕 먹이기를 좋아했는데, 이번만큼은 확실히 내가 한 방 먹었다. 그녀는 내 행동을 미리 예측하고, 내 눈에 띌 수밖에 없는 곳에 편지들을 가져다놓아 이 순간을 치밀하게 준비한 게 분명했다. 어쩌면 상자를 본 순간 내 입에서 험한 말이 튀어나오고 하마터면 계단에서 떨어질 뻔한 상황까지 예상했을지 모른다. 내가 혼비백산할 때마다 그녀가 얼마나 약을 올렸던지. 수십 년 전의 이 편지들은 어디서 찾았으며, 산소통을 매단 몸으로 다락방까지 무슨 수로 옮겼을지 생각만 해도 가슴이 뭉클했다.

나는 조심스럽게 상자를 내려 의식을 치르듯 우리 침대 한가운데로 옮겼다. 그런 다음 그 옆에 앉아 얼마간은 건드리지도 않고 물끄러미 바라만 보았다. 그 순간을 음미하고 싶었기 때문이다. 하지만 벌써부터 기대감에 온몸이 떨려왔다. 뚜껑을 열면 당장 과거로 향하는 감상 여행이 시작될 것이다. 일단 읽기 시작하면 중간에 멈출 수 없을 것이다. 오랜 세월 동안 쌓인 수많은 옛 추억이 밀려들 것이다. '신지, 마음의 준비는 되었어?' 마음속으로 나 자신에게 물었다. '당연하지.' 이렇게 생각하는 순간, 문득 함박웃음이 떠올랐다.

이 세상 누구보다도 행복한 추억들을 함께한 우리는 얼마나 굉장한 행운아였던가. 나는 무얼 두려워하는 걸까? 무얼 기다리는 걸까? 문득 크리스마스 아침, 선물상자 안에 뭐가 들었는지 열어보고 싶어 안달이 난 어린아이가 된 듯했다. 심장이 두근거렸고, 흥분 속에 뚜껑을 열었다. 분홍색과 노란색 종이 위에 찍힌 립스틱 자국이 눈에 들어오자 무심결에 편지지를 들어 케이트가 남긴 키스 자국에 입술을 맞추고 말았다. 달콤한 분홍색 립스틱과 케이트의 소녀티 나는 글씨체가 나를 1980년대로 데려갔다. 나는 삼십여 년 전에 그랬던 것처럼 두 눈을 이글거리며 시 한 편을 읽었다.

시를 쓰는 건 어려워.
알맞은 단어가 생각나지 않아.
운율이 정해져도
그 운율에 맞춰서
사랑 안에서 느낀 것들을
표현할 단어가 떠오르지 않거든.

케이트가 나를 감싸안는 듯했다. 열정적이고 사랑에 푹 빠져 있던 십대 시절의 케이트. 처음 만난 순간부터 나를 열심히 쫓아다니면서 부모님이 말려도 듣지 않고 나를 영원히 사랑하겠노라 약속했던 그 시절의 케이트와 직접 통하는 연결 고리가 내 손에 들려 있었다. 케이트처럼 근사한 여자가 나에게 홀딱 반했다니 얼마나 기분이 좋았는지 모른다. 도발적으로 키득거리며 나에게 시를 읽어주던 그녀의 목소리가 들리는 듯했고, 내 입술에 닿던 설탕처럼 달콤한 립글로스의 맛과 향이 느껴지는 듯했다.

케이트는 나를 처음 본 순간부터 우리가 천생연분이라고 확신했다. 자기 말을 믿게 만들려고, 나를 그녀의 것으로 만들려고 작심한 듯 요염한 눈빛으로 내 눈을 똑바로 쳐다보며 그 말을 몇 번이고 반복했다. 솔직히 고백하건대 나는 그녀가 꿈꾸는 미래를 함께 꿈꾸지 않았다. 적어도 처음에는 그랬다. 처음 만났을 때 케이트는 너무 어렸고, 나는 먼 미래까지 생각하기엔 플레이보이 기질이 농후했다. 그러니 케이트가 이런 유언을 남긴 것도 충분히 이해할 수 있었다. '여자를 존중하고 양다리를 걸치지 않는 아이들로 키워줘.' 남자들이 어떤 족속인지 알기에 리프와 핀이 내 십대 시절과 비슷한 전철을 밟지 않길 바란 것이다.

'아이들이 오토바이나 스쿠터 못 타게 해. 대로에서는 특히.' 이 역시 흥청망청 보낸 내 젊은 시절에서 비롯된 부탁이었다. "여보, 나는 남자애들이 어떤지 알아." 케이트는 이런 부탁을 글로 남기면서 내게 말했다. "당신이 어땠는지 아니까. 당신은 운이 좋아서 다치지 않았지만, 아이들은 당신만큼 운이 안 따라줄 수도 있잖아. 그런 위험부담을 감수할 만한 일도 아니고. 제발 아이들을 안전하게 지켜줘. 차를 사주고, 운전을 가르치고, 보트 운전법을 가르치는 것까지는 좋지만, 오토바이는 못 타게 해."

"약속할게." 나는 그녀의 눈을 그윽하게 들여다보았다. 그녀도 내 눈을 똑바로 쳐다보며 굳은 의지를 전달했다.

한때 나는 번쩍이는 은색 탱크가 달린 스즈키 카타나*를 타고 곳곳을 요란스레 누볐고, 케이트의 부모님이 그녀를 뒷자리에 태우지 못하게 했을 때 왜 그리 유난스럽게 구는지 이해하지 못했다. 하지만 나이가 들고 분별력이 생기면서 이제는 왜 그랬는지 안다. 목숨은 소중한 것이고, 안전이 최우선이다. 나와 달리 케이트는 처음 사귀기 시작할 때부터 먼 미래까지 생각했고, 편지에서 자기 생각을 수도 없이 강조했다.

그녀가 쓴 시를 집어 첫 장을 읽는데, 눈물이 흘러서 잠깐 호흡을 가다듬어야 했다.

우리는 절대로 풀리지 않을

---

* 스즈키 사에서 1980년대 초에 출시한 오토바이 모델.

단단한 매듭.
결혼한 뒤에도
영원하리,
우리의 사랑은.

이 시를 썼을 때 케이트는 열여섯 살이었다. 서로 알고 지낸 지는 일 년이 되었지만 이제 막 제대로 데이트를 시작한 시점이었다. 나는 기분이 좋았고, 그녀가 귀여우리만치 순진하다고 생각했다. 그런데 지금 보니 그녀는 내가 짐작했던 것보다 훨씬 더 많은 걸 알고 있었다. 그녀의 예언이 완벽하게 맞아떨어졌던 것이다.

시간은 흘러 2010년이 되었고 케이트는 이 세상에 없지만, 그래도 여전히 나보다 한 수 위였다. 그녀를 당할 재간이 없다. 밀려드는 추억에 가슴이 설레고 기운이 났지만, 흐르는 눈물을 멈출 수가 없었다. 케이트는 자기가 떠난 뒤에도 내가 몇 날, 몇 주 동안 이 자리에 앉아 편지들을 읽을 수 있도록 치밀하게 준비해놓았다. 얼마나 놀라운 일인가. 감정은 북받치겠지만 옛 추억들을 통해 내가 기운을 얻으리라는 사실을 그녀는 알고 있었던 것이다.

"정말, 정말 사랑해." 어느 날 저녁, 내 품에 안긴 케이트가 말했다.

"얼마만큼?" 내가 물었다.

"하늘만큼 땅만큼." 그녀가 키득거렸다.

"나는 우주만큼 별만큼 사랑하는데." 내가 응수하자 그녀도 지지 않고 말했다.

"내가 더 사랑해."

"어떻게 그보다 더 사랑할 수 있냐?"

"나는 무진장 무진장 사랑하거든."

"무진장 무진장?" 나는 고개를 끄덕였다. "그 말 마음에 든다."

나는 케이트에게 입을 맞추고 감미로운 두 눈을 그윽이 들여다보며 "무진장 무진장"이라고 속삭였다. 몇 번이고 속삭였다. 그 말이 사랑한다는 표현을 대신하는 우리 둘만의 암호가 되어, 케이트가 누구와 무슨 이야기를 하는지 부모님께 감추느라 소곤소곤 통화할 때마다 슬쩍 쓰였다. 그뒤로 무엇도 우리를 갈라놓을 수 없다고 케이트의 부모님을 설득하는 데 마침내 성공하고, 일 년 뒤 처음으로 한집에서 동거를 시작하고, 그로부터 몇 년 뒤에 약혼을 하고 결혼을 할 때까지 거의 십 년 동안 이 말은 입버릇처럼 굳어져 우리 곁을 따라다녔다.

그리고 이제는 리프와 핀에게까지 전염되었다. 케이트는 자기가 떠난 뒤에도 두 아이가 그 말을 계속 써주었으면 좋겠다고 했다. '엄마는 아빠가 "무진장 무진장"이라는 말을 써주었으면 좋겠어.' 그녀의 리스트에 이렇게 적혀 있었다. 우리는 앞으로도 영원히 그 말을 쓸 것이다.

나는 동틀 무렵까지 연애편지를 읽으며 옛 추억에 잠겼다. 잠자리에 들기 전에 아이들 방으로 건너가 문을 빼꼼 열고 두 녀석을 향해 "무진장 무진장"이라고 속삭였다.

그러고는 다시 침실로 돌아가 케이트가 쓰던 찰리레드 향수를 내 베개에 뿌렸다. 나를 생각해서 금방 찾을 수 있는 곳에 편지를 가져다놓은 케이트가 진심으로 고마웠고, 앞으로 언제든지 내킬 때마다 그 편지들을 다시 읽을 수 있어서 기뻤다. 과거 속에 빠져 허우적거릴 생각은 없었지만, 과거를 기억해야 앞으로 나아갈 수 있었다.

편지를 읽고 나니 추억을 소중하게 간직하는 것이 얼마나 중요한 일인지 느낄 수 있었다. 그래서 케이트가 여기저기에 남긴 리스트를 한 페이지로 깔끔하게 정리해 앞으로 닥칠 일들을 헤쳐나가는 데 도움이 될 만한 일종의 길잡이로 삼아야겠다고 결심했다. 시간과 기력만 있었다면 자기가 정리했을 거라고, 케이트도 말한 적이 있었다.

케이트는 집에서 누워 지낼 때부터 수첩에 리스트를 적기 시작했는데, 쪽지에 끼적여놓기도 하고 병원에서 글을 쓸 만한 기운이 없을 때는 리스트에 추가해달라며 내게 문자메시지를 보내기도 했다. 그런데 멍청하게도 내가 그중 몇 개를 지워버렸다. 생명의 불씨가 점점 꺼져가던 마지막 순간에도 그녀가 나를 떠나려 한다는 사실을 믿을 수 없었기 때문이다. 휴대전화에서 땡동 하는 소리가 들리면 혀를 차고 한숨을 쉬었던 게 생각난다.

'여름이 되면 아이들을 랜트윗메이저에 데려가줘. 내가 어렸을 때 휴가를 보내던 사우스웨일스의 해변으로.'

'여름에 같이 가면 되잖아, 바보!' 나는 이렇게 생각하며 삭제 버튼을 눌렀다.

그래도 전부는 아니지만 대부분 기억하고 있었고, 앞으로는 단 하나라도 빼먹거나 잊어버리고 싶지 않았다.

다음날 아침에 케이트의 수첩을 다시 꺼내 리스트의 첫번째 항목이 되어야 할 구절을 찾았다. '내가 떠난 뒤에 아이들에게 두 배로 뽀뽀해주기.' 희망사항이나 생각 들을 적어두면 어떨까 하는 이야기가 나왔을 때 케이트가 맨 처음 꺼낸 말이었다. 그녀는 그 항목이 첫번째가 되어야 한다고 못을 박는데, 그 말을 듣는 순간 그녀가 오래전부터 이런 리스트를 생각하고 있었음을 알 수 있었다.

이 항목을 시작으로 용감하게 리스트를 작성해나가는 케이트를 지켜보는데, 존경스럽기도 하고 안쓰럽기도 해서 곤혹스러웠다. 이 세상 어떤 엄마라도 그런 글을 남겨서는 안 되는 거 아닌가 하는 생각이 들었다. 나는 어쩌면 평생 그 리스트를 쓸 일이 없을지 모른다고 속으로 중얼거렸다. 나중에 오늘의 기억을 떠올리며 "그런 리스트를 만들었다니 말이 돼?" 하면서 웃을 날이 올지 모른다고. 케이트는 나처럼 미래를 낙관하지 않았던 모양이다. 희망을 품기에는 너무 늦었다는 것을 그녀는 알고 있었다. 대신 큰 소리로 낭독하면서 희망사항을 쓸 수 있도록 산소를 깊이 들이마셨고, 그렇게 리스트가 시작됐다.

나는 프린터에서 A4 용지를 꺼내 케이트의 리스트를 빠짐없이 깔끔하게 옮겨적기 시작했다. 수첩에 적힌 내용을 다 옮긴 뒤에는 그녀가 병원에서 그때그때 떠오르는 생각과 부탁할 내용을 적은 메모지를 샅샅이 뒤져 덧붙였다. 그런 다음 마지막으로 그녀가 병원에서 문자메시지로 전한 바람들을 옮겨적고, 내가 케이트의 상태를 부정하느라 지웠지만 기억하고 있는 내용들을 추가했다.

그러자 이런 결과물이 나왔다.

내가 떠난 뒤에 아이들에게 두 배로 뽀뽀해주기.

칭찬의 날 등 학교 행사에 가능한 한 많이 참석하기.

시간을 잘 지키는 아이들로 키워줘.

솔직하게 말할 줄 아는 아이들로 키워줘.

마당을 당신 보트로 채우지 말고 아이들에게 뛰어놀 공간을 마련해줘.

사촌들과 함께 캠핑을 가든지 아이들이 연휴를 실컷 만끽할 수 있게 해줘.

당신의 후추 소스.

당신 이름으로 통장 합치기. 재정적인 부분은 우리 아빠에게 도움을 받을 것.

장례식과 기타 등등은 엄마에게.

아이들에게 세례를—노엘에게.

추억을 정리하기 위한 전문가용 스크랩북/상자/비디오.

바람 부는 날은 싫어.

소스나 수프에 든 것 빼고 토마토는 싫어.

리프는 리코더나 기타, 핀은 드럼과 전자 키보드를 배웠으면.

엄마는 핀의 웃음소리와 귀를 안으로 접고서 엄지손가락을 빠는 습관을 사랑해.

엄마는 강기슭을 따라 걷는 걸 좋아했어.

엄마는 게 잡는 걸 좋아했어.

엄마는 아빠가 "무진장 무진장"이라는 말을 써주었으면 좋겠어.

엄마는 나비와 새의 이름을 배우는 걸 좋아했고, 예전에 다람쥐들한테 먹이를 주었던 것처럼 야생 울새한테도 손으로 먹이를 줘봤으면 얼마나 좋았을까 생각해.

아이들이 자기 손으로 네잎클로버를 찾았으면 좋겠어.

핀에게도 신경쓰기. 그 아이와도 충분히 놀아줘.

제발 오지 여행은 이제 그만. 예방접종 때문에 리프와 내가 암에 걸렸다는 생각이 들거든.

문틀에 내 키를 표시해놓기. 엄마 키는 155센티미터, 발은 220밀리미터, 몸무게는 보통 55킬로그램이었음.

아이들이 오토바이나 스쿠터 못 타게 해. 대로에서는 특히.

아이들이 담배 못 피우게 하고 이유를 계속 일깨워줘.

아이들이 방과 후 클럽활동을 했으면 좋겠다. 핀은 스테이지 코치, 리프는 커브 스카우트.

집 앞 진입로 공사를 마쳤으면.

싸우더라도 일주일 안에 화해해. 인생은 너무 짧으니까.

루스는 우리 아이들과 터울이 같은 두 아들을 키우고 있으니 육아 상담사로 제격. 만에 하나 양가 부모님 사이에 의견이 엇갈릴 때 도움을 받을 것.

아이들이 모성을 느끼며 안정감을 누릴 수 있도록 재혼할 만한 상대 찾기.

아이들과 헤어질 때, 아이들을 재울 때 꼭 뽀뽀해주기.

가끔 해바라기 기르기.

아이들이 자기들끼리 보트를 타기 전에 수영을 배웠으면. 마스크와 스노클 없이 50미터 정도는 갈 수 있는 수준으로.

최소한 일주일에 한 번은 온 가족이 모여서 식사할 수 있게 식탁을 놓았으면 좋겠어.

해마다 학교에서 찍은 사진을 구입했으면 좋겠어.

아이들을 데리고 국제 럭비 경기 보러 가기.

수영 기능장이나 학교에서 받은 상장 들을 보관하는 상자 마련하기.

여자를 존중하고 양다리를 걸치지 않는 아이들로 키워줘.

당신이 얼른 손자를 볼 수 있게 아이들이 일찍 결혼하면 좋겠다.

아이들이 요정의 버섯을 찾을 수 있었으면 좋겠다. 빨간 바탕에 흰 점무늬가 있는 것 말이야.

내가 어렸을 때 자주 갔던 바닷가로 아이들을 데려가서 산책을 시켜줬으면 좋겠어.

새해맞이 행사로 아이들을 스위스에 데려가서 당신이 내게 청혼했던 특별한 장소를 보여줘.

아이들 놀이방을 마련해주기. 켄이 '엄마의 집'이나 '프리디 풀스'라고 부르면서 놀이터로 쓰라고 땅을 조금 내줄지 몰라.

아이들이 그린 그림(학교나 다른 곳에서 그린 아무것이나), 아이들 사진과 옷, 크리스마스카드와 생일카드를 같이 넣어줘.

아이들 곁에 좀더 머물 수 있게 인형을 올려놓는 옷장 위편에 내 자리를 마련해줘.

엄마는 라플란드에 갔을 때 눈을 반짝이던 리프와 핀이 얼마나 사랑스러웠는지 몰라.

엄마는 밤에 리프가 안아주면 얼마나 기분좋았는지 몰라.

엄마는 밤하늘을 보며 인공위성을 찾아내고 별똥별을 기다리기를 좋아했어.

엄마는 기니피그, 나비, 월넛 휩, 딸기 치즈케이크를 좋아했어.

아이들이 군인이 되겠다고 하면 말려줘.

다른 가족들이 남부로 이사하겠다고 하면 따라가.

엄마는 야생화를 좋아했어—붉은동자꽃, 거품벌레가 나무에 남긴 거품, 데이지, 프림로즈, 결혼식장 장식 꽃.

아이들에게 놀이방과 암벽등반 연습용 벽을 만들어주었으면 좋겠어.

엄마는 바닷가, 멘딥힐스, 바위 사이 작은 웅덩이, 숲속 오솔길을 걸어다니면서 온갖 생물과 만나는 것을 좋아했어.

엄마는 '무한대 요정'이라는 표현을 좋아했어.

늘 다니는 곳에서 네잎클로버 찾기.

특히 십대 시절에 사진 많이 찍기.

모험을 하고 나면 스크랩북에 기록하기.

아이들 방에 우리 사진 놓기.

아주 잠깐 떨어져 있는 거라고 해도 헤어질 때 반드시 뽀뽀하기.

학교에서 찍은 사진들을 스크랩북으로 정리하기.

잘한 일이 있을 때마다 기록으로 남기기.

아이들이 부탁하면 언제나 도와주기.

핀의 포옹은 언제나 특별했어.

북극광 보러 가기.

엄마는 나방, 뱀, 굼벵이무족 도마뱀, 오렌지맛 클럽 비스킷, 잼과 젤리, 레몬 커드를 사랑했어.

엄마는 상아색 장미, 담쟁이덩굴, 안개꽃을 사랑했어.

오스트레일리아에 사는 스키피와 레이철 만나러 가기.

아이들을 런디 섬*에 데려가기.

---

* 야생동물의 천국으로 알려진 영국 브리스틀 해협의 섬.

올세인츠 학교 일을 돕고, 리프를 더 많이 챙겨주기.

장애인 팀의 마리아, 린과 꾸준히 연락 주고받기.

이집트 홍해에서 스노클링 즐기기.

아이들의 스쿠버다이빙 실력이 충분해지면 벨리즈의 블루홀에 도전하기.

리프와 핀이 앉아서 바다를 감상할 수 있게 좌석이 딸린 보트 사기.

여름이 되면 아이들을 랜트윗메이저에 데려가줘. 내가 어렸을 때 휴가를 보내던 사우스웨일스의 해변으로.

생일 축하는 요란하게.

수조 정리, 조약돌 체스 세트, 네트볼 센터.

리스트 정리를 끝내고 나는 맨 위에다 이렇게 적었다. '엄마의 리스트'라고.

아이들 곁에 좀더 머물 수 있게
옷장 위편에 내 자리를 마련하기

장인어른이 재정적
인 부분을 정리할 수 있게
도와주겠다고 했다. '당신 이름으로 통
장 합치기. 재정적인 부분은 우리 아빠에게 도움을 받을 것.' 이것이
케이트가 리스트에서 강조한 우선순위 중 하나였다.

케이트가 그 항목을 적었을 때 나는 눈동자를 굴렸다.

"그래야 하는 거 당신도 알잖아." 그녀는 기운내라는 듯 미소를
지었다.

맞는 말이었다. 그 일에는 장인어른이 완벽한 적임자였다. 우리는

극과 극이었다. 장인어른이 소심하리만치 꼼꼼하고 모험을 질색한다면 나는 서류 공포증이 있고 직관적으로 사는 것을 좋아했다.

케이트도 나와 좀더 비슷했기 때문에 우리는 무슨 일이든 완벽하게 정리해놓고 산 적이 없었다. 시시콜콜한 부분까지 신경쓰며 살기에는 둘 다 너무 바빴다. 그래도 그녀가 나보다 훨씬 더 체계적이기는 했다. 내가 '만일의 경우'에 대비한답시고 옛날 편지들을 마구잡이로 쌓아두었다가 정작 중요한 서류를 잃어버리는 식이라면 그녀는 무엇이든 필요할 때마다 바로 찾아낼 수 있었다.

케이트가 세상을 떠난 지 일주일이 지난 지금, 케이트와 관련된 법률, 재정적인 일들을 빨리 정리해야겠다는 생각이 들었다. 추가로 처리해야 할 서류가 아직도 산더미 같은데, 그것이 귀찮은 일에서 악몽으로, 그러다 완전히 엉망진창으로 꼬여가는 모습이 그려졌다. 케이트가 살아 있었더라면 못마땅해했을 것이다. 또 그녀의 리스트에는 실행하자면 돈이 필요한 항목이 꽤 많았다. 지금 나의 재정 상태가 어떤지 분명하게 파악해야 앞으로의 계획을 세울 수 있었다.

먼저 사회보장국을 찾아가기에 장인어른과 동행했다. 안으로 들어선 순간부터 속이 메슥거리고 불안해서 따라나서준 장인어른에게 진심으로 고마웠다. 유족연금처럼 상상도 못했던 이야기들을 꺼내야 하는데, 장인어른이 옆에 없었더라면 그대로 주저앉아 펑펑 울거나 발길을 되돌려 달아났을지 모른다. 우리는 상냥한 노부인에게 안내되었다. 그녀는 사별에 따른 법률문제를 처리하는 전문가라고 자신을 소개하면서 그날이 퇴직하기 전 마지막 근무일이라고 했다.

"저희로서는 큰 행운이네요." 나는 경험이 많은 사람의 도움을 받을 수 있다는 데 안도하며 미소를 지었다.

"제가 도움이 되어야 할 텐데요." 그녀가 테이블 위로 몸을 숙여 내게 몇몇 양식과 안내장을 건네주며 말했다.

그러자 그녀의 목걸이에 달려 있던 은빛 네잎클로버가 앞뒤로 흔들리며 바로 내 눈앞에서 반짝였다. 입이 떡 벌어졌다.

"아." 이 외마디밖에 나오지 않았다.

장인어른이 나를 보더니 노부인에게 케이트가 네잎클로버 찾기를 좋아했고, 또 찾는 데 재주가 있었노라고 정중히 설명했다. 내 귀에는 그 말이 거의 들리지 않았다. 마음속에서 어렴풋이 떠오르는 케이트의 모습에 온 정신을 빼앗겼기 때문이다.

"이것 봐!" 그녀가 한쪽 손을 내밀며 의기양양하게 외쳤다.

새로 뜯은 네잎클로버 세 개를 손바닥에 얹은 그녀의 눈이 사파이어처럼 반짝였다.

"놀랐지?" 그녀가 활짝 웃으며 물었다.

"아니, 워낙 잘 찾잖아." 나는 웃음을 터뜨렸다. "어쩌면 그렇게 잘 찾는지 신기하다니까!"

"그런데 정말 오랜만에 찾은 거야." 그녀가 가만히 말했다. 듣고 보니 정말 그랬다.

케이트는 랜트윗메이저에서 캠핑을 즐기던 어린 시절부터 네잎클로버를 수도 없이 찾았다. 나한테도 들려주었던 것처럼 도시락을 먹은 뒤에 몇 시간 동안 풀밭을 샅샅이 뒤지고, 벌레를 잡고, 나비를 쫓아다니며 네잎클로버를 찾았다. 이렇게 모은 행운의 클로버는 셀로판테이프를 붙여 납작하게 만든 다음 조그만 전용 유리병에 보관했다.

어른이 된 후에는 시골길이나 우리 집 뒤편 강기슭을 걸으면서 전보다 더 많이 네잎클로버를 찾았다. 그렇게 찾은 네잎클로버에 셀로판테이프를 붙여서 핸드백, 자동차, 화장대 서랍 등 온 사방에 두어 행운을 흩뿌렸다. 그날은 몇 년 만에 네잎클로버를 찾은 것이었는데, 강가에서 개를 산책시키는 동안 한 개도 아니고 세 개나 발견하다니 놀라웠다.

때는 2009년 가을, 케이트가 항암 치료를 마치고 얼마 후 그녀의 할머니가 돌아가신 날이었다. 그녀는 네잎클로버 세 개를 좋은 징조로 해석했다. 무척 사랑했던 할머니를 막 떠나보낸데다 약물 치료 때문에 여전히 기운이 없을 텐데도 한없이 긍정적이고 낙천적인 케이트의 모습을 보니 나까지 힘이 솟았다. 사랑스럽고 감동적이었다.

나는 노부인이 들려주는 조언에 애써 귀를 기울이며 클로버 은목걸이가 좋은 징조일 거라고 속으로 되뇌었다. 케이트라면 그렇게 생각했을 것이다. 리프와 핀을 데리고 네잎클로버 사냥에 나서주길 바란 것도 그 때문이었다. '아이들이 자기 손으로 네잎클로버를 찾았으면 좋겠어.' 그녀는 리스트에 이렇게 적었고, 확실히 해두려고 '늘 다니는 곳에서 네잎클로버 찾기'라는 항목까지 나중에 추가했다.

나는 당연히 케이트의 부탁대로 할 것이다. 억울한 마음은 없었다. 네잎클로버가 케이트에게 응분의 행운을 가져다주지는 않았지만 희망을 심어주었고, 희망은 중요하니까. 아이들도 가슴속에 희망을 품고 자랄 수 있도록 신경쓸 것이다.

알고 보니 재정적인 측면에서 희소식이 나를 기다리고 있었다. 사회보장국에서 나온 후 장인어른과 함께 여러 은행을 찾아다녔는데, 케이트가 모두 스물일곱 개에 달하는 예금과 펀드 계좌에 돈을 모아놓은 것으로 밝혀졌던 것이다. 내가 운영하는 체험 활동 전문회사 트레이닝 세인츠의 실적이 좋거나 자기가 근무하던 보험회사에서 배당금을 받은 달마다 얼마씩 저금한 모양이었다. 우리는 둘 다 죽을 때 돈 보따리를 들고 가지도 못하는데 쓸 수 있을 때 마음껏 즐기자는 주의였다. 그러니까 이 저축들은 휴가를 떠나거나 아이들과 신나게 노는 데 쓰려고 모아둔 돈이었다.

게다가 케이트의 안목 있는 투자와 보험 덕분에 주택 담보 대출금을 갚고도, 유족연금 외에 제법 상당한 목돈을 받을 수 있었다. 이 사실을 알게 된 순간 부담감이 크게 줄었고, 마음을 짓누르던 무거운 짐을 몇 개 내려놓은 듯한 기분으로 하이 스트리트를 나설 수 있었다. 케이트가 리프, 핀과 함께 해주길 바란 일들을 실천에 옮기기 위해 죽어라 일에 매달릴 필요가 없었다. 그 돈으로 아이들과 더 많은 시간을 보낼 수 있을 테니 값을 매길 수 없을 만큼 귀한 선물이었다.

집으로 돌아가는 길에 이런저런 생각으로 머릿속이 어지러웠다.

엄마의 리스트를 생각하다가 리스트의 수많은 항목을 실행에 옮긴 미래를 그려보기도 했다. 집을 넓혀서 식탁도 놓고, 아이들이 원하는 비밀 통로를 갖춘 놀이방도 꾸밀 수 있었다. 리프와 핀이 세례를 받게 하고, 아이들의 추억상자를 만들고, 좀더 근사한 여행 계획을 세울 수도 있었다. 홍해에서 스노클링을 시작하면 어떨까? 우리는 케이트가 아플 때 홍해 여행을 세 번이나 예약했다 취소했었다. 이때쯤이면 건강해져서 여행을 떠날 수 있겠지 싶어 예약을 했다가 번번이 좌절했던 것이다.

"아버님께서 따님을 훌륭하게 키우셨어요." 나는 모든 희소식을 머릿속으로 정리하고 나서 장인어른에게 이렇게 말했다.

장인어른은 우리 재정 상황을 듣고 한시름 놓았다. 우리가 사치스러운 여행과 모험을 즐기는 데 돈을 낭비하며 '궂은 날'에 대비할 줄 모른다고 늘 걱정이 태산 같았던 것이다. 그런데 먹구름이 새까맣게 몰려와 우리 머리 위를 덮었을 때를 대비해 케이트는 만반의 준비를 해놓았다. 그러면서도 그녀 스스로 햇살을 충분히 만끽하기까지 했다.

뜻밖에도 장인어른이 내 어깨를 팔로 꽉 감싸쥐었다.

"딸아이한테 그렇게 멋진 인생을 선물해줘서 고맙네." 이렇게 말하고는 잠깐 침묵을 지키다 헛기침을 하고 다시 입을 열었다. "자네가 그 아이한테 세상을 보여주지 않았나. 하늘에 감사할 일이지."

얼굴이 화끈거리면서 눈에 눈물이 고였다. 정말 너그러운 칭찬이었다. 나는 크고 넓은 세상으로 손 흔들며 딸을 떠나보낼 마음의 준비가 안 된 아버지에게서 케이트를 낚아채간 도둑이었다. 케이트가 어렸을 때 장인어른이 나 때문에 얼마나 걱정하고 냉가슴을 앓았던지. 심지어 얼마 전에도 장인어른과 언쟁을 벌인 적이 있었다. 케이트의 어머니와 아버지가 이 세상에서 가장 헌신적인 부모이자 장인 장모이자 할아버지 할머니이기는 해도, 세상을 보는 관점이 나와 다르니 어쩔 수 없는 일이었다.

"고맙습니다." 나는 감사의 마음을 전했다. "그렇게 말씀해주시니 얼마나 힘이 되는지 몰라요. 굉장한 칭찬이네요. 고맙습니다."

'상심'이라는 단어에 대해 생각해보았다. 지금 우리가 다 같이 겪고 있는 상심에 비하면 그 옛날 내가 케이트의 부모님에게 안겼던 상심이라 부른 감정은 지극히 사소한 것이었다. 십대 딸아이의 지나친 열정을 지켜보는 부모의 불안은 지금 이 감정에 비하면 약과라는 생각이 들었다. 가까운 이의 죽음을 겪으면 딛고 서 있던 땅이 흔들리면서 세상을 보는 관점이 달라진다. 나는 이제 막 상심을 경험하기 시작했을 뿐이다.

나는 케이트와 내가 줄곧 인생을 충분히 즐겼고, 케이트가 앞으로도 내가 인생을 즐기면서 아이들에게도 그렇게 살라고 가르치길 바란다는 데 엄청난 자부심을 느꼈다. 그런데다가 장인어른의 인정까지 받았으니 가슴이 뭉클했다. 엄마의 리스트를 지금 당장 실천에 옮겨도 좋다는 청신호가 켜진 것이나 다름없었다.

그날 밤, 건축업자로 일하는 친구에게 부푼 가슴으로 전화를 걸었다.

"어떤 식으로 집을 고칠지 정확히 생각해두었어. 와서 둘러보고 네 의견을 말해줘."

케이트와 나는 집을 확장하는 문제를 놓고 숱하게 이야기를 나누었다. 반드시 해야 할 일이었지만, 비용을 충당할 방법이 없었다. 집을 샀을 때 케이트는 리프를 임신중이었고, 나는 이제 막 회사를 차려서 모터보트 운전이나 스노클링 같은, 지금은 다양한 기업과 학교에 제공하는 체험 활동과 훈련 코스를 개발하고 있었다. 보험회사에서 일하던 케이트도 출산휴가중이었으니 자금 사정이 빡빡했다.

그러니 전 주인이 개를 열 마리 넘게 기르던 그 집을 간신히 사람이 살 만한 곳으로 고치는 수준에서 만족할 수밖에 없었다. 그렇게 손이 많이 가는 집을 사다니 남들은 우리가 제정신이 아니라고 생각했을지 모르지만, 우리는 이빨 자국으로 너덜너덜한 창틀과 개털 너머에 무엇이 있는지를 보았고, 그곳을 꿈에 그리던 집으로 개조할 마음의 준비가 되어 있었다. 차고가 세 개라 엄청나게 많은 스포츠용품과 항해장비와 제트스키를 간수할 수 있고, 마당이 있어서 보트를 보관하고 나중에 집을 확장할 수도 있으니 우리 입장에서는 대박을 터뜨린 셈이었다.

"딱 한 가지 문제가 있다면 식탁을 놓을 자리가 없다는 거야." 이 집으로 이사했을 때 케이트가 한 말이었다. "온 가족이 식탁에 둘러앉아서 같이 밥을 먹으면 좋겠는데."

그때는 아직 리프가 태어나기 전이었고, 심지어 유아용 식탁 의자도 사기 전이었다. 나는 그 소리를 듣고 케이트를 짓궂게 놀려댔다. 아이가 생겼다는 사실을 안 순간부터 케이트가 모범적인 엄마로 돌변했기 때문이다.

"예전의 케이트는 어디로 간 거야?" 나는 웃으며 물었다. "툭하면 피자 시키자던 케이트는 어디로 갔는지 모르겠네. 소파에서 텔레비전이나 보면서 저녁 먹자던 케이트는?"

케이트를 이십여 년간 알아왔지만, 엄마가 되어 모성애가 싹을 틔우고 순식간에 번져나가는 광경을 보니 새삼 놀랍고 사랑스러웠다. 우리는 집 뒤편의 양쪽 차고와 연결된 온실을 없애고 일, 이층 모두 그 자리까지 확장하면 어떨까 상의한 적이 있다. 그러면 널찍한 주방과 식당 자리가 생겼다. 무엇보다도 일층에 웨트룸*을 만들고 싶었다. 그러면 제트스키나 스쿠버다이빙을 마치고 젖은 몸으로 집에 드나들기가 한결 편해질 것이다. 증축한 공간의 이층에는 침실을 여러 개 만들자는 데 우리 둘 다 동의했다.

"내가 아이를 최소한 두 명은 낳고 싶어하는 거 알지?" 케이트가 봉긋 솟은 배를 어루만지며 말했다. "셋이 가장 이상적이고. 그러니까 앞으로를 염두에 두고 집을 확장해야 돼."

"너무 앞서나가는 거 아니야? 아직 첫째가 태어나지도 않았는

---

* 간단한 샤워시설을 갖춘 공간.

데!" 나는 빙그레 웃었다.

첫째가 아직 태어나지도 않았는데 벌써 둘째, 셋째를 생각하다니 어이가 없었지만 케이트다웠다. 케이트는 내가 아는 가장 열정적인 사람이었다.

나는 우리가 세웠던 모든 계획을 건축업자에게 전달하되 여러 개의 침실 대신 큰 방을 하나 만들어 두 아이가 같이 쓰게 하고, 나중에 아이들이 크면 벽을 세워 분리해주기로 했다.

케이트와 나는 나중에 딸을 하나 낳는 게 꿈이었다. 코럴이라고 이름까지 지어놓았다. 그러다 아이를 더 낳을 수 없다는 게 분명해지자 딸 대신 새끼 테리어에게 그 이름을 붙여주었다.

"어쨌거나 코럴을 키우게 됐잖아." 우리는 웃으며 말했다. "우리가 생각했던 그런 딸은 아니지만 얼굴도 예쁘고!"

케이트가 당부했던 대로 마당에 아이들이 뛰놀 만한 공간이 충분했으면 좋겠다고 건축업자에게 전달하면서, 다락방의 또다른 놀이 공간과 마당을 비밀 통로로 연결할 방법이 있느냐고 물었다. 또 케이트가 소원했던 것처럼 온 가족이 모여 저녁을 먹으려면 식당은 적어도 의자 여섯 개와 큰 나무 식탁을 놓을 수 있을 만큼 넓어야 했다. 거대한 수조로 식당과 거실을 나누는 것도 생각해봄직한 아이디어였다. 그리고 장애인으로 등록된 리프가 있으니 일층의 욕실은 호사라기보다 필수였고, 웨트룸도 절대 빠뜨리면 안 되는 공간이었다.

아이들은 이런 계획을 듣고 뛸 듯이 기뻐했다.

"공사 금방 끝나요, 아빠?" 핀이 물었다. "몇 밤 자면 커다랗고 멋지고 넓은 방이 생겨요?"

"침대보도 새로 사주실 거예요?" 리프 차례였다. "제 건 〈벤 10〉*으로 사주시면 안 돼요?"

"얘들아, 시간이 좀 걸릴 거야. 엄청난 작업이고, 일단 엄마 장례식부터 준비해야 하거든."

"할머니가 도와주신대요?" 리프가 물었다.

"그날은 유치원 안 가요?" 핀이 물었다.

"둘 다 대답은 그렇다야." 나는 미소를 지었다. "엄마를 기억하면서 작별 인사를 하는 멋진 날로 만들자."

나는 지역 일간지에 실은 부고를 다시 한번 읽어보았다. 흑백의 지면으로 대하니 제대로 실감이 났고 이제는 정말 끝인 것 같아서 온몸이 떨렸다.

> 케이트 그린. 사랑스러운 아내이자 멋진 엄마. 인생이라는 모험에서 당신은 늘 우리 곁에 있을 거야. 가장 친한 친구이자 소울메이트였던 당신이 많이 그리울 거야. 무진장 무진장 사랑해. 당신을 사랑하는 남편 신지와 무한대 요정, 리프와 핀이.

---

* 애니메이션 및 비디오게임 시리즈. 손목시계 모양의 특수 장치의 힘으로 다양한 외계인으로 변신하는 열 살짜리 남자아이 벤 테니슨이 주인공이다.

케이트는 라플란드에서 아이들을 요정이라고 부르면서 '무한대'라는 단어를 덧붙였다. 내게 사랑한다고 말할 때 가끔 "무한대로 무진장 무진장"이라고 했던 것이다. 그러면 이를 능가하는 표현을 찾을 길이 없어서 나도 "무한대로 무진장 무진장" 사랑한다고 똑같이 대답하곤 했다. 이제 두 아이에게 '무한대 요정'이라는 딱 맞는 별명이 생긴 셈이었다.

다음날 장모님을 모시고 관을 고르러 장의사를 찾아갔다. 케이트를 딱딱한 나무상자 안에 누이기는 싫었던 터라 장의사가 해초로 만든 예쁜 관을 보여주자마자 우리 둘은 당장 결정을 내렸다. "딱 케이티 스타일이네. 그걸로 할게요." 해초를 엮어서 소풍 바구니처럼 만들었는데, 케이트는 소풍이라면 사족을 못 썼다. 심지어 '해초'라는 단어마저 마음에 들었다. 내 별자리는 물고기자리였고 케이트는 양자리였다. 물고기와 양이 만나 바다와 풀과 함께 어우러지는 광경이 머릿속에 그려졌다.

케이트와 둘이서 장례식 절차를 세세하게 의논한 적은 없었다. 생각만 해도 끔찍했고, 케이트는 내가 알아서 잘해주리라 믿는다고 했다. 장례에 관한 그녀의 몇 안 되는 부탁 중 하나가 리스트에 있었다. '아이들이 그린 그림(학교나 다른 곳에서 그린 아무것이나), 아이들 사진과 옷, 크리스마스카드와 생일카드를 같이 넣어줘.'

나는 장의사에서 케이트의 모습을 보기가 정말 싫었다. 말없이 차가운 시신으로 누워 있는 모습이 아니라 번지점프를 하면서 목청이 찢어져라 비명을 지르던 모습으로 그녀를 기억하고 싶었다. 하지만 그녀에 대한 예의를 갖춰야 했고, 부탁했던 물건들도 넣어야 했다.

막상 그 순간이 닥쳤을 때 나는 일종의 자기최면 상태였던 것 같다. 그녀를 간신히 쳐다보기는 했지만, 내 앞에 누워 있던 사람은 나의 케이트가 아니었다. 머릿속에 담아두길 거부했기 때문에 어떤 모습이었는지 잘 기억도 나지 않는다. 아무튼 케이트가 아니라 케이트의 모형이었다. 케이트의 닮은꼴이었다. 반짝이는 눈이 보이지 않았으니 죽은 케이트는 내가 아는 그 케이트가 아니었다.

장례식은 2월 2일 화요일, 월 화장터에서 치르기로 했다. 그날이 점점 다가올수록 내 머릿속은 온통 리프와 핀 생각으로 가득했다. 참석은 당연히 해야겠지만, 아이들이 어떤 식으로 받아들일지 걱정스러웠다. 고민 끝에 결국 아이들이 이해할 수 있는 범위에서 스스로 판단하도록 맡기되 옆에서 잘 지켜보는 것이 가장 현명한 방법이라고 결론지었다. 나는 아이들이 듣는 자리에서 장례식 준비를 함으로써 앞으로 어떤 일이 벌어질지 조금은 짐작할 수 있게 했고, 단정한 새 옷을 입으면 끝내줄 거라는 이야기도 했다.

"엄마 장례식 때 블루맨 틀면 안 돼요?" 내가 목사님과 음악에 대해 의논하는 것을 듣고 리프가 물었다.

"당연히 되지! 엄마도 좋아하시겠다. 진짜 훌륭한 생각인데?"

핀이 신나서 조그만 손으로 박수를 쳤다. 몇 달 전 미국 유니버설 스튜디오에서 블루맨그룹* 공연을 보았을 때 케이트와 아이들은 그 연극 같은 코미디 공연에 넋을 잃었다. 배우들이 외계인처럼 손과 얼굴을 파랗게 칠하고 등장하는데, 아이들이 그렇게 오랜 시간 동안 무대에 시선을 고정한 채 꼼짝 않고 앉아 있는 모습은 처음 보았다. 케이트는 옆구리가 아플 정도로 웃었다. 눈이 부시도록 아름다웠다. 나는 말없이 꼼짝 않고 누워 있는 모습이 아니라 활짝 웃는 모습으로 그녀를 기억하고 싶었다.

장례식 날, 화장터는 사람들로 북적거렸다. 어디로 시선을 돌려도 인명구조원과 응급구조요원 들을 포함한 친구와 친척, 아이들 학교의 학부모, 경찰 친구, 사회체육센터 동료, 오랜 이웃, 오랜만에 만나는 지인 들로 그야말로 인산인해를 이루었다.

주차장이 순식간에 가득찼고, 차량들로 도로까지 마비되었다. 어떤 사람 말로는 시내버스들이 우회하고 있다던데, 케이트가 들었다면 기뻐할 만한 소식이었다. 케이트와 잠깐이나마 알고 지냈던 사람들이 모두 마지막 인사를 하러 찾아온 듯했고, 직접 참석하지 못하는 사람들은 전 세계에서 메시지를 보내왔다. 나는 놀라지 않았다. 케이트는 그렇게 사랑스럽고 인기 많은 사람이었으니까. 케이트는 좋아할 수밖에 없는 사람이었다. 아니, 사랑할 수밖에 없는 사람이었다.

빽빽하게 들어찬 좌석을 둘러보며 내가 그녀의 남편이었다는 데

---

* 음악에 맞춰 다양한 퍼포먼스를 보여주는 그룹.

무한한 자부심이 밀려왔다. 목이 메었고, 음악이 흐르기 시작하자 감정을 주체할 수 없었다. 첫 곡인 릭더틴스의 〈Can't Help Falling in Love〉를 듣는 순간 눈물이 터져나왔다. 우리가 결혼식 때 튼 노래였다. 우리 결혼식은 굉장했다. 상아색 웨딩드레스를 입고 걸어오는 케이트가 눈부시게 아름다워서 나는 기쁨의 눈물을 흘렸더랬다. '내 인생도 전부 가지라'는 가사가 흘러나올 때 나는 무너져버렸다. 케이트는 당시 내 인생의 전부였고, 지금도 마찬가지였다.

"쉿!" 리프의 매서운 눈빛을 보고 나는 현실로 돌아왔다. "어휴 아빠, 제발 그만 좀 울어요."

리프 덕분에 잠깐 마음을 가라앉힐 수 있었다. 제대로 혼을 내는 고압적인 선생님 같은 말투였다. 케이트가 들었더라면 아마 배꼽을 잡았을 것이다. 아바의 〈Does Your Mother Know?〉가 울려퍼지자 다른 조문객들이 웃음을 터뜨렸다. 케이트가 늘 부모님을 속이고 나를 만나러 나왔던, 우리의 십대 연애 시절에 바치는 장난스러운 선곡이었다. 우리 인생을 담은 사운드트랙의 하나이자 케이트가 오랫동안 가장 즐겨 듣던 노래이기도 했다. 엄마가 된 뒤에도 카스테레오 볼륨을 끝까지 올리고 그 노래를 들었던 케이트의 모습이 눈에 선했다.

블루맨그룹의 연주곡이 나왔을 때 나와 아이들 말고는 이 곡에 얽힌 사연을 아는 사람이 아무도 없었지만, 그 음악을 듣는 순간 케이트가 배꼽이 빠져라 계속 깔깔대며 관람했던 공연이 곧바로 떠올랐다. 미친 듯이 웃는 그녀를 본 것은 아마 그때가 마지막이었을 것이다. 그 공연이 미국 여행의 하이라이트가 될 줄 누가 짐작이나 했을까. 석 달도 채 되지 않은 일이라니 믿기지가 않았다.

나는 망연자실한 얼굴로 케이트가 누워 있는 해초 관을 바라보았다. 그러자 결혼식 날 단상에서 내 옆에 서 있는 케이트를 보았을 때처럼 눈물이 났다. 그때 그녀는 무척 아름다웠다. 이제 관 속에 누운 그녀의 모습이 머릿속에 생생하게 자리잡았다. 마지막으로 뚜껑을 닫기 전에 입관을 거들었기 때문에 그녀가 어떤 모습이고 안에 뭐가 들었는지 나는 정확히 알고 있었다.

케이트는 평소 좋아했던 검은색 정장을 입었다. 깔끔해 보이기를 바랄 것 같아서 내가 직접 고른 옷이었다. 달랑거리는 귀걸이와 그녀에게 플로리다 여행의 추억을 불러일으킬 돌고래 목걸이를 했고, 생전에 부탁했던 대로 손을 따뜻하게 감싸주는 장갑을 꼈다. 한 손에는 크리스털을 쥐고 있었다. 그녀는 크리스털을 손에 쥐고 있으면 치료는 안 될지라도 위안은 될지 모른다며 좋아했다. 대체요법을 믿지는 않았지만, 수명을 늘릴 수 있다면 무엇이든 시도할 마음의 준비가 되어 있었다. 케이트가 아이들이 입던 옷을 곁에 놓아주기를 바랐기에 아이들의 체취가 남아 있는 티셔츠와 작은 양말을 돌돌 말아서 넣었다. 내가 핀이 아기 때 입었던 바디슈트를 추가해 가지런히 조심스럽게 그녀의 주변에 배치하는 동안 장모님은 케이트가 끼고 다녔던 조그만 세례 기념 은팔찌를 넣었다.

아이들 사진 대여섯 장, 리프와 핀이 '무한대 요정'이라고 서명한

쪽지 몇 장, 행복해 보이는 가족사진 여러 장, 그녀가 리스트에서 부탁했던 크리스마스카드와 생일카드도 잊지 않았다. '당신을 죽을 때까지 잊지 못할 거야. 무진장 무진장 사랑해'라는 말로 끝맺은 내 편지도 넣었다. 그런 다음 마지막으로 조개껍데기 다섯 개를 케이트의 몸 주변에 빙 둘러 띄엄띄엄 놓았다. 우리가 가장 좋아했던 다섯 군데 스쿠버다이빙 여행지에서 주운 것으로, 함께 즐기고 소중히 여겼던 세상을 상징했다. 오스트레일리아, 카리브 해, 랜트윗, 토키, 몰디브.

케이트가 바라던 물건을 모두 넣어주었으니 마음이 편안해졌다고는 말 못하겠다. 너무나 너무나 슬펐으니까. 최선을 다했지만, 나아진 것은 없었다. 어쩔 수 없이 치러야 하는 끔찍한 과정을 한 단계 더 처리한 것에 불과했다. 장례식이 진행되는 동안 많은 사람들이 눈물을 흘렸다. 장모님이 리프와 핀을 앞으로 데리고 가서 케이트의 관 위에 눈풀꽃을 얹었을 때가 절정이었다. 장모님이 어디서 그 꽃을 구했는지는 모르지만, 고마울 따름이었다. 장례식 분위기가 마냥 침울하지만은 않았다. 놀랍고도 다행스러운 일이었다.

장례식을 마친 뒤에는 킹스턴시모어의 황무지 한복판에 있는 플랜테이션스라는 곳에 다 같이 모였다. 리프가 속한 장애인 팀 전용 시설인데, 고맙게도 오후 동안 사용할 수 있게 배려해주었다. 비공개 시설이기도 하거니와 대자연으로 둘러싸인 주변 환경이 워낙 훌륭해서 더할 나위 없었다. 케이트도 그럴 수만 있다면 밖에서 벌레를 잡고 네잎클로버를 찾으러 다녔을 것이다. 그곳에 들를 때마다 그랬으니까.

조문객들이 아이들에게 게임과 〈해리 포터〉 DVD를 선물했다. 블루맨그룹의 사운드트랙 덕분에 분위기는 내내 즐거웠다. 우리 삼촌이 비디오와 수많은 옛날 사진을 편집해 만든 영상이 대형 스크린 위에서 반복 상영되었다. 그 어마어마한 작업을 그렇게 짧은 시간 동안 무슨 수로 끝냈는지 경이로울 따름이었다.

케이트의 인생과 그녀와 함께한 내 인생을 담은 사진들이 눈앞에 펼쳐졌다. 나는 매 순간 그녀를 진심으로 사랑했다. 그녀는 늘 한결같았다. 심지어 생의 막바지에 이르러 통증에 시달릴 때조차 나를 처음 만난 십대 시절처럼 장난스럽게 눈을 반짝였다.

아이들은 울지 않았다. 울컥하는 사람들을 보며 조금 동요했을 뿐이다. 날이 저물었을 때 나는 진심으로 기뻤다. 케이트를 위해 마련한 근사한 송별식이 끝났으니 이제는 좀더 은밀히 그녀를 추모할 차례였다. '아이들 곁에 좀더 머물 수 있게 인형을 올려놓는 옷장 위편에 내 자리를 마련해줘.' 케이트도 좀더 은밀한 추모의 시간을 바라며 리스트에 이 항목을 넣었을 것이다.

케이트에게 이 소원을 들었을 때 조금 놀랐다. 내 아내가, 따뜻하고 말랑말랑하며 달콤한 체취를 풍기던 케이트가 상자 안에 담긴 시커멓고 차가운 유골이 되어 옷장을 지키겠다니. 다른 옷장도 아니고 아이들 방에 있는 옷장 맨 위 칸에서. 나는 아주 신중한 태도를 보였지만, 케이트는 이미 모든 계획을 세워놓았다. 화장을 하고 유골함이 땅에 묻히기까지는 어느 정도 시간이 필요했다. 케이트는 그 시간 동안 어느 장의사의 창고 선반에서 외로이 시간을 보내느니 우리들 곁에 머물고 싶다고 심사숙고 끝에 결론을 내린 것이다.

"아이들한테는 비밀로 해도 돼." 그녀가 말했다. "당신이 인형들 사이에 내 자리를 마련해주면 아이들 곁에 좀더 머물 수 있잖아."

그 말을 들었을 때 가슴이 찢어지는 것 같았다. 케이트가 자기 운명을 어찌나 분명하게 직시하고 있는지 일상적인 말처럼 들릴 정도였다. 마치 빨래를 널거나 물고기 밥을 주라고 부탁하는 투였다. 가타부타 따질 생각은 없었지만, 마음이 불편했다.

이제는 케이트의 부탁이 그때만큼 섬뜩하게 느껴지지 않았다. 다음날 화장터에서 유골을 수습했을 때 나는 동생에게 전화를 걸어 제법 아무렇지 않은 투로 말했다. "이제 막 케이트를 차에 태웠어."

"아, 그렇구나." 맷의 말투가 조심스러웠다. "안 그래도 괜찮은지 전화하려던 참이었는데. 어…… 형, 괜찮아?"

"응. 괜찮아, 짜식."

케이트는 관 못지않게 아름다운 바구니에 담겼다. 내가 바란 대로 조그만 소풍 바구니처럼 생긴 유골함이었다. 정말 예뻤고, 딱 케이트 분위기였다. 그런 바구니라면 곰 인형들 틈에 숨겨놓아도 전혀 이상할 게 없었다.

집에 무사히 도착했을 때, 나는 아이들이 아직 유치원과 학교에서 돌아오기 전이라 얼마간 이 집에 우리 둘뿐이라고 말하며 케이트를 데리고 이층으로 올라갔다. 그런 다음 그녀를 카펫에 잠깐 내려놓고, 핀이 가장 좋아하는 사자와 리프가 병원에 들고 갔던 기린, 껴안기 좋은 디즈니 캐릭터, 곰, 축 처진 강아지, 폭신한 기니피그 인형 들을 헤치고 조그만 공간을 만들었다.

"됐다!" 그러고는 조심스럽게 그녀를 들어 그곳에 올려놓고 인형 들로 주변을 에워쌌다. "편안해, 케이트?"

누가 이 소리를 들었다면 나더러 제정신이 아니라고 했겠지만, 아무 말 없이 옮기면 안 될 것 같았다. 나는 그녀에게 말을 하고 싶었고, 또 그렇게 하는 것이 놀랍게도 전혀 이상하지가 않았다. 생각해보니 이로써 그녀의 소원이 이루어졌을 뿐 아니라 내 상심한 마음을 달래는 데에도 도움이 됐다. 그녀는 아이들 곁에 좀더 머물고 싶다는 소원을 이루었고, 나는 그녀와 좀더 함께 지낼 수 있게 되었으니 말이다. 케이트는 이미 거기까지 생각했던 것이다.

그날 밤, 나는 아이들을 침대에 눕히고 두 번씩 뽀뽀를 해준 다음 옷장을 흘끗 올려다보고 나서 "잘 자라"고 말했다. 두 아이가 조그맣게 합창했다. "안녕히 주무세요, 아빠." 그 방 안에서 케이트의 존재가 어찌나 강렬하게 느껴지는지 목소리가 들릴 것만 같았다. 아이들에게 엄마가 지켜보고 있다고, 엄마가 아직 떠나지 않았다고 알려주고 싶었지만, 그랬다가는 아이들이 헷갈리거나 어쩌면 무서워할 수도 있었기 때문에 참아야 했다. 게다가 실제가 아니라 그저 내 어리석은 바람일 수도 있었다.

케이트와 나는 기독교의 가치관과 윤리관을 공유하고 기독교 정신을 굳게 믿었기에 아이들도 미션스쿨에 보냈지만, 일요일마다 꼬박꼬박 교회에 가지는 않았다. 만약 신이 존재한다면 우리가 왜 이렇게 엄청난 시련을 겪어야 하는지 도무지 이해할 수가 없었다. 그래도 그날 밤만큼은 케이트의 존재가 워낙 강하게 느껴져서 손을 내밀면 만질 수 있지 않을까 싶을 정도였다. 공기중에 부드러운 온기가 감돌았고, 아이들에게 잘 자라는 인사를 하려고 문을 열고 들어가는데 커다란 품 안으로 걸어들어가는 듯했다. 그 느낌이 좋았다. 아이들은 행복한 한 쌍의 토끼처럼 쌔근쌔근 잠이 들었다.

그날 저녁 추억을 정리할 상자를 찾으려고 인터넷을 뒤지다 해적 궤짝 모양의 환상적인 상자를 이베이에서 발견하고 환호성을 질렀다. 같은 크기로 두 개, 좀더 큰 것으로 한 개를 독일 회사에 주문했다. 케이트가 이 집에 있었을 때 함께 추억상자를 꾸미기 시작했더라면 위로가 되었겠다는 생각이 들었다. 아이들도 이 상자를 보면 좋아할 게 분명했다.

케이트의 유골함은 몇 주 뒤에나 땅에 묻을 예정이었다. 내가 선택한 날짜는 우리의 결혼기념일이기도 한 3월 31일이었다. 우리가 그날을 좋아했던 이유는 휴대전화 키패드에서 이 숫자를 순서대로 누르면 하트 모양이 되기 때문이었다. 아이들도 그날 세례를 받으면 우리 결혼기념일에 아이들의 삶과 케이트의 삶을 동시에 기념할 수 있겠다는 생각이 들었다. 1996년 결혼, 2010년 사망. 그 짧은 기간 동안 이런 일들이 벌어질 줄 누가 상상이나 했겠는가?

올해는 아이들이 너무 어렸고, 케이트를 묻는 날 세례를 받는 것은 불가능할뿐더러 부적절한 처사였다. 내년이 딱 좋았다. 2011년 3월 31일이면 '아이들에게 세례를—노엘에게' 항목을 지울 수 있을 것이다. 그러면 그 날짜에 얽힌 행복한 기억이 새롭게 생겨나겠지. 나는 케이트에게 이 계획을 알렸고, 그녀도 찬성하리라고 믿어 의심치 않았다.

"진작 세례를 받게 할 걸 그랬어." 내가 말했다. "그랬더라면 당신도 좋아했을 텐데. 적어도 그날을 손꼽아 기다리면서 소중하게 기억할 수 있었을 텐데."

노엘도 기꺼이 도와줄 것이다. 그는 리프가 다니고 핀도 머잖아 입학할 올세인츠 학교 부속 교회의 담임목사였다. 어린 아들이 둘 있고 학교 운영위원도 맡고 있었는데, 케이트와 사이가 돈독했다.

나는 세 가지 사건을 머릿속으로 나열하고 또 나열해보았다. 결혼, 매장 그리고 아이들의 세례. 아무리 생각해도 올바른 순서가 아니었다. 휴대전화를 집어들었다. 그 날짜를 순서대로 누르면 나타나는 하트 모양을 보며 케이트와 내가 기념일이건 아니건 수시로 문자를 주고받았던 시절을 떠올리기 위해서였다. 바로 그때 트랜스비전뱀프*의 벨소리가 울리는 바람에 화들짝 놀랐다.

---

* 영국의 얼터너티브 록그룹.

"내일밤에 만나기로 한 거 잊지 않았지?"

나와 케이트의 오랜 친구인 레이철이었다. 그녀와 남편 스튜어트가 댄스파티에 같이 가자고 하도 졸라서 알았다고 했던 기억이 희미하게 떠올랐다. 나는 레이철과 스튜어트를 좋아한다. 케이트와 나처럼 조금 엉뚱한 구석이 있기 때문이다. 레이철은 맨날 나를 골탕 먹이고 내 웃음보를 터뜨리며, 스튜어트도 재미있는 친구다. 스튜어트는 오랜 경력을 자랑하는 목수이기도 해서 우리 집 확장 공사를 의뢰한 상태였다. 나는 가능한 한 여러 친구를 우리 일에 끌어들이고 싶었다. 케이트라면 그렇게 했을 것이다.

"하룻밤 나가서 놀다 오면 기분 전환도 되고 좋을 거야." 레이철이 말했다. "당신 혼자 우울해하는 건 노, 노, 노, 절대 안 될 말씀!"

그녀는 케이트의 소원을 속속들이 알고 있었기 때문에 케이트가 세상을 떠난 지 몇 주 되지도 않았건만 나를 당장 끌어내 새로운 사람들과 만남을 주선하겠다며 결의를 불태웠다.

"아직 아이들 돌봐줄 사람도 못 구했는데." 나는 막상 댄스파티에 참석하려니 이상하게 불안해서 거절할 핑곗거리를 찾았다.

"케이트네 부모님한테 맡기면 되잖아. 늘 잘 도와주시는데, 뭘. 아니면 항상 부르던 커스티한테 맡기든지."

"알았어. 빠져나가질 못하겠네." 나는 빙긋 웃었다. "댄스파티 때는 뭘 입고 가야 하나? 싱글이 되고 처음으로 밤마을 나가는 건데 뚱뚱한 카우보이처럼 보이면 어떡해!"

레이철은 숨넘어갈 듯 웃었다.

"내일 일곱시에 데리러 갈게." 그녀가 말했다. "스튜어트랑 나랑 같이 걸어가자."

나는 옷장을 열고 셔츠를 고르기 시작했다. 내가 무슨 짓을 하는 걸까, 누구를 만나게 될까 조바심을 내려니 다시 십대 시절로 돌아간 것 같아 기분이 묘했다. 생각해보니 싱글이 된 것은 열세 살 이래 처음이었다. 삼십여 년 만의 일이었던 것이다. 마흔네 살에 싱글로 지내기는 싫었지만, 아직 나는 새로운 관계를 시작하기는커녕 누군가와 가볍게 데이트를 할 마음의 준비조차 되어 있지 않았다.

혼자만의 외출이라니 완전히 새로운 도전이자 어색한 과제였다. 하지만 익숙해져야 했다. 춤은 어떻게 하나, 다음날 하루종일 시시때때로 걱정이 됐지만, 전혀 걱정할 필요가 없었다. 파티장에 도착했을 때 스튜어트가 우즈 럼에 콜라를 넣은 칵테일을 사주었는데, 몇 모금 들이켰더니 긴장이 조금 풀렸다. 아이들 친구 엄마들과 춤도 몇 번 추고 가볍게 웃으며 대화도 나누면서 즐거운 시간을 보냈다.

자정 무렵 레이철과 스튜어트가 나를 집까지 바래다주었다. 서리가 내릴 만큼 추운 날이라 깊은숨을 내뱉을 때마다 하얀 김이 나왔다. 외출을 하고 났더니 마음이 한결 가벼워졌다. 케이트와 같이 춤을 추고 수다를 떨 수 없어서 서운하기는 했지만, 집 안에 켜켜이 쌓인 추억에서 벗어나 바람을 쐬었더니 기분이 나아졌다. 그날 저녁 나는 그냥 한 명의 성인이었다. 농담을 주고받으며 친구들과 어울리는 평범한 독신 남자였다. 싱글대디이자 상처한 홀아비의 짐을 몇 주 만에 처음으로 내려놓은 것인데, 스스로 노력하고 있다는 생각에 기뻤다.

갑자기 나타난 자동차 한 대가 쌩하니 모퉁이를 돌면서 도로 저편을 걸어가던 커플을 전조등으로 비추었다. 어찌나 딱 붙어서 걸어가는지 덩치가 큰 사람 한 명처럼 보일 정도였다. 불현듯 어디서 오는지 모를 질투가 일면서 달콤한 기분에 구멍이 났고, 그 사이로 거센 파도처럼 자기 연민이 밀려들었다.

케이트와 나는 왜 저들 같을 수 없을까? 차가운 밤공기가 어깨를 감싸는 지금, 도로 이편을 혼자 걷고 있는 사람이 왜 나여야 할까? 나는 하늘을 올려다보며 케이트도 나를 내려다보고 있을까 생각했다. 하늘은 맑고 별들이 밝게 반짝이고 있었다. 그 광경에 기분이 좋아졌다. 케이트와 데이트를 시작할 무렵 멘딥힐스에서 한밤의 소풍을 즐겼던 밤들이 생각났다.

'걱정 마. 매사에 구시렁거리는 늙은이가 되지는 않을 테니까.' 집에 도착했을 때 케이트에게 속으로 말했다. '내가 짜증을 부리고 심란해하더라도 걱정 마. 계속 그러지는 않을게. 약속해.'

다음날 아침, 나는 아이들에게 토요일 아침 방송을 틀어주고 샤워를 했다. 아이들이 좋아하는 〈스쿠비 두〉가 방영되고 있었다. 샤워를 마치고 욕실에서 나왔을 때 세상에서 가장 사랑스러운 웃음소리가 계단을 타고 들려왔다. 리프와 핀이 배꼽을 잡고 웃는 소리에 온 집 안이 들썩거렸다. 〈스쿠비 두〉가 뭐가 그리 재미있을까 궁금한 마음에 수건만 두른 채 내려가보니 아이들은 채널을 돌리다 우연히 마주친 노먼 위즈덤의 옛날 영화를 보고 있었다. 둘 다 배를 잡고 눈물을 줄줄 흘리며 텔레비전을 손가락으로 가리켰다.

"저거 봐요, 아빠. 저 바보 같은 아저씨가 경찰한테 쫓기고 있어요!" 핀이 웃음을 참으며 간신히 내뱉었다.

"꼭 블루맨 같아요." 리프는 킥킥거리느라 말도 제대로 잇지 못했다. "엄마가 봤으면 진짜 큰 소리로 웃었을 텐데."

분명 그랬을 것이다. 슬랩스틱코미디야말로 딱 케이트의 취향이었으니까. 그러나 취향을 떠나서 아이들의 그런 웃음소리를 다시 한번 들을 수 있다면 케이트는 어떤 희생도 감수했을 것이다. 나는 순간 일종의 깨달음을 얻었다. 전날 밤 서로를 부둥켜안은 채 길을 걷는 연인을 보고 자기 연민에 빠졌던 나 자신이 한심하다는 생각이 들었다. 감사할 일이 이렇게 많은데 우울해하다니. 나도 리프와 핀처럼 계속 웃어야 했다. 달리 대안이 없었다. 적어도 케이트가 인정할 만한 대안은 없었다.

내가 다른 여자를 찾았으면 좋겠다고 케이트가 말했을 때 나는 멈칫했다. 불가능한 일 같았기 때문이다. 케이트는 누구도 대신할 수 없는 존재였다. 그녀는 나의 소울메이트였다. 일생에 소울메이트를 두 명이나 만날 수 있을까? 하지만 케이트는 포기하지 않았다. 이기심을 버린 채 내 앞에서 이렇게 말하고 적었다. '아이들이 모성을 느끼며 안정감을 누릴 수 있도록 재혼할 만한 상대 찾기.'

케이트가 어떤 표정을 지으며 그 문장을 큰 소리로 읽었는지 떠올라 가슴이 저려왔다. 내가 행복하길 바라는 마음으로 나를 보며 애써 미소를 지었지만, 쏟아지는 눈물을 주체하지 못했던 것이다. 그녀가 부득부득 그 항목을 리스트에 넣은 이유를 이제야 비로소 알 것 같았다. 케이트는 헌신적이고 사려 깊고 믿을 수 없을 만큼 마음이 넓은 아내였다. 나도 이미 알고 있던 사실이다. 이 항목은 그녀가 마지막으로 건네는 궁극의 사랑 표현이었다. 하지만 그 안에 숨은 더 깊은 뜻이 있었다. 케이트가 엄마로서 이미 오래전에 본능적으로 깨달은 사실을 나도 간파한 것이다. 아이들이 워낙 어리다보니 나의 행복이 아이들에게 직접적인 영향을 미쳤다. 그러니까 우울한 싱글대디가 아이들에게 좋을 리 없었다. 나는 행복해지기 위해 노력하고 계속 긍정적인 태도를 유지해야 했다. 그녀는 나를 잘 알기에 나 혼자서는 그러기 어렵다는 사실을 알아차린 것이다.

그 주에 나는 또다른 파티에 초대받았다. 이번에는 웨스턴슈퍼메어의 어느 나이트클럽에서 열리는 남동생 여자친구의 열여덟번째 생일파티였다. 케이트의 장례식을 치르고 열흘밖에 지나지 않은 2월 12일이라 내가 가겠다고 했을 때 친구와 가족 들은 놀라워하면서도 반겨주었다. 댄스파티에 한 번 참석한 적이 있는데다 가족들과 함께하는 자리였기 때문에 이번에는 긴장감이 덜했다.

그래도 온전히 나 혼자 준비를 하고 클럽까지 차를 몰고 가려니 조금 괴롭기는 했다. 내 옆의 빈 공간을 채우느라 가는 내내 요란하

게 음악을 틀었다. 나이트클럽에 도착해 안으로 들어가는데, 시끄러
운 음악 소리에 머릿속이 쿵쾅거렸고, 내 몸은 기계적으로 움직였다.
케이트 없이 혼자 왔다는 생각은 잊고 오늘밤을 무사히 보낼 수 있기
를, 하루 스물네 시간 나를 따라다니는 슬픔에서 또다시 해방될 수
있기를 바랄 따름이었다. 그런데 생각과 달리 내 잠재의식이 농간을
부렸다.

"뭐 마실래?" 맷이 물었다.

동생이 그렇게 물은 순간을 나는 평생 잊지 못할 것이다. 내가 고
개를 돌려 케이트에게 당신은 뭘 마시겠느냐고 물었던 순간도 평생
잊지 못할 것이다. 나는 그녀가 나이트클럽의 바 앞에 나와 함께 나
란히 서 있다고 확신했다. 디스코 조명과 드라이아이스 안개를 배경
으로 그녀의 실루엣을 보았다고 장담할 수 있었다. 그녀를 다시 보게
되어 좋았다. 아니, 케이트의 환영이었어도, 내가 내 옆 빈자리에 투
사한 환영이었어도 좋았다.

동생은 당연히 충격을 받았지만, 그 때문에 그날 밤 분위기가 어
색해지지는 않았다. 나는 잠깐 착각했을 뿐이라고 얼른 동생을 안심
시키고는 자리를 옮겨 사람들과 어울렸다. 웃고 가벼운 대화를 나누
며, 나를 보고 뭐라고 말을 건네면 좋을지, 어떻게 행동하면 좋을지
몰라 당황하는 사람들 앞에서 자연스럽게 대처했다. 아내를 잃었지
만 내 성격까지 달라지는 건 아니라고 되뇌며, 어색한 분위기를 깨고
웃고 떠들기 좋아하는 예전의 내 모습을 보여주었다.

케이트를 보내고 얼마 되지도 않았는데 파티에 참석한 나를 보고 놀라는 사람들도 있었다. 나의 참석 여부를 진작 알았던 사람들도 아마 내가 한쪽 구석에 앉아서 맥없이 눈물만 흘리리라 생각했을 것이다. 차를 몰고 집으로 돌아가는데 즐거운 저녁 시간을 보냈다는 생각에 기분이 좋았다. 그날 밤, 나는 아이들 방으로 살금살금 들어가 옷장 맨 위 칸에 희한하게 늘어선 시커먼 형체들에 대고 소곤소곤 기쁜 마음을 전했다.

당신이 옆에 있는 줄 알고 실수를 저질렀을 때 동생이 얼마나 충격을 받았는지 모른다고 이야기했다. 당신이 평소처럼 내 팔짱을 끼고 있는 줄 알았다가 착각임을 깨달았을 때 마음 아프기보다 당신을 다시 보게 되어 내심 좋았다는 이야기도 했다. 나중에 플로어를 누비는 십대 아이들을 보았을 때는 추억이 거센 파도처럼 밀려들더라는 이야기도 했다. 프리디에서 서로 부둥켜안고 한밤의 소풍을 즐겼던, 우리가 갓 연애를 시작한 시절이 생각났노라고. 그러고는 마지막으로, 우리 둘이서 벌레와 파충류와 두꺼비를 잡고 움푹 팬 풀밭에 드러누웠던 프리디 풀스의 그 놀이터로 아이들을 데려가겠다고 말했다. 엄마가 그러는 걸 좋아했으니까.

"그리고 언젠가는 최선을 다해 새로운 여자를 찾아볼게." 말은 이렇게 했지만, 스스로도 미덥지 않았다. "장담은 못하겠지만. 그리고 오래 기다려야 하겠지만."

추억상자를 만들어
우리 추억을 정리하기

　케이트의 장례식을 치르고 몇 주가
지났을 때 우리는 노스서머싯 장애인 팀이 주최한
가족 초청 행사에 참석하기 위해 킹스턴시모어의 플랜테이션스를
다시 찾았다. '장애인 팀의 마리아, 린과 꾸준히 연락 주고받기.' 케
이트는 이렇게 당부했고, 나도 그럴 생각이었다.

　린과 마리아는 환상의 팀워크를 자랑했고, 케이트는 그들과 죽이
아주 잘 맞았다. 가끔 케이트의 컨디션이 유난히 안 좋을 때면 두 사
람이 아이들의 등교를 책임져준 덕분에 나는 부담 없이 일찍 출근하
거나 예약 시간에 맞춰 케이트를 병원에 데리고 갈 수 있었다. 맡은

아이의 병세나 증상이 아무리 심각해도 두 사람 다 빛나는 유머 감각을 잃는 법이 없었다.

"안녕하세요, 신지 씨. 안녕, 리프. 안녕, 핀!" 마리아가 활기찬 목소리로 우리를 맞았다.

성 모양의 대형 에어바운스와 화려한 옷차림의 마술사와 무지개색 아이스크림 매점을 보고 아이들의 눈이 휘둥그레졌다. 마리아가 아이들을 두 팔로 안아올리며 숨막히는 애정을 퍼부었다. 린도 우리를 발견하고는 웃는 얼굴로 손을 흔들며 달려왔다. 이 두 사람은 늘 장난스레 티격태격 농담을 주고받았다. 마리아가 린더러 요가를 너무 열심히 해서 비쩍 말랐다고 놀리면, 린은 마리아더러 케이크와 초콜릿을 너무 사랑해서 탈이라며 맞받아치는 식이었다. 오늘도 예외는 아니었다.

"나 아직 안아주고 싶은 만큼 못 안아줬어!" 린이 다가오자 마리아가 경고했다.

그러고는 아이들을 향해 윙크하며 이렇게 덧붙였다. "그리고 이 녀석들은 너보다 내가 안아주는 걸 더 좋아해. 내가 완전히 감싸주는 맛이 있잖아!"

린은 눈을 부라렸고, 나는 당장 긴장을 풀었다. 오늘 혼자서 무슨 수로 대처하나 조금 걱정하고 있었던 것이다. 이곳은 소아암 병동이라는 맥 빠지고 우울한 세상에서 멀찌감치 떨어져 조용히 휴식을 취할 수 있는 공간이라 케이트도 나도 즐겨 찾던 시설이다. 커피 한잔

마시며 다른 부모들과 수다도 떨 수 있어서 리프가 치료를 받는 동안
에는 하늘이 주신 선물과도 같았다. 리프도 이곳에 오면 공공 놀이터
에 항상 도사리고 있는 세균 감염의 위험에서 벗어나 밖에서 신나게
뛰놀 수 있었다.

"케이트는 어때요?" 한 아이 아빠가 물었다.

나는 어안이 벙벙해졌다. 당연히 다른 사람들도 그녀가 떠났다는
사실을 알 거라고 생각했기 때문이다. 나와 모든 일을 함께했던 케이
트가 곁에 없는데, 그렇다면 누가 봐도 답이 뻔하지 않은가 싶었던
것이다.

"하늘나라로 떠났어요. 몇 주 전에." 내가 말했다.

그는 몹시 당황한 듯 보였다. 이곳을 찾는 사람들은 대부분 장애
아를 둔 부모였다. 이곳은 병에 걸린 부모나 홀아비를 위한 시설이
아니었다. 그가 어떻게 된 영문인지 파악하느라 끙끙대는 게 눈에 보
였다.

"그것 참 안타까운 소식이네요."

"네." 나는 괜찮다는 뜻에서 애써 미소를 지어 보였다. "안부 물어
봐주셔서 고맙습니다. 모르셨을 텐데 신경쓰지 마세요."

나는 반쪽짜리 인간이 된 듯한 기분으로 벤치 한쪽 끝에 앉았다.
린과 마리아가 완벽한 팀워크를 자랑하는 동료인 것처럼 케이트와
나도 완벽한 팀이었고, 서로 아귀가 딱 맞는 짝이었다. 그런데 이제
나 혼자 일인이역을 하려니 기분이 이상했다.

아이들은 자신들을 위해 마련된 온갖 선물을 즐기느라 눈을 반짝이며 신나는 하루를 보냈다. 아이들과 케이트가 전에도 그렇게 눈을 반짝였던 것이 생각났다. '엄마는 라플란드에 갔을 때 눈을 반짝이던 리프와 핀이 얼마나 사랑스러웠는지 몰라.' 케이트는 이렇게 적었다. 나도 라플란드에서 눈을 반짝이던 아이들이 사랑스럽기 그지없었고, 그날도 눈을 반짝이는 아이들이 정말 사랑스러웠다. 그 눈을 계속 볼 수 있으니 얼마나 다행인가. 그날 나는 옆자리를 비워둔 채 벤치에 앉아 스스로에게 말했다.

케이트는 일 년이 넘게 항암 치료를 받느라 기진맥진한 상태였음에도 불구하고 2009년 12월에 아이들과 함께 라플란드에 가야 한다고 고집을 부렸다.

"정말 괜찮겠어?" 내가 물었다. "미리 계획도 세워놨고 오래전부터 손꼽아 기다려왔다는 건 알지만 내년에 가도 되잖아."

케이트는 화학요법과 방사선요법뿐 아니라 약물 임상시험까지 모두 마친 상태였고, 우리 가족은 불과 한 달 전에 플로리다의 디즈니월드에서 멋진 휴가를 즐기고 돌아온 참이었다. 진료 예약 시간 위주로 돌아가던 날들이 끝났다니 뛸 듯이 기뻤지만, 치료를 마친 지 얼마 되지 않아 케이트의 상태는 아직 정상이 아니었다. 병과 투여받은 온갖 약물 때문에 피곤하고 기운이 없었다. 허리가 아팠고, 귀에 거슬리는 심한 기침이 시작됐다. 회복되려면 아직 한참을 기다려야 했다.

대부분의 암 환자들이 그렇듯 케이트도 오 년을 두고 본 다음에야 원칙적으로 완치되었다는 선언이나 아니면 '아주 깨끗하다'는 기적 같은 진단을 기대할 수 있었다. 케이트보다 몇 년 일찍 발병한 리프도 아직 그 단계에 다다르지 못했다. 우리가 알 수 있는 건 일단 치료가 성공리에 끝난 것으로 보인다는 정도였다. 케이트는 간절히 원하는 유방재건술을 받을 수 있을 만큼 체력을 회복하기를 바랐다.

"예전부터 가슴확대수술을 하고 싶었는데 보험으로 하게 됐네?" 케이트는 키득거렸다.

그녀는 친구들에게도 똑같은 소리를 숱하게 반복했다. 나는 그 농담이 좋았다. 유방암의 한 단계를 마무리짓고 다음 단계로 나아가려는 긍정적인 자세니까.

"아냐, 여보. 라플란드 가는 거 미루고 싶지 않아." 케이트가 딱 잘라 말했다. "아이들이 얼마나 좋아할지 상상해봐. 북극에서 산타할아버지를 만나기에 딱 좋은 나이라고. 얼마나 신기하겠어. 올해 꼭 가야 해. 너무 늦기 전에."

나는 그 말을 아이들이 더 나이를 먹기 전에 가야 한다는 뜻으로 받아들였다. 이론상으로는 케이트의 말이 맞았다. 리프가 생후 오 년 육 개월이고 핀이 네번째 생일을 앞두고 있었으니 가장 이상적인 나이였다.

"그런데 케이트, 문제는 뭐냐면 항상 아이들 위주로 생각하면 안 된다는 거지. 아이들을 생각하면 올해가 딱 알맞기는 해. 하지만 아이들은 내년에 가도 좋아할 거야. 당신도 그렇잖아. 내년에 가면 체력도 뒷받침되고 더 좋지 않겠어?"

케이트는 고개를 저으며 결의에 찬 눈빛을 보였다.

"올해 가자." 그러고는 단호하게 말했다. "당신이 뭐라고 해도 갈 거야. 후회하지 않을걸? 웬일로 당신이 여행을 마다하고 그래?"

나는 웃음을 터뜨렸다. "모든 일에는 처음이 있는 법이야."

"그러니까 이번 크리스마스가 우리 아이들이 처음 라플란드에 가는 날이 될 거야." 케이트가 못을 박았다.

나는 더이상 왈가왈부하지 않고, 아이들 방학이 시작하는 날 출발해서 크리스마스이브에 돌아오는 일정으로 예약을 했다. 표가 도착했을 때 케이트는 어린애처럼 손뼉을 치며 좋아서 어쩔 줄 몰라했다. 우리에게 희소식을 들은 리프와 핀도 꺅꺅 환호성을 지르며 펄쩍펄쩍 뛰었고, 12월 내내 열심히 손을 꼽았다. "몇 밤 자면 라플란드 가요?"

케이트는 점점 더 고조되는 분위기를 사랑했고, 하루해가 저물면 지친 기색이 역력한데도 여행 준비에 온몸을 바쳤다.

"정말 괜찮겠어?" 나는 똑같은 질문을 몇 번이고 반복했다.

"여보, 제발 그만 좀 물어봐!" 그녀는 투덜거렸다. "괜찮을 거라니까."

케이트가 열띤 분위기를 조성하는 데 얼마나 일가견이 있었던지 나까지 주문에 걸릴 정도였다. 비행기에서 내리면 마치 눈 덮인 디즈니월드처럼 크리스마스를 보내기에 완벽한 환상의 나라가 펼쳐지지 않을까 상상했다. 그런데 현실은 충격적이었다. 그렇게 춥고 어두컴

컴할지 몰랐던 것이다. 도착한 시간이 이른 오후였는데도 하늘은 이미 어둑어둑했고, 그렇게 추운 날씨는 난생처음이었다. 얼음처럼 찬 공기가 목구멍을 파고들었고, 맨살이 드러난 곳마다 따끔거렸다.

"이럴 줄은 몰랐네." 칼바람에 몸을 웅크리며 내가 케이트에게 말했다. "당신 괜찮아? 따뜻한 옷 넉넉하게 챙겨 왔어?"

"충분해." 케이트는 미소를 지으며 큰 털모자를 쓰고, 리프와 핀을 파카, 모자, 목도리, 장갑으로 꽁꽁 싸맸다.

케이트는 눈부시게 아름다웠다. 화학요법을 끝낸 뒤 머리가 다시 자라기 시작했는데, 짧고 성기고 예전보다 훨씬 어두운 색이었다. 그런 머리를 모자로 가리니 예전 모습과 거의 비슷해 보였다. 모자를 벗었을 때 반짝이는 금발이 찰랑여도 놀랍지 않겠다 싶을 만큼 언뜻 보면 예전의 케이트로 돌아간 것 같았다.

첫날 밤에는 리프와 핀을 데리고 호텔 옆에서 썰매를 탔다. 두 아이 모두 겁도 없이 썰매에 몸을 맡기고 엄청난 속도로 쌀쌀한 공기를 갈랐다. 핀은 평소 성격답게 누구보다 더 빨리, 더 멀리 가고 싶어 안달이었다.

"저 성격을 누구한테 물려받았는지 모르겠네." 케이트가 농담조로 말했다. "정말 구제불능이라니까!"

"사돈 남 말 하시네." 나도 농담조로 맞받아쳤다. "무모한 엄마한테 물려받은 유전자 같은데?"

바로 그때 핀이 머리를 아래쪽으로 두는 스켈리턴* 스타일로 여봐

란듯이 썰매에 올라탔다. 그러더니 로켓처럼 빠른 속도로 슬로프를 갈랐다. "핀, 너 구제불능이야!" 케이트가 고함을 질렀다. 잠시 후 핀은 호텔 쉼터 옆 바비큐 매점을 향해 머리부터 돌진했고, 우리는 한목소리로 비명을 질렀다. "핀, 안 돼!"

"여보!" 케이트가 겁에 질린 얼굴로 나를 돌아보며 외쳤다. "얼른 가서 막아!"

허겁지겁 슬로프를 미끄러져내려갔지만 소용없었다. 번개처럼 내달리는 핀을 잡을 방법이 없었다. 쿵 하는 소름 끼치는 소리가 들리고는 사방에 정적이 흘렀다. 워낙 어두워서 저 멀리서 무슨 일이 벌어졌는지 알 도리가 없었다. 잠시 후 어둠 속에서 도와달라고 외치는 핀의 목소리가 들렸을 때 우리가 얼마나 가슴을 쓸어내렸는지 모른다.

바비큐 매점 쪽으로 미끄러져내려가자 매점 밑에 단단히 박혀 옴짝달싹 못하는 핀과 썰매가 보였다. 아이의 발은 이쪽으로, 머리는 저쪽으로 튀어나왔다. 노란 모자에 검댕을 뒤집어썼고 잔뜩 겁에 질린 듯했지만, 기적적으로 다친 데는 없어 보였다.

"아빠, 도와주세요!" 녀석이 외쳤다. "얼른 꺼내주세요!"

아이를 끄집어내는 데 족히 몇 분은 걸렸다. 그런데 다시 일어설 수 있게 되자 녀석이 낄낄거리기 시작하는 게 아닌가. 케이트는 어이가 없다는 듯 녀석을 쳐다보다 덩달아 폭소를 터뜨렸다. 아마 다행스

---

* 머리를 아래로 향하고 썰매 위에 엎드려 얼음 트랙을 가르는 겨울 스포츠.

러운 마음에 그랬겠지만 어�찌나 깔깔대고 웃었던지 뺨을 타고 눈물이 흘러내릴 정도였다.

"그러게 내가 뭐랬어?" 그녀가 숨을 헉헉대며 말했다. "아빠를 닮아서 구제불능이랬지!"

"아, 그만해." 나는 웃으며 눈덩이를 집어 그녀에게 던졌다.

잠시 후 웃음을 멈춘 케이트가 기침을 하기 시작했다. 찬 공기가 후두를 자극했기 때문이다. 우리는 이제 그만 안으로 들어가기로 했다. 그녀가 아이들을 위해 얼마나 애쓰는지 알 수 있었고, 나도 옆에서 거들며 아무렇지 않은 척 웃느라 얼마나 노력했는지 그녀도 알아차렸을 것이다.

사실 쉽지 않은 일이었다. 나는 케이트를 따뜻하고 안전한 곳에 공주처럼 모시고 싶었다. 찬바람을 맞으며 다 나은 것처럼 연극을 하느라 애쓰는 모습은 보기 싫었다. 하지만 말릴 방법이 없었다. 우리가 라플란드에서 하기로 꿈꾸었던 일들을 남김없이 해치우겠다고 케이트가 작정했으니 말려봐야 소용없는 일이었다.

이후 며칠 동안 우리는 북극의 반짝이는 동굴 집으로 산타클로스를 만나러 갔고, 다 같이 사슴 썰매도 탔다. 아이들의 순수한 모습에 가슴이 뭉클한 적도 있었다. 아이들은 무선조종 자동차와 블루맨 DVD를 받고 싶다고 했다. 그 말을 듣고 산타가 "부모님 말씀 잘 들으면" 소원이 이루어진다는 예의 대사를 시작했을 때 핀이 "그리고 엄마가 이제 안 아팠으면 좋겠어요"라고 중얼거렸던 것이다. 산타가 잠깐 할말을 잃은 듯 다정하게 아이의 머리를 토닥였다.

　케이트는 감동을 받아 아이들을 꼭 끌어안았다. 그녀는 피곤해서 안 되겠다고 실토한 뒤 호텔에서 휠체어를 빌려 돌아다녀야 했을 때조차도 행복해했다. 휠체어는 금세 스노모빌로 바뀌었다. 양옆에 리프와 핀을 아늑하게 앉히고 담요를 두른 채 호텔을 향해 신나게 달리던 그녀의 모습을 나는 아마 죽을 때까지 잊지 못할 것이다. 아이들은 좋아서 깔깔댔고, 케이트는 산타클로스의 허리띠만큼이나 넉넉한 함박웃음을 지었다.

　"고마워." 어느 날 밤 그녀가 내게 속삭였다. "라플란드에 오다니 꿈이 이루어진 거야."

　"당신이 이룬 거잖아."

　"여보, 나 부탁 하나만 해도 될까?" 그녀가 느닷없이 물었다. "휴대전화로 찾아봤더니 여기서 북극광이 보일지도 모른대. 진짜로 보이는지 당신이 나가서 확인해줄래? 꼭 보고 싶거든. 행운의 상징이라잖아."

　나는 든든하게 차려입고 뽀드득 소리를 내며 눈밭으로 나갔지만, 북극광은 흔적조차 찾을 수 없었다. 아주 오래전, 케이트를 만나기 직전에 스코틀랜드의 스카이 섬에서 북극광을 보고 넋을 잃은 적이 있었다. 그러나 이곳의 하늘은 칠흑처럼 캄캄했고 별빛마저 거의 보이지 않았다.

　"오늘밤은 운이 안 따르는 모양이야." 방으로 돌아가서 아쉬워하며 말했을 때 그녀는 이미 아이들과 함께 침대에 누운 뒤였다.

케이트는 잠들었지만, 나는 잠을 이루지 못한 채 그녀의 숨소리에 귀를 기울였다. 어찌나 힘겹게 들리는지 너무 무리를 한 게 아닌가 걱정스러웠다. 그녀는 북극광이 보이는지 알아보라며 매일 밤 나를 내보냈고 번번이 실망했다.

"나중에 볼 기회가 있겠지." 내가 말했다. "여기서 못 보면 언제 스카이 섬에 가자."

일주일이 지나자 얼른 크리스마스가 돼서 집으로 돌아갔으면 좋겠다는 생각이 들었다. 만일의 경우에 대비해 아늑한 집 안에 케이트를 두고 싶었다.

"추억상자 구하는 일은 어떻게 돼가고 있어요?" 마리아의 다정한 목소리가 나를 플랜테이션스의 벤치로 다시 불러들였다. 덕분에 라플란드에서 돌아온 이후에 벌어진 끔찍한 사건을 떠올리지 않을 수 있었다.

"마리아가 추억 운운하니까 어색하네요." 나는 스노모빌을 타고 달리던 케이트의 모습이 사라지지 않도록 붙잡으며 미소 지었다.

마리아도 나를 보며 애정이 담긴 따뜻한 미소를 지었다. 내가 독일에서 해적 궤짝 모양의 상자를 주문했다고 이야기하자, 그녀는 신문 기사를 스크랩하고 사진을 코팅하는 일에 전문가의 도움이 필요하지 않겠느냐고 물었다.

"상자가 오길 기다리는 동안 정리해야 할 일이 많을 텐데." 그녀가 경험이 풍부한 사람답게 말했다.

나는 성 모양의 에어바운스에서 폴짝폴짝 뛰어노는 아이들을 바라보았다. 세상만사 아무 걱정도 없는 것처럼 보였다. 케이트에 대한 기억은 기껏해야 이 년, 길어야 삼 년이면 사라지기 시작할 것이다. 두 아이 모두 라플란드와 디즈니월드를 기억하겠지. 리프는 병원에 입원했을 때 엄마가 침대맡을 지키고 있었던 일도 기억할 거고. 지난 여름에 케이트와 함께 바닷가에서 게를 잡았던 일도 기억해주었으면 좋겠는데. 우리 둘이 아이들의 기억을 되살린답시고 호들갑을 떨어가며 사진 액자도 만들었는데. 그 사진도 해적 궤짝 안에서 한자리를 당당하게 차지할 것이다. 그리고 또 뭘 넣으면 좋을까? 함께 보낸 생일과 크리스마스가, 아이들이 기억해줬으면 하고 케이트가 바랄 황홀한 날들이 정말로 많았다.

하지만 우울했던 날도 있었으니 과거를 지나치게 미화하면 안 될 것이다. 인생은 성대한 축제가 아니다. 케이트는 거창하고 신나는 것뿐 아니라 단순한 것에도 감사할 줄 아는 사람이었다.

엄마의 리스트에도 이런 항목들이 있다. '엄마는 나방, 뱀, 굼벵이 무족 도마뱀, 오렌지맛 클럽 비스킷, 잼과 젤리, 레몬 커드를 사랑했어.' '엄마는 기니피그, 나비, 월넛 휩, 딸기 치즈케이크를 좋아했어.'

우리 두 사람은 매일매일을 특별하고 색다르게 보내려고 노력했지만, 케이트를 본받아 평범한 일상을 추억할 수 있는 물건들도 넣기로 했다.

그날 밤, 아이들은 침대에 눕자마자 잠이 들었다. 멋진 하루를 보낸 뒤라 나도 추억상자를 꾸리는 작업을 시작할 의욕이 생겼다. 아이들에게 잘 자라고 뽀뽀를 하고 나서 내 계획을 케이트에게 알렸다.

"아이들은 당신이 지켜봐줘, 알았지?" 나는 옷장 맨 위 칸에 놓인 그녀를 향해 속삭였다. "나는 대작업을 시작해야 하거든."

온 집 안의 벽장에 앨범과 사진 뭉치가 이루 헤아릴 수 없이 쌓여 있었다. 대충 한데 모아놓은 게 있는가 하면, 케이트가 정성스럽게 라벨을 붙이고 번지점프 티켓이나 그레이트배리어리프의 카페 영수증과 같은 기념품을 군데군데 덧붙인 것도 있었다. 그 많은 사진을 정리하려니 처음에는 엄두가 나지 않았지만, 이제는 마음의 준비가 되었다. 나는 살금살금 집 안을 돌아다니며 추억이 담긴 사진을 전부 끌어모았다.

몇 년 동안 먼지가 쌓인 서류철과 봉투 안에서 잠자고 있던 신문과 잡지 기사도 한자리에 모으고, 연애편지가 담긴 상자를 다시 열어보며 결혼식 사진과 함께 이 편지도 한두 통 아이들의 추억상자에 넣어줄까 고민했다. 결국 나는 케이트와 함께 지내는 동안 쌓인 수많은 기념품에 둘러싸인 채 침대 발치 나무 바닥에 주저앉았다.

먼저 묵은 서류상자를 열자 과거의 영상들이 생생하게 머릿속에서 되살아났다. 클리프턴의 오래된 리도 해변에서 수영복 차림으로 비치볼을 들고 포즈를 취한 열일곱 살의 케이티 존슨. 지역 일간지에서 그 밑에 '해변의 아가씨'라는 설명을 달았는데, 딱 맞는 말이었다. 섹시한 금발 미녀였다. 까만 수영복 차림의 그녀를 훔쳐보던 다른 녀석들이 떠오르면서 그날 내가 인명구조원 당번이라 옆에서 지켜볼 수 있었던 게 다행이었다는 생각이 들었다. 신문 기사는 누렇게 변했지만, 그때 케이트의 모습은 아직도 선명했다. 어제 찍은 사진처럼 또렷하게 기억이 났다.

그다음으로 눈에 띈 것은 우리 둘 다 우스울 정도로 어려 보이는 모델 사진이었다. 케이트의 대학 친구 중에 사진작가 지망생이 있었는데, 케이트에게 모델이 되어달라고 부탁했던 것이다. 케이트는 예쁜 정원에서 두 뺨을 복숭아처럼 볼록 내밀고 활짝 웃으며 훌륭하게 모델 역할을 수행했다.

"이리 와서 나 좀 도와줘." 그녀가 외치며 내게 손을 내밀었다. 나는 다가가 옆에 앉았다.

"미녀와 야수라 이거야?" 나는 농담을 던지며 카메라를 향해 미소 지었다.

이 모델 사진들은 '해변의 아가씨'와 다르게 까마득한 옛날 일처럼 느껴졌다. 예측 불가능한 게 추억이다. 어떤 여파를 미칠지 아무도 알 수 없다. 그다음으로 눈에 띈 것은 비행기 안에서 찍은 케이트의 사진이었다. 이번에도 역시 그녀 옆에는 내가 앉아 있었다. 오스트리아로 스키를 타러 가는 길에 이륙을 앞둔 비행기 안에서 찍은 사진이었다. 얼마나 신기한 일인가. 처음으로 같이 떠난 여행지도 눈밭이었고, 마지막으로 같이 떠난 여행지도 눈 덮인 라플란드였다니. 이때 난생처음으로 비행기를 탄 케이트가 이륙을 앞두고 얼마나 흥분했는지 표정에서 고스란히 드러났다.

그런데 내 평생 최고로 끔찍한 비행이 우리를 기다리고 있었다. 케이트는 비행기를 탄다고 무척 좋아했었다. 원래 부모님이 우리 둘만의 여행을 허락하지 않았기 때문에, 케이트는 아버지의 서명을 위조해 여권을 만들려고 시도했다. 그런데 서류를 잘못 작성해 세관에서 편지가 날아오는 바람에 그만 들키고 말았다. 분노의 폭발과 눈물바람, 사과와 최후통첩이 당연한 수순으로 이어졌고, 그러다 간신히 부모님의 허락을 받아낸 터였다.

"원래 이래?" 케이트가 내 손을 잡으며 물었다.

야간 비행인데다 뇌우를 잇따라 통과하느라 기류가 급변해 비행기가 요동쳤다. 승객들이 좌석에 이리저리 부딪히며 비명을 질러댔다. 머리 위 선반에서 가방과 스키부츠 들이 쏟아졌고, 승무원들이 성냥개비처럼 나동그라졌다.

"가끔 기류가 불안정할 때도 있어." 내가 얼버무렸다. "걱정 말고 내 손 꼭 잡아, 케이트. 그럼 괜찮을 거야. 이제 조금만 더 가면 돼."

솔직히 고백하건대 비행기가 하강하기 시작했을 때는 나도 살짝 겁이 났다. 기체가 바람에 흔들리다 하늘에서 떨어지는 돌멩이처럼 툭 하고 급강하하는 게 느껴졌다. 비행기가 크게 한 번 튀어올랐다가 절반은 활주로에, 절반은 잔디밭에 걸친 채 멈춰 섰다. 케이트가 내 손을 어찌나 꽉 잡았던지 살갗에 손톱자국이 남을 정도였다. 나중에 알고 보니 꼬리 쪽 바람이 시속 800킬로미터, 옆바람이 시속 80킬로미터였다고 했다. 상당히 위험한 조합이었던 것이다.

"원래 이런 건 아니지? 그치, 신지?" 안전하게 터미널 안으로 들어왔을 때 케이트가 따지듯 물었다.

"어…… 응." 나는 겸연쩍게 웃었다. "이렇게 심하게 흔들린 건 내 평생 처음이었어. 그래도 잘 왔다 싶을걸? 너한테 얼른 스키 가르쳐주고 싶어. 너라면 금세 배울 테니까."

케이트가 장난스럽게 내 등을 철썩 때렸다.

"맞아도 싸." 그녀가 말했다.

케이트는 사실 어떤 일도 겁내지 않았다. 예상했던 대로 스키도 금세 배웠고 아주 좋아했다. 얼굴만 예쁜 게 아니라 스포츠와 모험을 사랑하는 것까지 공유하는 짝을 만나다니 믿기지가 않았다. 케이트도 나처럼 날마다 최대한 많은 일정을 소화하고 싶어했고, 매 순간을 최대한 짜릿하게 즐기고 싶어했다.

오스트리아에서 찍은 사진들을 내려놓고 비싸 보이는 묵직한 앨범을 집어들었다. 결혼식 날 색종이 조각들이 나부끼는 가운데 교회를 나서며 미소 짓는 케이트와 내 사진이 첫 장에 있었다. 우리가 결혼생활에 어울린다고 생각한 사람은 아무도 없었다. 실제로도 약혼을 하고 몇 년이 지난 다음에야 결혼식을 올렸다. 늘 또다른 여행이 예약되어 있었고, 새롭게 만들어갈 또다른 추억이 기다리고 있었기 때문이다.

우리가 함께한 이십이 년 중에서 결혼한 기간은 십사 년이 조금 안 되는데, 더 일찍 결혼하지 않은 데 대한 후회는 없다. 결혼을 하건 안 하건 별로 상관없었으니까. 둘이서 모든 일을 함께하는 것은 결혼 전이나 후나 똑같았다. 우리는 결혼식 날에도 사랑에 빠진 아이들처럼 서로에게서 눈을 떼지 못했고, 죽음이 우리를 갈라놓을 때까지 쭉 그렇게 지냈다.

가는 곳마다 사진을 찍어놓길 잘했다는 생각이 들었다. 아이들도 나중에 이때를 돌아보며 즐거워할 테고, 나도 몇 번이고 옛 기억을 떠올리면서 케이트와 가까워지는 듯한 기분이 들었다.

한번은 레이밴 선글라스를 씌운 복어를 근접 촬영해 사진 콘테스트에서 오백 파운드의 여행 지원금을 받은 적이 있었다. 우리는 그 돈으로 당장 앤티가 여행을 떠났다. 나는 눈을 감고, 카리브 해의 그 아름다운 섬을 일주했던 기억을 떠올렸다. 선상 여행이었는데, 평소에 술을 별로 마시지 않는 케이트가 배에서 주는 공짜 럼주를 마시고 곤드레만드레 취해버렸다.

"나와서 춤춰요!" 그녀가 아무에게나 외치자 배 주인이 뛰어나와 열정적인 룸바와 맘보로 응수했다. 그는 케이트를 무척 마음에 들어했고, 그녀와 신나게 춤을 추며 즐거운 시간을 보냈다. 그러는 사이

앤티가 섬의 사분의 삼을 일주하는 동안 백만 파운드짜리 쌍동선 코코모캣의 조종을 내게 맡겼다. 자기 차례도 올 줄 알고 기다리다가 거절당한 다른 독일 승객들은 황당해했다. 이것이 바로 케이트다운 순간이었다. 그녀와 함께 있으면 행운이 따랐다. 적어도 그때는 그랬다.

앤티가에는 해변이 삼백예순다섯 군데나 있었다. 일 년 동안 날마다 다른 해변에 갈 수 있는 셈이었다. 나는 둘이서 손을 잡고 바닥에 떨어진 망고와 파인애플과 코코넛을 주워 먹으며 함께 걸은 해변이 모두 몇 곳인지 세다 중간에 잊어버렸다.

"일 년 동안 여기 살면서 하루에 바닷가 한 군데씩 가면 끝내줄 것 같지 않아?" 케이트가 물었다.

우리는 잠깐 고민하다 서로 무슨 생각을 하는지 안다는 눈빛을 교환했다.

"아니." 나는 웃었다. "가봐야 할 데가 너무 많잖아!"

"맞아." 케이트도 미소를 지었다. "다음엔 어딜 갈까?"

그다음으로 내가 집은 것은 아프리카 앨범이었다. 케이트는 동물이라면 종류를 막론하고 모두 사랑했다. 사진 속의 그녀는 갈라고원숭이에게 직접 바나나를 먹이는가 하면 케냐의 호텔에서 커다란 비단뱀을 목에 두르고 있었다. 남들은 무서워서 비명을 지르고 움찔할 때 능숙한 손길로 뱀을 쓰다듬는 그녀를 보고 얼마나 감탄했는지 모른다. 그녀는 엄마의 리스트에 뱀을 좋아한다고 썼는데 백 퍼센트 진실이었다.

우리는 수렵이 금지된 차보이스트와 차보웨스트 국립공원도 방문했다. 덜컹거리는 사파리용 지프에 앉아 먼지를 먹고 뜨거운 햇볕에 익어가며 얼룩말, 기린, 코끼리, 물소, 검은코뿔소, 사자를 보았다. 어느 날 밤에는 오십 마리쯤 되는 코끼리떼가 거대한 우두머리 암컷의 인도 아래 우리 오두막 근처의 작은 샘으로 조용히 걸어오는 광경을 경이롭게 바라본 적도 있었다. 어른 코끼리들이 익숙한 일과인 듯 둘씩 짝을 지어, 새끼 코끼리들이 안전하게 걸어가 물을 마실 수 있도록 통로를 만들었는데, 그 커다란 덩치에도 불구하고 작은 소리 하나 내지 않았다. 숨이 멎을 만큼 장관이었다.

새벽 한시에 문을 두드리는 소리에 잠에서 깬 날도 있었다. 호텔 측에서 우리 방 창문 너머로 보이는 단상에다 미끼 삼아 신선한 고기를 올려놓았는데, 무슨 조짐이 보이면 깨워달라고 우리가 미리 부탁해놓았던 것이다.

"밖에 표범이 두 마리 왔어요." 야간 경비가 속삭였다. "아무 소리 내지 말고 안에 가만히 계세요. 작년에 우리 호텔 웨이터가 한 명 죽었거든요."

나는 잠이 덜 깬 채로 흥분해서 옷을 입는답시고 한쪽 바짓가랑이에 양쪽 다리를 다 넣는 바람에 창문에 부딪혔다. 케이트는 헉하고 놀랐다가 내 꼴을 보더니 깔깔 웃음을 터뜨렸다. "그러다 당신이 미끼가 되겠네. 당신이 낸 소리를 듣고 개들이 도망갔으면 어쩌려고 그래?"

우리는 열심히 창밖을 살피다가 어슬렁어슬렁 걸어다니는 잘생긴 표범 두 마리를 보고 황홀해했다. 그 위풍당당하고 신비로운 분위기에 푹 빠져서 넋을 잃고 바라보았다. 암컷과 수컷 한 쌍인 녀석들은 조심스럽게 고기를 해치우고 입술을 핥더니 멀찌감치 물러나 우리가 보는 앞에서 짝짓기를 했다.

"쟤들 새끼 보러 나중에 또 와야겠다." 케이트가 속삭였다.

그때는 우리도 나이를 먹어서 케이트가 이십대 후반, 내가 삼십대 초반이었다. 미국 여행 이야기도 나왔고, 우리 둘 다 미국은 '반드시 가보아야 할 여행지'라는 데 동의했다.

"아이를 낳을 때까지 기다렸다가 플로리다하고 디즈니월드에 가자." 케이트가 말했다.

나는 전적으로 찬성했다. 케이트도 이제 슬슬 출산을 생각해야 하는 나이로 접어들었음을 나도 알고 있었다. 그녀가 하는 말이나 행동 중에서 내 생각과 어긋나는 것은 거의 없었고, 그녀가 그러자고 하면 이미 결정이 난 것이나 다름없었다. 전부터 언젠가는 아이를 낳고 싶었고, 하늘의 가호로 아이가 생기더라도 계속 여행하며 인생을 최대한 즐기는 것은 우리에게 당연한 일이었다. 우리 아이들은 우리가 그랬던 것처럼 전 세계를 누비며 스쿠버다이빙을 하고 제트스키를 타고 번지점프를 할 것이다. 그것이 우리 두 사람의 희망사항이었다.

우리는 항상 집 앞 진입로나 뒷마당에 보트를 세워두었다. 마지막으로 구입한 신지 1호는 밝은 노란색의 4.8미터짜리 리브보트*인데, 90마력짜리 엔진을 장착해 수상스키용 모터보트를 초고속 보트로 개조했다. 지난 십 년 동안 여기에다 윈드서핑이나 스쿠버다이빙 장비 또는 은색 제트스키를 싣고, 기회가 있을 때마다 우리가 좋아했던 토키, 라임레지스, 브리스틀 해협으로 끌고 나갔다.

초창기에는 경제적으로 여유가 없어서 낡은 슈코다나 캐벌리어를 타고 다니다 고장이 날 때마다 RAC**에 견인 요청을 해 집에 돌아오곤 했다. 그래도 그런 번거로움을 기꺼이 감수했다. 우리 둘 다 바다를 끔찍이 사랑했기 때문이다. 심지어 십오 년 넘게 물침대를 쓰면서 우리가 아는 이들 중 물 위에서 우리보다 오랜 시간을 보낸 사람은 없을 거라고 농담할 정도였다. 아이들이 태어난 뒤에는 제대로 걷지도 못하던 무렵부터 데리고 다니면서 보트 조종법을 가르쳤다.

신지 1호는 이제 낡았고, 케이트는 자기가 남긴 유산을 일부 떼어 반짝이는 새 보트를 사라고 했다. 늘 아이들의 안전을 최우선으로 생각했기에 좌석이 있는 보트를 사라고 당부했던 것이다. '리프와 핀이 앉아서 바다를 감상할 수 있게 좌석이 딸린 보트 사기.'

"제발 조심해줘, 여보." 그녀는 이 항목을 리스트에 적고 한참 동안 곱씹었다. "디디도 당신을 닮아서 겁이 없잖아." 그녀는 이렇게

---

* 선체의 가장자리를 고무 튜브 형태로 만들어 무게를 줄이고 부력과 속도를 높인 고속정의 일종. 인명구조나 군사용으로 많이 쓰인다.
** 영국의 자동차 서비스 회사.

덧붙이며 당신도 알지 않느냐는 눈빛으로 나를 바라보았다. 자부심과 걱정이 한데 섞인 눈빛이었다. "조심해줘. 내가 바라는 건 그뿐이야." 디디는 핀이 손바닥만한 조산아로 태어났을 때 우리가 붙여준 별명이었다.* "그리고 리프도 다리 때문에 균형을 잡으려면 엄청 신경써야 하잖아. 아이들을 고무보트에 태우는 건 싫어. 편안한 의자에 안전하게 앉을 수 있게 정말 괜찮은 보트를 샀으면 좋겠어."

케이트는 그렇게 말하고 나서 잠깐 눈을 감았다. 새로 산 예쁜 보트를 타고 쌩쌩 바다를 누비는 우리 세 사람의 모습을 그려보았을 것이다. 표정이 차분하고 평화로워 보였는데, 감았던 눈을 떴을 때는 눈물이 맺혀 있었다.

"약속할게." 내가 말했다. "아이들을 잘 보살피고, 엄마처럼 바다를 사랑하도록 가르칠게."

우리는 서로 끌어안고 눈물을 터뜨렸고, 그러느라 케이트는 산소 호흡기에 대고 힘겹게 숨을 쉬었다.

앨범을 하나씩 덮으며 천천히 현재로, 침대 발치 아래 바닥에 주저앉은 지금으로 돌아오는데 다시금 눈물이 흘렀다.

3월 22일은 케이트의 생일이었다. 살아 있었더라면 서른아홉 살이 됐을 것이다. 나는 그날이 전혀 기다려지지 않았다. 그녀가 떠난

---

* 영어 'diddy'에 아주 작다는 뜻이 있다.

뒤로 이미 밸런타인데이와 어머니날*을 혼자 보내야 했던 것이다.

밸런타인데이는 끔찍했다. 카드 한 장도 받지 못한 게 열 살 이래 처음이 아닌가 싶었다. 케이트와 나는 이날 항상 외식을 했었다. 내가 꽃다발을 선물하고 같이 샴페인을 마시고 나면, 그녀는 늘 자기를 마음껏 쓸 수 있는 권리를 내게 주었다. 그것도 아주 기꺼이. 올해는 어떻게든 모르는 척 지나가보려고 했다. 내 수첩에 빈칸으로 남은 그 날짜를 보며 아무것도 아니라고, 전혀 상관없다고 혼자 되뇌었다. 아이들을 재운 다음 차를 마시려고 가스레인지에 주전자를 올려놓은 뒤 도피처를 찾아 텔레비전 채널을 돌렸다. 커플끼리 서로 입을 맞추고 몸을 더듬는 장면이 연속으로 세 번이나 지나갔다. 하나는 실생활을 담은 다큐멘터리, 또하나는 연속극, 나머지 하나는 눈물샘을 자극하는 영화였다. 텔레비전을 끄고 다시 주방으로 가 타일에 서린 김을 보았을 때 눈물이 흘러내리기 시작했다. 벽을 타고 흘러내리는 물방울을 보고 비로소 내가 차를 마시려고 했던 게 생각났는데 티백이 없었던 것이다. 결국 나는 바닥에 주저앉아 통곡을 했다.

어머니날에는 내 '어머니들'에 집중했다. 친어머니, 새어머니, 장모님. 세 분을 위해 카드를 사고 안부 전화를 드렸다. 장인어른과 장모님이 리프와 핀을 케이트의 무덤에 데려가 각자 장미꽃을 한 송이

---

* 영국에서 어머니날은 사순절의 네번째 일요일이다. 사순절 시작일에 따라 달라지지만 대개 3월이다.

씩 바치게 했다. 고맙게도 선생님들은 아이들이 카드를 만들되 '엄마' 대신 '할머니'에게 보내도록 배려해주었다. 밸런타인데이에 그랬던 것처럼 어머니날이 저물었을 때 내가 얼마나 기뻤는지 모른다. 리프와 핀에게는 이제 엄마가 없었다. 어머니날은 그 사실만을 새삼 상기시킬 따름이었다.

하지만 케이트의 생일은 달랐다. 그녀는 '생일 축하는 요란하게'라고 특별히 당부했다. 그런 뜻에서 한 말이든 아니든 그녀의 생일도 포함시킬 작정이었다. 이삼 주 전부터 보트를 알아보기 시작했는데, 내가 최종적으로 선택한 상품이 준비되는 날짜가 마침 월요일인 케이트의 생일이라는 사실을 알았을 때 무척 흥분되었다. 공교롭게 케이트의 유산 중에서 펀드가 풀리는 날도 그날이라 보트도 사고 주택담보 대출금도 갚을 수 있었다.

"타이밍이 얼마나 기가 막힌지 몰라." 요빌에 있는 '리브크래프트'의 사장 마크가 보트를 준비해두었다고 전화했을 때 내가 말했다. 마크는 케이트와 친분이 있었다. 케이트가 그의 직원에게 파워보트 상급 훈련 과정을 이수했기 때문이다. 그때 그녀는 낚시꾼, 나 같은 고참 인명구조원, 상급 세일링 강사 틈에서 홍일점으로 강한 인상을 남겼더랬다.

리브크래프트의 직원들은 케이트의 부고를 듣고 하나같이 참담해했고, 내가 새 보트를 알아보러 갔을 때 더할 나위 없이 잘해주었다. 내가 선택한 것은 리브, 그러니까 단단한 고무보트였다. 보트 전시회

용으로 만들어진 것인데, 처음 본 순간 우리 보트임을 알 수 있었다. 케이트도 보았더라면 마음에 들어했을 것이다. 검은 무광 튜브가 달렸고, 선체는 선명한 노란색이었다. 우리는 매번 비슷한 색깔의 보트를 골랐다. "이걸 타고 바다로 나가면 약 맞은 말벌처럼 보이겠다." 나는 농담을 했다. "우리 애들이 보면 좋아하겠어. 이걸로 할게!"

리프와 핀에게 수상스키를 가르칠 때 필요한 예항 장치와 A프레임 등 부대 장비도 모두 주문했다. 100마력짜리 스즈키 엔진까지 달았으니 부르릉부르릉 아름다운 소리를 내며 바람처럼 달릴 수 있을 것이다. 리브크래프트에서 케이트에 대한 조의로 값을 파격적으로 깎아주었다. 감동이었다. 나는 수업을 마친 아이들을 데리고 보트를 인수하러 갔다.

"새로 산 보트는 어떻게 생겼어요, 아빠?" 리프가 신이 난 목소리로 물었다.

"멋지게 생겼지."

"어떻게 멋진데요?" 핀이 물었다.

"보면 알아."

내가 카스테레오를 켜자 리프가 아이팟을 집어 자기가 제일 좋아하는 리애나의 히트곡을 시끄럽게 틀어댔다. 리브크래프트에 거의 도착했을 때 리프가 노래를 신 리지의 〈The Boys Are Back in Town〉으로 바꾸었다. 우리 셋 다 기분이 최고였고, 전시장 앞에 차를 세우는데 심장이 두근거렸다.

"다 왔다!" 핀이 꺅꺅거렸다.

혈관이 찌릿찌릿했다. 오랜만에 느끼는 익숙한 기분이었다. 케이트가 죽은 이래 처음으로 예전의 나로 돌아간 것 같았다. 신이 나는 것은 둘째 치고, 행복한 보통 남자로 돌아간 기분이었다.

핀이 가게 밖에 세워둔 검은색과 노란색의 반짝이는 보트를 제일 먼저 발견하고는 손가락으로 가리켰다.

"저런 거 사면 안 돼요, 아빠?" 녀석이 키득거리며 물었다.

"나도 저런 보트였으면 정말 좋겠다." 리프도 맞장구쳤다. "우리 저런 거 사면 안 돼요?"

나는 긴장감을 조성하기 위해 잠깐 동안 아무 대꾸도 하지 않았다.

"저거?" 나는 걸음을 멈추고 보트를 살펴보았다.

"네!" 두 아이가 한목소리로 외쳤다. "제발요, 아빠!"

"그래, 좋아. 이걸로 하자!" 나는 신나게 대답하며 그 순간을 만끽했다.

두 아이는 놀란 얼굴로 나를 멀뚱멀뚱 쳐다보다 기쁨의 함성을 질렀다.

"저어엉말이에요?" 리프가 못 믿겠다는 듯 물었다. "정말 이 보트 사는 거예요?"

나는 두 아이를 감싸안았다.

"그럼…… 왜냐하면 아빠가 말한 보트가 바로 이 녀석이거든!" 나는 의기양양하게 선포했다.

나는 웃고 환호성을 지르고 두 눈을 반짝이며 신이 난 개미처럼 보트 위로 기어올라가는 두 아이를 바라보았다. 아이들에게 보트 이름이 '포 세인츠(4 Saints)'라고 알려주었다. 두 아이 다 가운데 이름이 세인트 존이었으니 나를 포함해서 세인트가 모두 세 명이었다. 그리고 케이트는 하늘나라로 떠났으니 세인트가 되었다고 볼 수 있었다.* 마침 내가 운영하는 회사 이름도 '트레이닝 세인츠'라 우리에게 딱 맞는 이름이었다.

아이들이 보트 뒤쪽 좌석에 앉았고, 나는 잠깐만 아빠 말을 귀담 아들어달라고 했다.

"엄마가 이런 보트를 샀으면 하셨거든. 오늘이 엄마 생신이니까 앞으로 이날을 '엄마의 날'이라고 부르자. 어때?"

"좋아요!" 리프가 열띤 목소리로 대답했다.

"좋아요오오, 아빠." 핀도 동의했다. "엄마의 날 좋다. 이제 이 보트 타고 쌩 달리면 안 돼요? 이거 얼마나 빨리 갈 수 있어요?"

직원 하나가 밖으로 나와서 우리를 맞이하며 물었다. "별문제 없는 거죠?"

"물론이죠." 나는 리프와 핀을 턱으로 가리키며 환하게 웃었다. "아이들은 지금 천국에 온 기분일 거예요!"

나는 시선을 들어 하늘을 쳐다보았다. 케이트도 천국에 있을까, 정

---

* 영어로 Saint는 성인(聖人)이라는 뜻이다.

말로 구름 위에서 우리를 내려다보고 있을까.

"고마워, 케이트." 나중에 잠시 혼자가 되었을 때 나는 이렇게 중얼거렸다. 케이트가 정말로 구름 위에서 우리를 내려다보고 있을지 모르기 때문이었다.

라플란드에서 그랬던 것처럼 두 눈을 반짝이는 아이들을 보았다면 케이트가 얼마나 좋아했을까. 이 순간을 선물한 케이트의 마음이 사무치게 고마워서 나는 그만 울고 싶었다. 앞으로 오랫동안 아이들과 이 보트에서 즐거운 시간을 보낼 것이다. 해마다 케이트의 생일이 찾아오면 이 환상적인 선물을 떠올릴 것이다.

그 주말에 우리는 포 세인츠를 몰고 브리스틀 부두를 나섰다. 신이 난 아이들이 코럴과 함께 첫 항해에 나서고 싶어했기 때문에 강아지용 구명조끼를 입은 코럴까지 넷이서 출발했다. 보트가 막 물살을 갈랐을 때 케이트가 없는 새로운 인생, 새로운 여정을 시작하는 듯해서 얼마나 울컥했는지 모른다.

"좀더 빨리 못 가요?" 핀이 뒤에서 잔소리를 했다.

"달려라, 달려!" 리프가 명령했다.

"얘들아, 아빠가 보트를 길들여야 된다고 했던 거 기억 안 나니? 스무 시간 정도 천천히 달린 다음 속도를 높여야 해. 안 그러면 새 엔진에 무리가 간다고 했잖아."

아이들은 짜증을 내면서 끙끙거리기 시작했다. "재미없단 말이에요!" 나는 눈을 부라렸다. 예전처럼 케이트와 알 만하다는 눈빛을 주고받고 싶은 마음이 간절했다. 나는 그 대신 하늘을 올려다보았다. 케이트는 아이들이 투덜거리는 소리를 듣고 깔깔대며 웃었을 것이다. 분명 그랬을 것이다.

내가 좋아한 바닷가에서
아이들과 산책하기

"오늘로 당신의 옷장 생활도 끝
이야." 내가 케이트에게 말했다. "아이
들은 할머니 할아버지하고 외출했으니까 앞으로의
계획을 알려줄게." 집 안에 나밖에 없는데도 나는 소곤대고 있었다.
"우리 결혼기념일인 3월 31일에 당신을 땅에 묻을 생각이야. 그럼
그날을 생각할 때 슬픈 기억뿐 아니라 행복한 기억들도 떠오를 거 아
냐. 내년 같은 날에 아이들이 세례를 받으면 행복한 기억이 더 늘어
나겠지?"

미소를 짓고 싶었지만 입술이 굳어버린 듯했다. 입술을 움직이려

했다가는 봇물 터지듯 눈물이 쏟아질 게 뻔했다. 나는 리프의 침대에 앉아 마음을 애써 추슬렀다. 침대 머리맡 선반에 케이트와 두 아이가 라플란드에서 산타클로스와 함께 찍은 사진이 놓여 있었다. 불과 석 달 전에 찍은 사진이었다. 케이트는 발그스레한 얼굴로 의기양양하게 웃으며, 똑같은 스타일의 파란색 아노락을 입은 아이들을 폭 끌어안고 있었다. 아주 행복하고 건강해 보였다.

특별한 의미가 있는 사진 몇 장과 기념품, 아이들이 그린 그림은 그녀의 유골이 담긴 바구니에 미리 넣어놓았다. 그녀의 부탁이 이 물건들을 관 속에 넣어달라는 뜻인지 유골이 담긴 바구니 속에 넣어달라는 뜻인지 알 수 없었지만, 양쪽 모두가 아닐까 싶었다. 나는 화장이나 매장을 주관한 경험이 없었다. 케이트의 죽음이라는 특강을 통해 닥치는 대로 배워나가는 중이었다.

"묘비는 만들어놓았어." 나는 더듬더듬 말을 이었다.

그녀가 했던 말이 또렷하게 생각났다. "특별하게 만들어줘, 여보. 당신은 어떻게 해야 할지 알 거야."

"당신이 부탁했던 것처럼 개성 있게 만들었어, 케이트⋯⋯"

그녀의 이름을 소리내어 말하는 순간 울음이 터져 더이상 말을 잇기 어려웠다. 눈물이 두 뺨을 타고 흘러내려 리프의 파란색 줄무늬 이불 위에 커다랗고 축축한 얼룩을 남겼다.

석수인 우리 아버지가 케이트의 묘비를 직접 조각했다. 나는 검은색 화강암을 선택하고 원하는 무늬를 도안했다. 네잎클로버, 커다란 데이지 한 송이, 아직 봉오리 상태인 조그만 데이지 두 송이, 살짝 시든 데이지 한 송이가 섞인 꽃다발이었다. 거기에 신지와 '무한대 요정'이라고 서명하고, '무진장 무진장'이라는 비문을 덧붙였다.

나는 눈물을 흘리며 케이트에게 이런 내용을 설명하고, 일전에 의논했던 대로 유골이 담긴 바구니를 당신의 할아버지와 할머니 산소 옆에 묻을 거라고 이야기했다. 성대한 장례식을 마쳤으니 매장식은 나와 아이들, 케이트의 부모님만 참석한 가운데 아주 간소하고 조용하게 치르고 싶었다. 케이트의 유언대로 아이들이 다니는 학교의 부속 교회 담임목사인 노엘이 매장식을 주관할 예정이었다.

나는 매장이라는 최후의 마침표를 찍기가 두려웠고 그녀에게도 솔직한 내 심정을 전했다. 그녀를 옷장 맨 위 칸에 넣어두는 데 익숙해졌는데, 집에서 몇 킬로미터나 떨어진 땅속에 묻어야 한다니 생각만으로도 한없이 속상했다.

"자주 갈게." 내가 말했다. "당신 외롭지 않을 거야."

그날 밤에는 아이들을 침대에 눕히고 동화책을 잔뜩 읽어주었다. 케이트가 그 소리를 듣는 마지막 날이기 때문이었다.

"한 권 더 읽으면 안 돼요?" 이미 대여섯 권을 읽었을 때 리프가 물었다.

"그래, 까짓것!" 하고 외치자 아이들이 좋아서 비명을 질렀다. "하지만 이것만 읽고 불 끄는 거다. 내일 또 엄마를 위한 중요한 행사가 있잖아."

"학교 또 안 가는 거예요?" 리프가 물었다.

"응."

"이야호오오오오!" 핀이 소리쳤다.

그 천진난만함을 병에 담아서 한 모금 마실 수 있다면 얼마나 좋을까. 내일 케이트를 최후의 안식처로 옮길 생각만 해도 속이 메슥거렸고, 내가 얼마나 더 버틸 수 있을지 자신이 없었다. 계속되는 상심에 녹초가 돼서 케이트를 그리워하는 고통이 이제 그만 멈추었으면 싶다가도, 한편으로는 그녀를 떠나보내고 싶지 않았다. 그녀를 사무치게 그리워하고 걸음을 옮길 때마다 그녀의 기억을 떠올리는 내 모습을 케이트에게 보여주고 싶었다.

그날 밤에는 잠이 오지 않았다. 케이트가 쓰던 향수를 베개에 뿌려봐도 소용이 없었다. 심란하고 외로운 마음을 달래며 어린아이처럼 베개를 끌어안았다. 행복했던 순간들을 떠올리니 그리움이 더욱 사무쳤다. 그녀가 내 곁을 떠나 땅속에 묻힌다고 생각하니 견딜 수가 없었다. 불가능한 일임을 알면서도 그녀가 돌아와주기를 바라는 것은 세상에서 가장 잔인한 자기 학대였다. 그녀를 아예 생각하지 않으려 애쓰는 것은 또다른 형식의 고문이었고, 내가 원하는 바도 아니었다.

다음날 아침에도 끔찍한 일상이 반복되었다. 눈을 뜨자 매일 아침 들었던 생각이 또다시 나를 찾아왔다. 케이트가 죽었다. 다시 한번 확인하는 차원에서 그녀가 늘 눕던 자리를 돌아보았다. 비어 있는 것을 보니 내 생각이 맞았다. 그녀가 떠난 것이다. 악몽이 아니었다. 멀쩡히 깨어서 또다시 상실감을 받아들여야 하는 것이다. 오늘은 아이들과 함께 케이트의 두번째 장례식을 준비해야 했으니 일상적인 끔찍함이 두 배로 늘어났다. 두려웠다. 이제 정말 끝이었다. 그녀의 마지막 흔적인 유골마저 영영 이 집을 떠나면 앞으로 두 번 다시 케이트를 만질 수 없었다.

아이들은 아침을 먹는 내내 생각에 잠긴 표정으로 말이 없었다. 아이들이 엄마를 화장하면서 비슷한 절차를 한 차례 겪었다는 사실 자체가 심란한 일이었다.

"리프, 오늘 동생 좀 잘 챙겨줘." 내가 당부했다.

"걱정 마세요." 리프가 말했다.

"끝나고 유치원 가요?" 핀이 물었다.

유치원을 하루 빠지는 게 꼭 좋은 일만은 아니라는 것을 이제 막 알아차린 눈치였다.

"아니, 오늘은 안 가. 오늘은 엄마랑 다시 한번 바이바이 하고 끝이야."

"그래요? 알았어요." 녀석은 슬픈 얼굴로 어깨를 으쓱했다.

클리브던의 세인트앤드루 교회 묘지에서 막상 그 순간이 닥쳤을 때는 생각했던 것만큼 끔찍하지는 않았다. 브리스틀 해협이 내려다보이는 절벽 위 묘지에는 케이트의 할머니와 할아버지도 묻혀 있었다. 교회 울타리 너머로 절벽을 따라 '시인의 길'이라는 아름다운 오

솔길이 이어지는데, 테니슨, 새커리, 콜리지 같은 문호들에게 영감을
준 곳으로 유명했다. 그보다 더 완벽할 수는 없었다.

우리는 할머니와 할아버지의 무덤 위쪽, 울타리와 최대한 가까운
곳에 케이트를 묻었다. 리프가 울타리 틈새로 보이는 브리스틀 해협
을 가리켰다. "우리가 보트를 타고 있으면 엄마가 볼 수 있겠어요."

케이트의 유골이 담긴 조그만 바구니를 땅에 묻고 그 위에 납작
한 묘비를 올렸다. 구멍이 작아서 바구니가 들어가지 않는 바람에 땅
을 좀더 파느라 시간이 걸렸다. 마지막까지 극적인 상황을 연출하며
고분고분하게 눈감을 뜻이 없음을 만천하에 밝히다니 케이트답다는
생각이 들었다. 이 길을 걸었던 시인들에게 그 이야기를 들려주었다
면 재미있어하지 않았을까?

여행을 하면서 모은 하얀 조개껍데기로 케이트의 묘비 둘레를 예
쁘게 장식했고, 울새 한 마리가 경쾌하게 지저귀는 가운데 노엘의 인
도로 간단하게 의식을 치렀다. 이렇게 아름다운 곳에 케이트를 묻을
수 있어서 감사했다. 보트를 타고 이 앞바다를 지날 때마다 울타리
틈새로 그녀가 우리를 내려다볼 수 있고, 우리도 그녀를 올려다볼 수
있다고 생각하니 크나큰 위안이 되었다. 묘지 주변에 야생화 꽃씨도
뿌렸다. 케이트가 틀림없이 좋아할 것이다.

모든 의식이 끝나자 의외로 홀가분했다. 그 기분을 달리 뭐라고
표현해야 할지 모르겠는데, 케이트가 이제 편안히 잠들었다고 생각
하니 긴장이 풀리면서 안심이 됐다. 케이트의 묘비를 향해 서글픈 미

소를 살짝 지으면서 손을 흔드는 모습을 보니 아이들도 똑같은 심정인 듯했다. 문득 그녀가 세상을 떠난 지도 두 달이 넘었으니 옷장을 떠날 때도 됐다는 생각이 들었다. 이제는 우리도 그녀 없이 발걸음을 옮겨야 했다.

"나중에 다시 와서 엄마 볼 수 있어요?" 핀이 진지한 얼굴로 물었다.

"당연하지! 오고 싶을 때마다 찾아오면 되고, 보트를 타고 지나가면서 손을 흔들어도 돼."

"다행이다." 핀은 미소를 지으며 수줍은 듯 자기 발치를 내려다보았다. "엄마는 착하고 좋았는데."

"그래, 맞아. 너희를 끔찍이 사랑했지."

셋이서 천천히 걸어가는데 핀이 갑자기 고개를 돌리더니 케이트의 무덤을 다시 한번 쳐다보았다.

"안녕, 엄마." 녀석은 손을 살짝 흔들고 나서 내 쪽을 돌아보며 명랑한 목소리로 말했다. "사랑해요, 아빠."

보통은 리프가 아픈 곳을 찌르는 재주가 있는데, 그날만큼은 핀이 아주 제대로 찔렀다.

"나도 사랑한다." 이렇게 말하는 내 목소리가 떨렸다.

"아빠, 우는 거예요?" 핀이 물었다.

"그래, 이 녀석아. 네가 아빠를 울렸잖아!" 나는 식식대며 애써 밝은 목소리로 말했다.

"죄송해요."

"죄송할 것 없어. 가끔은 우는 것도 괜찮거든."

생각해보니 리프가 유난히 말이 없었다. 원래 핀보다 생각이 많은 성격인데다 그래도 나이를 더 먹었다고 받아들이기가 좀더 힘겨운 모양이었다. 케이트의 무덤 바로 근처에 우리가 알고 지내던 남자아이가 암으로 죽어서 묻혀 있는데, 리프가 그 아이를 기억하는지, 혹시 무덤을 보았는지 알 수가 없었다. 리프가 더 우울해할까봐 그 아이 이야기는 꺼내지 않았다. 우리는 모두 말없이 차를 타고 출발했다.

"아빠, 암이 다시 생기면 어떻게 돼요?" 리프가 물었다.

케이트를 땅에 묻고 이삼 주가 지나서 리프가 이런 질문을 던졌을 때, 그날 묘지에서 녀석이 얼마나 말없이 곰곰 생각에 잠겨 있었는지가 바로 떠올랐다. 왜 그랬는지 이유는 뻔했다. 그날 그 조그만 머릿속이 무슨 생각으로 가득했는지 내가 알아차렸어야 하는 건데.

우리는 그때 리프의 정기 MRI 검사를 위해 차를 타고 병원으로 향하는 길이었다. 병원 측에서는 리프의 경과가 좋다고 했고 암이 재발할 조짐도 없었지만, 그래도 만일의 경우에 대비해 성인이 될 때까지 계속 정기적으로 검사를 받아야 했다. 검진 예약일이 다가오는 게 두려웠다. 케이트 없이 처음으로 겪는 큰 사건인데, 리프가 손을 잡아주는 엄마 없이 잘 견딜 수 있을지 걱정스러웠다.

리프가 암에 걸렸을 때 케이트는 경이로웠다. 만삭이었는데도 불구하고 항상 리프 곁을 지키며 적절하게 아이를 달래거나 안아주거나 크레용을 꺼내 기분을 풀어주었다. 자기 감정은 수없이 꾹꾹 눌렀다. MRI 검사를 받으려면 기계 안에서 꼼짝 않고 누워 있어야 하기 때문에 리프가 마취 가스를 들이마시도록 일부러 아이의 팔을 꼬집어 울음을 터뜨리게 만들었을 때도 마찬가지였다. 그럴 때마다 억장이 무너졌지만, 아이를 재우지 않으면 무서워서 기계에 들어가려 하지 않았기 때문에 어쩔 도리가 없었다.

케이트라면 리프에게 뭐라고 했을까? 우리 둘 사이를 맴도는 그 끔찍한 질문에 뭐라고 대답했을까? "암이 다시 생기면 어떻게 돼요?"

'솔직하게 말할 줄 아는 아이들로 키워줘.'

나는 카스테레오를 껐다.

"다리가 나타나면 건너야지." 내가 리프에게 말했다.

"그게 무슨 뜻이에요?" 아이는 진지한 목소리로 되물었다.

"아빠도 모르겠다는 뜻이야, 리프. 아빠도 미래에 어떤 일이 일어날지 알 수 없거든."

"그럼 저도 엄마처럼 죽을까요? 엄마도 혹 때문에 돌아가신 거잖아요. 저도 혹 때문에 죽을까요?"

"리프, 앞으로 무슨 일이 벌어질지 아는 사람은 아무도 없어. 의사 선생님들이 네 혹을 떼어내 너를 건강하게 만들어주셨고, 네가 아주 아주 잘 견뎌내고 있다는 것 말고는 아무것도 알 수 없어."

리프는 아무 말도 없었다. 케이트가 바란 대로 내가 솔직하고 요령 있게 대답했기를 바랄 따름이었다.

"그리고 또 한 가지. 엄마가 돌아가시기 전에 우리가 해주기 바라는 특별한 일들을 목록으로 남기셨어." 나는 조금 어설프게 운을 뗐다. 노래를 부르는 듯한 말투가 가식적으로 들렸지만, 리프가 눈치채지 못했기를 바라며 말을 이었다. "그중 한 가지가 캠핑을 하라는 거였거든. 그러니까 이번주에 우리 캠핑 가자! 먼저 의사 선생님 만나서 사진 찍고, 아무 이상 없이 건강한지 확인받고 나서 말이야."

"그때 연 날려도 돼요?"

"그럼." 나는 안도의 한숨을 내쉬었다.

바닷가로 차를 돌려 지금 당장 연을 날리고 싶은 마음이 굴뚝같았지만, 계속 브리스틀 왕립 병원을 향해 달렸다. 리프의 치료 때문에, 케이트의 치료 때문에 그녀와 함께 이 길을 달린 게 몇 번이었던가? 암은 언제까지 우리의 삶을 가로막을까? 문득 이런 생각을 하는 나자신이 부끄러워졌다. 케이트에 비하면 나는 얼마나 감사할 거리가많은가. 오늘 리프의 손을 잡아줄 수만 있다면 그녀는 뭐든 포기했을 것이다.

갓 태어난 리프의 고사리 같은 손을 케이트가 맨 처음 잡았을 때가 생각났다. 그때 케이트는 모성의 불을 밝히는 스위치라도 켜진 것처럼 얼굴 가득 사랑이 넘치는 표정이었다. 충만함으로 환하게 빛나던 그 얼굴은 그뒤로 놀랍도록 익숙한 풍경이 되었다.

"여보, 정말 예쁘지 않아?" 그녀가 정답게 속삭였다. "이 아이가 우리 아이라니 믿기지가 않아."

나도 마찬가지였다. 우리는 그때로부터 사오 년 전, 결혼하고 이삼 년이 지나 아이를 가진 적이 있었는데 유산이 되고 말았다. 잊고 싶을 만큼 끔찍한 기억이었다. 입원을 했을 때 케이트는 어린 시절 받았던 편도와 아데노이드 제거 수술이 생각나 무섭다며 울음을 터뜨렸다. 다시 어린아이로 돌아간 듯한 그녀를 보호해주고 싶었다.

솔직히 나는 그런 일을 겪은 뒤에 서두르고 싶지 않았지만, 몇 개월이 지나도 소식이 없자 케이트는 걱정을 하기 시작했다.

"여보, 만약 그게 유일한 기회였으면 어떡하지? 다시는 아이가 안 생기면 어떡해?" 그녀는 조바심을 냈다.

"언젠가는 생기겠지." 나는 늘 이런 말로 달래주었다. "차분하게 기다리면 생길 거야. 걱정 마."

케이트는 그래도 계속 걱정을 했다. 왜 그러는지 나로서는 이해가 되지 않았다. 그 당시만 해도 그녀는 '모성'이라는 단어와 거리가 멀어도 한참 멀었다. 그 누구보다 활발한 여자이자 아드레날린 중독자였다. 나도 아이가 유산되어 슬프고 안타깝기는 했지만, 그렇다고 이성이 마비되지는 않았다. 때가 되면 케이트도 훌륭한 엄마가 될 수 있으리라 믿어 의심치 않았다.

"아직 걱정하긴 이르잖아." 나는 이성적으로 설득했다. "아이가 생길 때까지 같이 할 일도 많고. 아직은 때가 아닌 모양이지. 자연의

섭리에 맡기자."

케이트는 내 말을 못 미더워했다. 유산 때문에 불안해했고, 내게 아이를, 자기 부모님에게 손주를 안겨주지 못했으니 모두의 기대를 저버렸다고 생각했다. 우리는 검사를 받았다. 케이트는 제법 흔한 증상에 속하는 다낭성난소증후군이라는 진단을 받았다. 그 때문에 임신이 힘들기는 했지만, 불가능한 것은 절대 아니었다.

그때는 케이트가 이제 막 삼십대로 접어든 시점이라 아직 시간적인 여유가 많았다. 적어도 우리가 생각하기에는 그랬다. 검사를 받고 케이트는 어느 정도 안심했다. 우리는 임신에 연연하지 말고 아이가 태어나기 전에 하고 싶었던 일들을 몇 가지 더 실행에 옮기기로 했다.

일 년이 지나고 우리는 토바고 섬으로 여행을 떠났다. 이제 와 생각해보면 그 당시에는 사는 게 얼마나 단순했는지 믿기 힘들 정도다. 유산 말고는 걱정할 일이 하나도 없었다. 우리는 기회가 있을 때마다 꽉 움켜잡고 언제나 다음 모험을 계획하며 인생이라는 바다를 항해했다. 케이트가 임신이 되지 않으니 여행을 떠났다. 삶이 그렇게 단순했다. 케이트가 아이를 바라는 마음이 점점 더 간절해지기는 했지만 말이다.

그 여행 동안 카리브 해에서 스쿠버다이빙을 하고 해상 플랫폼에 나란히 앉아 햇볕을 쪼였던 게 생각난다. 자기 아빠가 친 장난에 어떤 남자아이가 미친 듯이 깔깔대는 소리를 듣고 우리 둘이서 빙긋 웃으며 눈빛을 교환하고 난 참이었다.

"웃음소리 한번 끝내주네." 케이트가 말했다. "우리 애들 웃음소리는 어떨지 궁금하다."

"이건 또 무슨 소리야?" 내가 놀리는 투로 물었다. "어제 블루홀 스쿠버다이빙 예약하자고 한 사람이 누구더라?"

'아이들의 스쿠버다이빙 실력이 충분해지면 벨리즈의 블루홀에 도전하기.' 지구상에서 가장 환상적인 스쿠버다이빙 장소라고 할 수 있는 블루홀은 엄마의 리스트에 오르기 훨씬 전부터 우리 둘의 희망 사항이었다. 우리는 딩키족—Double Income No Kids Yet, 즉 아직 아이가 없는 맞벌이 부부의 약자—으로서 누리는 마지막 축제가 되기를 바라며 항공편과 숙박을 알아보던 참이었다.

"둘 다 하면 되지." 그녀는 활짝 웃었다. "아이가 태어난다고 달라지진 않을 거야. 나는 모든 것을 당신과 같이하고 싶거든."

아이들의 낭랑한 웃음소리가 케이트의 낭만적인 발언과 한데 뒤섞여 믿을 수 없을 만큼 매력적으로 들렸다. 손바닥만한 검은색 비키니를 입은 케이트가 무척 섹시해 보였다. 다이빙 보트는 저만치 멀어져가고, 뜨거운 햇볕이 우리 몸을 달구었다. 나는 케이트에게 격렬한 키스 세례를 퍼부었다. 케이트가 낳을 아이들의 아빠가 되고 싶었다. 이렇게 멋진 여자가 내 아이, 우리 아이를 낳고 싶어하다니 이런 축복이 또 있을까. 우리는 집에 돌아가면 의학의 도움을 받고, 벨리즈와 블루홀 여행을 예약하기로 약속했다.

의사는 임신 확률을 높이는 촉진제 클로미드를 곧바로 처방해주었지만, 다낭성난소증후군 때문에 몇 년이 걸릴 수도 있다고 했다. 우리는 임신촉진제가 효과가 없으면 인공수정 시술을 받아볼까 의논했고, 블루홀에서 돌아오자마자 시술을 시작하기로 했다.

케이트가 그 중요한 다이빙 원정을 앞두고 더 상급 단계의 스쿠버 다이빙 자격증을 따고 싶어했기 때문에 따뜻한 햇살 아래서 집중 과정을 이수할 수 있도록 테네리페 섬 여행을 예약하기로 했다. 케이트는 그동안 아이를 가지는 '실습'에 열과 성을 다했다. 내가 겨드랑이까지 오는 고무장갑을 끼고 설거지를 하건 차고에서 구명조끼를 정리하건 경고도 없이 덮쳤다.

"바로 지금이야." 그녀는 짓궂게 눈을 반짝이며 애교 있게 내 옷을 잡아당겼다.

케이트와 나누는 사랑은 언제나 환상적이었고, 아이를 만드는 일은 무지하게 신났다.

"이렇게 열심히 했으니까 머잖아 생길 거야." 나는 농담처럼 말했지만, 아이는 생기지 않았다.

우리는 2003년 11월에 테네리페로 떠났다. 그 여행을 떠올리면 생생하게 기억나는 두 가지가 있다. 럭비 월드컵에서 잉글랜드가 우승했다는 것, 케이트가 우리 인생에 한 획을 긋는 말을 했다는 것. "생리를 안 해. 나 임신했나봐."

"말도 안 돼!" 나는 어안이 벙벙한 얼굴로 외쳤다. "바보 같은 소리 하지 마!"

케이트가 스쿠버다이빙 강습을 겨우 중간쯤 마친 상태에서 그런 소리를 듣게 될 줄은 상상도 못했던 것이다. 나는 아이가 우리 계획에 맞춰, 블루홀에 다녀오고 나서 인공수정 시술을 시작하기 전에 생길 거라고 은연중에 믿고 있었던 것 같다.

물론 케이트의 짐작이 맞았다. 정말로 임신을 한 것이다. 집으로 돌아가자마자 테스트 결과를 확인하고 우리는 눈물을 펑펑 흘렸다.

"블루홀을 지금 당장 못 가게 돼서 우는 거야 아니면 아빠가 될 생각에 우는 거야?" 케이트가 놀리는 투로 물었다.

"블루홀이야 항상 거기 있을 텐데, 뭐. 아이가 어느 정도 자랐을 때 같이 가면 되지." 내가 말했다. "당신이 그랬잖아. 아이가 태어나도 우리 생활 방식은 달라지지 않을 거라고. 이 정도면 대답으로 충분하겠어?"

"그래, 다 같이 가자." 케이트의 얼굴이 환히 빛났다. "당신이랑 나랑 우리 아이들이랑."

"잠깐, 몇 명이나 낳을 생각인데?"

"셋이면 좋겠어."

"셋?!" 나는 말문이 막혔다.

"응, 셋." 그녀가 눈동자를 굴리며 입을 맞추자 내 마음이 스르르 녹아내렸다. "내가 옛날부터 셋 낳고 싶어했던 거 알잖아!"

"먼저 첫째부터 낳고 생각해보자." 나는 미소를 지었다.

우리는 딸이면 코럴, 아들이면 리프로 이름을 지어놓았다. 테네리페와 우리가 즐겨 탐험하는 산호초*에서 따온 이름이었다.

몇 개월 뒤 병원에서 케이트가 태아 초음파 검사를 받는 동안 내가 결례를 무릅쓰고 비디오 촬영을 했는데, 아들임을 한눈에 알 수 있었다.

"안녕, 리프." 케이트가 초음파 화면을 향해 열심히 손을 흔들었다.

케이트의 뱃속에서 자라는 아이의 모습을 화면으로 접했을 때 느꼈던 흥분과 순수한 전율이 아직도 생생하다. 내 평생 그렇게 짜릿한 적은 처음이었으니 정말 굉장한 사건이었다는 뜻이다.

그런데 지금은 나 혼자 리프를 데리고 MRI 검사를 받으러 가는 길이었다. 기적적으로 태어난 우리 꼬맹이가 온갖 역경을 딛고 활기 넘치는 다섯 살짜리 아이로 자라다니……

리프가 다시 음악을 틀었다. 녀석이 선택한 곡은 놀랍게도 OPM의 〈Brighter Side〉였다. 그 곡이 내 아이팟에 들어 있다는 사실조차 잊고 있었는데, 브리스틀로 향하던 그날 리프가 찾아낸 것이다.

"이거 들어요." 녀석이 말했다. "이거 들으면 엄마 생각 나거든요."

녀석이 볼륨을 높이자 가사가 눈사태처럼 나를 덮쳤다. 눈물을 참으려고 입술을 깨물었지만 소용없었다. 전에도 수없이 들은 노래이

---

* 테네리페(Tenerife)를 영어식으로 읽으면 테너리프, 영어로 산호초는 coral reef다.

건만 지금은 모든 가사가 케이트의 이야기처럼 들렸다. 나는 흘러나오는 가사처럼, 아름다운 영혼이 되어 더 밝은 곳으로 떠났지만 달이 늘 바다 곁에 머물듯 우리 곁에 머물 그녀의 모습을 상상했다. 노래에서 이야기하듯 그녀가 살아 있던 매 순간이 우리에겐 축복이었다. 이제 그녀는 멀리 떠났고 우리는 그녀 없이 견뎌야 한다. 하지만 다 잘될 것이다.

"아빠도 이 노래 들으면 엄마 생각 나요?" 리프가 백미러로 나와 눈을 맞추며 천진난만하게 물었다.

"응." 목소리가 갈라지는 바람에 속마음을 숨기는 데 실패했다. "미안, 리프. 아빠가 딱 걸렸네?" 나는 코를 훌쩍이고 눈물을 훔치며 덧붙였다. "그 노래 들으니까 진짜 엄마 생각 난다."

"괜찮아요, 아빠?"

"응, 리프. 너는?"

"다 잘될 거예요." 녀석이 고개를 끄덕이며 노래 가사를 따라 하고는 미소를 지었다.

장모님이 병원에서 우리를 기다리고 있었다.

"도와줄 사람이 있으면 좋지 않을까 싶어서." 장모님이 다정하게 말했다.

"꼬마 마이크 타이슨을 돕는 일이라면 언제든지 환영이죠." 나는 농담처럼 이야기했다. 마취제에 신물이 난 리프가 마취 전문의의 턱에 한 방 날린 사건을 두고 한 말이었다.

이제 리프도 다섯 살이 되었으니 실랑이를 벌이거나 마취제를 쓰지 않아도 얌전하게 스캐너 안으로 들어갈 수 있지 않을까? 다행히 리프도 한번 해보겠다고 했다.

"그럼 나중에 선물 주실 거예요?" 녀석이 뻔뻔스럽게 물었다.

"그래." 장모님과 내가 한목소리로 대답했다.

스캐너가 작동하면서 쿵쿵, 철컥철컥 무서운 소리를 내기 때문에 리프에게 헤드폰을 씌워 음악을 듣게 했다. 그리고 나는 리프가 검사를 받는 동안 손을 잡아줄 수 있고 아이가 나를 볼 수 있는 곳에 서 있었다. 꼼짝 않고 이십여 분 넘게 누워 있어야 했으니 만만찮은 일이었지만, 리프는 견뎌냈다.

"잘했다. 정말 잘했어, 리프." 검사가 끝났을 때 내가 말했다.

"레이저 달린 리모컨 자동차 사도 돼요?"

"그럼, 되고말고." 흔쾌히 허락했다.

"둘이서 시합할 수 있게 핀 것도 사주세요. 내가 레이저 세 개를 꺼뜨리면 아웃이거든요!" 광고 문구를 그대로 따라 하는 게 분명했다.

촬영을 마친 다음에는 피를 뽑고 몸무게를 재고 의사와 간호사 들이 여기저기 찔러대는 늘 똑같은 과정이 반복됐다.

"모든 게 아무 이상 없어 보이네요." 마침내 의사가 말했다. "MRI 결과는 사나흘 뒤에 나올 겁니다."

의사의 긍정적인 전망에도 불구하고 기다리는 동안 어찌나 괴롭던지 아무 일에도 집중이 안 됐다. 다음날 저녁, 나는 소파에 혼자 앉아 두 아이가 벌이는 레이저 자동차 시합을 구경했다. 아이들은 자동차에 빠져서 정신을 못 차렸다. 두 대 사는 데 쓴 돈이 거의 칠십 파운드였으니 그럴 수밖에. 넉살 좋은 리프 녀석 때문에 예상했던 금액보다 지출이 제법 컸다.

리프가 아기였을 때 케이트가 바로 이 자리에 앉아 아이 체온이 높다며 걱정했던 순간이 생각났다.

"이 정도면 비정상이야, 여보." 그녀는 초조해했다. "39도야."

그때 리프는 생후 구 개월로 홍역·볼거리·풍진 혼합 예방접종을 한 직후였는데, 병원에서는 그 주사를 맞으면 열이 나고 보챌 수도 있다고 했다. 그때까지만 해도 리프는 잠시도 가만있지 않는 말썽꾸러기였다. 구 개월인데 벌써 걷기 시작했으니 또래에 비해 무척 빨랐다. 그랬던 아이가 밤만 되면 새하얗게 질려 축 늘어졌고, 내복 위로도 열기를 느낄 수 있을 만큼 몸이 뜨거웠다. 해열제를 먹어도 효과가 없어서 병원에 몇 번이고 데려갔지만, 그래도 차도가 없었다. 며칠이 몇 주로 바뀌었을 때 혼합백신의 부작용으로 반응성관절염에 걸렸을지도 모른다는 의견이 나왔다. 반응성관절염에 걸리면 관절이 일시적으로 붓고 쑤시는데, 저절로 나을 때까지 기다리는 게 상책이라고 했다. 케이트는 겁에 질렸다. 나도 마찬가지였다.

"그러니까 두고 봐야 한다는 거야?" 케이트가 물었다. 일상적인 예방접종이 그렇게 엄청난 결과로 이어질 수 있다니 기가 막힐 노릇이었다. "여보, 이런 악몽이 어디 있어?"

나는 케이트가 했던 말을 똑똑히 기억한다. 그 당시에는 얼마나 끔찍할지 짐작조차 못했지만, 이후에 실제로 악몽이 이어졌으니 말이다. 오 년이 지난 지금도 기다리는 동안 초조한 심정은 여전한데, 이번에는 나 홀로 견뎌야 했다. 리프가 잘 견뎌준 덕분에 가장 끔찍한 악몽은 무사히 넘겼지만 그래도 정말이지 힘들었다.

거실에서 울리는 전화벨 소리에 나는 화들짝 놀랐다.

"병원에서 뭐래?" 루스가 물었다.

"아직 몰라. 목요일에 외래 예약하고 왔어."

"뭐? 이틀이나 더 기다려야 결과를 알 수 있다는 거야?"

"그렇다니까. 어떻게 돌아가는지 알잖아."

"리프는 어땠어?"

"대단했어! 마취 가스를 쓸 필요도 없었어."

"다행이다. 신지, 잘했어! 결과 듣는 대로 나한테도 알려줘."

나는 그러겠노라고 약속했다. 루스의 전화가 정말 고마웠다. 덕분에 리프가 엄마도 없이, 마취도 하지 않고 MRI를 찍은 게 얼마나 대견한 일인가에 초점을 맞출 수 있었다. 리프는 훌륭하게 견뎌주었고, 덕분에 나도 내심 결과가 좋을 것 같은 예감이 들었다. 그래도 핀의 표현을 빌리면 두 밤은 더 자야 확실히 알 수 있을 테니 마음이 편치 않았다.

목요일에 드디어 진료실로 들어섰을 때 나는 기진맥진한 상태였다. 의사가 전하는 소식이 잘 믿기지가 않았다.

"사진이 아주 깨끗합니다." 의사가 미소를 지으며 이렇게 말했던 것이다.

기쁘다기보다 다행이라는 생각이 들었다. 자축하는 의미로 복도에서 옆으로 재주를 넘기에는 너무 피곤했기 때문일 수도 있고, 자기방어 본능이 발동해서 그랬을 수도 있다. 케이트의 암도 완치된 줄 알았다가 재발하지 않았던가. 나는 그때 암 치료 결과를 놓고 흥분하면 안 된다는 것을 배웠다. 모퉁이를 돌면 또 무엇이 기다리고 있을지 아무도 알 수 없는 일이었다. '아주 깨끗하다'는 단어가 분명 힘이 되기는 했지만, 리프의 치료를 시작한 지 이제 겨우 사 년이었다. 공식적으로 완치된 상태가 아니었으니 오 년이 지난 후 결정적인 검사에서 '아주 깨끗하다'는 판정을 받는 것이 훨씬 중요했다. 게다가 희소식을 함께할 케이트가 없어서 외롭기도 했다.

"결과가 아주 좋아." 나는 나중에 루스에게 소식을 전했다.

"신지! 정말 다행이다." 그녀가 말했다.

"응, 아주 좋은 소식이지." 말은 이렇게 했지만, 기분이 백 퍼센트 좋지는 않았다. 리프의 소식에 기쁘기는 했지만, 케이트가 사무치게 그리웠다. 그녀가 우리 꼬맹이를 꼭 끌어안고 입을 맞추며 정말 용감했다고 말할 수 있으면 얼마나 좋을까. 오 년 전에 시작된 악몽에서 이만큼 벗어난 우리의 모습을 그녀가 볼 수 있다면 얼마나 좋을까. 케이트는 이제 옷장 위편에도 없었다. 나는 철저하게 혼자였고, 씩씩하게 한 걸음 한 걸음 전진해가는 이 길에 그녀는 없었다.

다음날 우리는 부활절 휴가를 떠났다. 아이들을 데리고 스무 명쯤 되는 케이트 쪽 친척들과 함께 데번의 크로이드베이에 있는 루다 홀리데이파크에서 캠핑을 하기로 했다. 케이트는 그런 여행을 좋아했다. 어렸을 때 자주 그렇게 휴가를 보낸 터라 행복한 추억들이 떠오른다고 했다.

나는 캠핑을 싫어한다. 편안한 침대를 두고 굳이 야외에 설치한 텐트 안에서 자는 이유를 모르겠다. 나에게 휴가란 남의 시중을 받으며 호사를 누리는 것이다. 캠핑 하면 일이 생각났다. 에든버러 공작상을 수상한 학생들의 캠핑을 숱하게 주선했기 때문이다. 일은 재미있게 했지만 여가 시간에 사서 고생하기는 싫었다.

케이트의 친척들과 마지막으로 캠핑을 했던 때가 떠올랐다. 2008년 부활절이었는데, 우리 부부는 거의 삼 년 동안 화학요법과 방사선치료를 받던 리프를 병간호하느라 지칠 대로 지친 상태였다. 그때 핀은 유난히 부산한 두 살배기였다. 터무니없을 만큼 많은 짐을 차에 실으면서 기진맥진했던 기억이 난다. 상황이 아주 좋을 때도 캠핑 짐 싸기는 만만치 않은데, 어린아이가 둘이나 있다보니 휴대용 아기 침대, 핀이 쓸 젖병과 기저귀, 장난감, 리프에게 먹일 어마어마한 양의 약까지 준비할 게 한두 가지가 아니었다. 시동을 걸자마자 두 아이가 우리가 앉은 앞좌석을 발로 차며 마실 것을 달라고 울부짖기 시작했다.

"이걸 왜 가겠다고 했나 모르겠네." 나는 케이트를 향해 쏘아붙였다. "내가 제정신이 아니었나봐!"

케이트는 속상한 얼굴로 나를 애써 달랬다.

"도착하면 재미있을 거야. 이렇게 바람이라도 쐬면 우리 모두에게 좋을 테고. 수고해줘서 정말 고마워, 여보."

"알았어. 하지만 이번이 마지막이다!" 나는 씩씩거렸다.

두 아이는 결국 잠이 들었고, 케이트와 나는 서로 본체만체했다. 아직 절반도 채 못 갔을 때 텔레그래프힐을 오르느라 힘겨워하는 요란한 엔진 소리가 냉랭한 침묵을 갈랐다. 그 가파른 언덕에서 클러치를 세 번쯤 밟았을 때 문득 수상한 소리가 들렸다. 잠시 후 쿵 하는 소리와 함께 차가 갑자기 멈춰 섰고, 엔진에서 하얀 연기가 피어오르기 시작했다.

"이럴 수가!" 나는 버럭 고함을 질렀다. "엎친 데 덮친 격이네! 차가 퍼지다니!"

두 아이 모두 잠에서 깨 울어대기 시작했다. 우리는 RAC에 연락했고, 구조 차량이 도착했을 무렵에는 보닛에서 피어오르는 연기보다 내 머리에서 피어오르는 연기가 더 자욱했을 것이다.

"당신은 우리 가족이랑 시간을 보내기가 싫은 거야." 케이트가 씩씩대며 나를 비난했다. "처음부터 비협조적이었잖아!"

"애초에 가겠다고 하질 말았어야 하는데." 나도 지지 않고 응수했다. "고분고분 따라나섰다가 귀 따갑게 욕이나 듣고. 이러면서 왜 가야 하는지 이유를 모르겠네."

우리는 가는 내내 옥신각신했고, 캠핑장에 도착했을 때도 머리끝까지 화가 나 있었다. 얼마나 험악한 분위기인지 누가 봐도 알 수 있었다. 케이트는 자기 친척들 앞이라 창피해했지만 나는 화해할 기분이 전혀 아니었다. 우리 둘 사이에 팽팽한 긴장감과 전운이 감돌았다.

"하루종일 이렇게 고생해놓고 텐트에서는 절대 못 자." 나는 짐을 풀자마자 버럭 소리를 질렀다.

"어련하시겠어!" 케이트가 대꾸했다.

"더는 못 참겠어. 집에 가든지 해야지!" 나도 맞받아쳤다.

"거봐!" 케이트가 쏘아붙였다. "당신은 우리 가족이랑 시간을 보내기가 싫은 거라고!"

"난 당신네 가족이 아니라 캠핑이 싫은 거야. 제발 그만 좀 해!"

나는 이십 분 만에 캠핑장을 박차고 나와 씩씩거리며 혼자 두 시간에 걸쳐 집으로 돌아왔다. 그날 밤, 우리 둘 다 진정이 됐을 때 케이트가 전화를 했다.

"어쩌면 당신이 잘한 건지도 몰라." 그녀가 너그럽게 말했다. "캠핑에 관한 한 서로 생각이 다르다고 인정하는 게 좋겠어."

"미안해, 케이트, 보고 싶어. 나 대신 애들한테 뽀뽀해줘. 무진장 무진장."

"무진장 무진장."

우리는 서로 꽁한 채로 잠자리에 든 적이 없었다. '싸우더라도 일

주일 안에 화해해. 인생은 너무 짧으니까.'

케이트가 리스트에 그 항목을 적었을 때 나는 그날의 전화를 생각하겠다고, 아이들에게도 가능한 한 빨리 뽀뽀하고 화해하도록 가르치겠다고 약속했다.

이제는 나와 아이들 짐만 차에 실었다. 다음날 아침 날이 밝자마자 핀이 선글라스와 모자를 쓴 채 책과 장난감으로 불룩한 배낭까지 짊어지고 신나게 주방으로 달려들어왔다.

"지금 출발해도 돼요, 아빠? 네?" 녀석이 들뜬 목소리로 물었다.

"되고말고. 아침 먹고 바로 출발하자." 나는 웃으며 녀석의 머리를 헝클어뜨렸다.

리프도 기운차게 나타났다. "얼른 할머니 보고 싶어요."

"착하네." 내가 말했다.

"할머니가 검사 잘 받았다고 새 닌텐도 게임 사주신다고 했거든요."

가슴이 아팠다. 리프가 MRI 검사를 언급하는 것은 특이한 일이 아니었다. 녀석은 그 또래 여느 아이들보다 병원이며 암에 대해 필요 이상으로 많이 알았다. 나는 그 순간, 정말 재미있는 여행이 될 수 있도록 최선을 다하겠노라고 맹세했다.

"가자, 행복한 캠핑 친구들!" 우리 셋은 발에 스프링이라도 달린 것처럼 프리랜더에 폴짝 올라탔다.

나와 그렇게 티격태격해도 가족 캠핑을 열렬하게 신봉하는 케이트의 입장에는 변함이 없었다. '사촌들과 함께 캠핑을 가든지 아이들이 연휴를 실컷 만끽할 수 있게 해줘' 같은 항목이 엄마의 리스트 상단을 보란듯이 차지하고 있었다. 케이트는 고맙게도 빠져나갈 구멍까지 만들어주었다. 내키지 않으면 자기 부모님에게 아이들을 맡겨도 된다고 한 것이다. 하지만 그녀가 세상을 떠난 지 얼마 되지도 않았는데 벌써부터 그럴 수는 없었다. 나는 두 아이와 가능한 한 많은 시간을 보내고 싶었다. 그게 야외에 설치한 상자 안에서 자야 한다는 걸 의미한대도 상관없었다.

차 안은 바닥에서 천장까지 연, 스노클링 장비, 양동이, 삽으로 빼곡하게 들어찼고, 우리는 시끄럽게 음악을 틀어놓은 채 루다로 가는 내내 실없는 농담을 주고받았다.

"머릿속에 삽이 있는 남자는 이름이 뭐게?" 내가 물었다.

"모르겠어요! 뭔데요, 아빠?" 핀이 말했다.

"더그*!"

"아빠아아, 지이이인짜 웃겨요!" 리프가 낄낄거렸다. "하나 더요!"

아영장에 도착했을 때는 햇빛이 반짝였고, 공원은 내가 기억하는 것보다 조용하게 느껴졌다. 곧 그 이유를 깨달았는데, 아이슬란드의 화산이 폭발하면서 뿜어낸 화산재 때문에 비행기들 발이 묶여서 하늘이 평소와 달리 조용하고 잔잔했던 것이다. 아이들에게 사정을 설

---

* 더글러스라는 이름의 약자이자 영어로 dug가 '파다'라는 뜻의 동사 dig의 과거형이다.

명해주자 리프가 잠깐 생각에 잠기더니 이렇게 말했다. "그럼 엄마가 우리한테 뽀뽀 못 보내주시겠네요?" 아이들은 케이트가 세상을 떠난 날 비행기 두 대가 하늘에 남긴 완벽한 십자가를 본 뒤로, 습관처럼 하늘을 보며 하얀색 키스 자국을 찾았다. 그래도 아이 입에서 이런 말이 나올 줄은 몰랐다.

"잠깐 그러다 말 거야." 나는 목이 메었고, 다시 한번 의표를 찌른 리프에게 깜짝 놀랐다.

금세 똑같은 일상이 반복됐다. 내가 베이컨과 달걀로 아침을 만들어 먹으면 아이들은 할머니와 할아버지가 머무는 트레일러를 습격하고, 여러 사촌, 숙모, 삼촌 들과 어울려 놀다 나와 함께 연을 날리거나 풀장이나 바닷가로 향했다.

케이트네 가족은 환상적이었다. 트레일러하우스가 전부 여덟 대정도 됐는데, 어디를 가든 익숙한 얼굴이 우리를 맞았다. 모두들 실질적인 도움을 아끼지 않았고, 나 혼자 보내는 시간은 거의 없었다. 하지만 케이트가 없으니 사무치게 외로웠다.

"엄마가 우리 데리고 저기 간 적 있어요." 어느 날 아침, 핀이 바닷가에 있는 바위 사이의 작은 웅덩이들을 가리키며 말했다.

"엄마는 게 진짜 잘 잡았는데." 리프가 말했다.

"맞아." 내가 맞장구쳤다. "랜트윗메이저로 놀러갔던 날 엄마가 진짜 큰 게 잡았던 거 생각나?"

둘 다 고개를 끄덕였다. 두 녀석 다 그때는 꼬맹이였는데…… 일

년도 훨씬 넘은 일이라 그날 자체보다는 집에 걸어놓은 액자 속의 근사한 사진을 기억하는 것일 수도 있었다.

"애들 데리고 랜트윗에 가야겠어." 케이트가 그렇게 말했다. "애들한테 게 잡는 법을 가르쳐주고 싶어서 온몸이 근질거릴 지경이야."

우리 넷이 랜트윗에 다녀온 건 2009년 봄이었다. 그때 케이트는 화학요법을 받는 중이었는데, 언제쯤이면 치료가 끝나서 오랫동안 기다려온 유방재건술을 받을 수 있을지 궁금해했다.

"나는 인생을 유예하지 않을 거야." 케이트는 수없이 다짐했고, 스스로 다짐을 지켰다. 하고 싶은 일이 있으면 절대 나중으로 미루지 않았다. 그해 봄, 여행 내내 케이트는 아이들에게 어린 시절 랜트윗에서 보냈던 이야기를 시시콜콜 들려주었다.

"엄마는 사촌들이랑 너희 벤 삼촌이랑 캠핑장에서 바닷가까지 걸어갔었어. 워낙 멀어서 꼬박 반나절이 걸렸는데 그래도 그 시간이 아깝지 않았어. 바닷가에 도착하면 몇 시간이고 바위 사이 웅덩이들을 돌아다니면서 게와 새우를 아주 많이 잡았거든."

내가 옆에서 끼어들었다. "엄마가 워낙 겸손한 성격이라 말을 안 하는 건데, 엄마는 게 잡기 챔피언이야." 큰 비밀이라도 되는 것처럼 아이들에게 속삭였다. "엄마가 행동을 시작하면 잘 봐. 얼마나 대단한지 몰라!"

케이트는 웃음을 터뜨리고 하던 이야기를 계속했다.

"엄마가 찜한 바위도 있었어. 한참 동안 거기 앉아서 게를 잡았거든. 그 바위를 찾을 수 있으면 좋겠다."

우리는 케이트의 옛 추억을 되새기는 의미에서 캠핑장에 차를 세워두고 그녀가 수없이 오간 길을 따라 바닷가까지 걸어가기로 했다. 리프에게는 다소 무리한 일정일 수 있으니 유모차도 가져갔다. 그런데 우습게도 한 십 분쯤 걸었더니 바닷가가 나오는 게 아닌가. 나는 인정사정없이 케이트를 놀려댔다.

"반나절이 걸렸다며! 엎어지면 코 닿을 데 있고만!"

그녀도 놀라워했다. "진짜로 그때는 굉장한 하이킹처럼 느껴졌단 말이야." 그렇게 말하고는 웃음을 터뜨렸다. "세월이랑 나이가 우리한테 무슨 짓을 하는지 보면 웃기지 않아?"

케이트가 말한 바위는 금세 찾을 수 있었다. 길과 이어진 바닷가에 바위가 많지도 않았던 것이다. 이 또한 예상 밖이었다. 케이트가 반짝이는 눈으로 늘어놓는 설명을 들었다면, 누구라도 지평선 저 끝까지 웅덩이들이 가득 펼쳐진 광활한 풍경을 상상했을 것이다. 케이트는 잔뜩 흥분한 얼굴로 옛날 그 바위에 쪼그리고 앉아 부연 물웅덩이 위로 고개를 숙였고, 리프와 핀은 넋을 잃은 관객처럼 엄마의 움직임 하나하나를 놓치지 않았다.

나는 그런 그녀가 정말 사랑스러웠다. 비록 머리카락이 다 빠져 가발을 쓰고, 팔에는 PICC관이 매달려 있었지만 그래도 정말 사랑스러웠다. PICC관은 팔에서 가슴을 거쳐 심장 바로 위 대정맥에 화학제제와 기타 약물을 주입하는 관이었다. 국소마취를 한 다음 그 어마어마하게 긴 관을 삽입하게 되었을 때, 나는 그 장면을 상상만 해도 몸이 움츠러들었다. 그러나 케이트는 어깨를 으쓱하며 담담하게 받아들였다. 그 많은 약물을 가장 효과적으로 투여할 수 있는 방법이라는데 괴로워한들 무슨 소용이 있겠느냐고 했다.

"기다려, 기다려……" 그녀는 아이들을 단속하다 능숙한 솜씨로 큼지막한 게를 잽싸게 낚아챘다.

아이들은 좋아서 비명을 질렀다.

"아빠, 엄마가 잡은 것 좀 보세요!" 리프가 외쳤다.

그녀는 그새 또 한 마리를 낚아채 어떤 식으로 다루면 되는지 조심스럽게 가르쳐준 다음 리프의 손에 쥐여주었다.

"아빠가 그랬잖아. 엄마는 챔피언이라니까." 나는 케이트를 향해 미소 지으면서 사진을 찍을 테니 자세를 잡으라고 세 사람에게 일렀다.

나는 그때 찍은 사진을 정말 좋아한다. 자신에게 익숙한 장소에서 아이들과 즐거운 시간을 보내며 아이들에 대한 사랑으로 눈을 반짝이던 케이트가 얼마나 건강하고 행복해 보였는지 모른다. 그녀가 암에 걸린 사실을 누구도 알아차리지 못할 정도였다. 내가 보기에 그날은 그녀가 회복기에 접어들었음을 알리는 획기적인 순간이었다. 다같이 아이스크림을 먹으며 케이트가 말했다. "우리 내년에도 꼭 다시 오자." 겉보기에 우리는 바닷가로 하루 놀러온 평범한 가족이었다. 똑같은 티셔츠를 입고 똑같은 표정으로 웃는 귀여운 두 아들을 둔 행복한 부부였다.

머지않아 우리도 다시 평범한 가족으로 돌아갈 수 있겠지. 곧 케이트의 치료가 끝날 테고, 그러면 바닷가에 누워 그 전해에 리프의 치료가 끝났을 때처럼 "해냈다!"고 외칠 것이다. 적어도 나는 그럴 수 있기를 바랐고 기도했고 기대했다.

루다에서 아이들과 그럭저럭 즐거운 휴일을 보낼 수 있었지만 쉽지만은 않았다. 2008년에 나와 크게 싸운 뒤 2009년에는 케이트 혼자 아이들을 데리고 캠핑을 다녀왔다. 이제는 나 혼자 아이들을 건사할 차례였는데, 계속 케이트가 남긴 발자국을 따라가는 듯한 기분이 들었다. '내가 어렸을 때 자주 갔던 바닷가로 아이들을 데려가서 산책을 시켜줬으면 좋겠어.' 케이트는 이런 부탁을 남겼다. 그녀가 좋아했던 바닷가는 랜트윗메이저 말고도 여러 군데 있었는데, 그중 하나가 이 캠핑장 근처에 있는 크로이드베이였다.

아이들을 데리고 그곳을 찾았을 때 상실감이 덮쳤다. 주머니 안에 풍선껌이 들어 있었는데, 다 같이 하나씩 씹어야 할 순간인 듯했다.

"왜 그렇게 슬퍼해요, 아빠?" 껌을 나눠주는 내 얼굴이 감정에 북받쳐 시뻘게진 것을 보고 핀이 물었다.

"엄마가 좋아했던 곳에 오니까 감격스러워서." 내가 대답했다.

녀석은 고개를 끄덕이고, 형과 같이 게를 찾으러 바닷가를 따라 달렸다.

"이런 식으로 하면 돼." 리프가 핀에게 하는 말이 들렸다. 핀은 바닻가의 모든 게를 쫓아낼 기세로 물웅덩이를 미친 듯이 휘저어댔다.

"조오오용히, 조심스럽게 해야지!" 리프가 동생과 함께 물을 움켜쥐며 외쳤다.

"자, 얘들아, 우리 다른 데 가보자. 저긴 어때? 이번에는 내가 한번 해볼까?"

케이트가 이렇게 말하는 소리가 들리는 듯했지만, 내 입에서 나온 말이었다. 순간 내가 실제로 케이트가 되려고 애쓰는 것처럼 느껴져 어색하고 싫었다. 심지어 그녀의 가족들마저 내가 케이트로 변신해 케이트처럼 해주길 기대했다. 적어도 내가 느끼기에는 그랬다.

그들이 생각하는 케이트는 완벽한 딸이자 헌신적인 어머니이자 마음씨 따뜻하고 유쾌한 여동생, 사촌, 조카, 이모, 고모였다. 그녀가 그런 모습을 모두 갖추고 있기는 했지만, 나만 아는 부분도 있었다. 그녀는 열정적이고 눈부시게 아름다운 금발의 아내이자 연인이기도 했던 것이다. 케이트의 그런 측면을 아는 사람은 나 말고 아무도 없었고, 알 필요도 없었다. 우리 둘만의 사생활이었으니까. 그런데 캠핑을 하는 동안 그 때문에 다른 식구들과 조금 거리감이 느껴졌다. 그들이 가끔 케이트에 얽힌 옛 이야기를 꺼내면 나도 끼어들 수 있었지만, 그들은 케이트와 내가 함께한 세월과 근사한 기억을 절반도 채 알지 못했다. 이제는 케이트와 나만 아는 추억을 함께 나눌 사람이 아무도 없었다.

"돌아와, 케이트. 모두 용서해줄 테니까." 어느 날 내가 리프의 티

셔츠에 선크림을 쏟았을 때 누군가가 이렇게 말했다. 능숙한 엄마였던 그녀를 칭찬하는 뜻에서 무심코 한 말이었겠지만, 내 입장에서는 충격이었다. 그런 말이 그저 그녀를 추억하는 하나의 방식이라는 것을, 스쳐지나가듯 그녀를 언급하는 데 불과하다는 것을 나도 알고 있었다. 그렇지만 마음이 불편했다. 그녀가 얼마나 대단한 엄마였는지 칭찬하며 가볍게 던지는 말을 듣기보다 같이 앉아서 허심탄회하게 이야기를 나누며 진심으로 케이트를 추억하는 편이 훨씬 더 행복했을 것이다.

나는 입술을 깨물며 떨떠름한 기분으로 현실을 받아들였다. 각자의 방식으로 케이트를 사랑하고 그리워하는 수많은 이에게 적응해야 한다는 것을. 마지막 날이 최악이었다. 공룡 공원에서 말 그대로 케이트의 흔적을 고스란히 뒤쫓았던 것이다. 아이들이 하루종일 공원을 돌아다니면서 "엄마는 이랬는데" "엄마는 저랬는데"를 반복하는 느낌이라 진이 빠졌다.

육식 공룡과 초식 공룡에 대해 일일이 설명해주고, 아이들을 불러 공룡 알과 화석을 구경하게 하고, 거대한 벨로키랍토르 모형이 고개를 흔들며 으르렁 포효하는 소리를 듣고 방문객들이 깜짝 놀라면 깔깔대며 웃었을 케이트의 모습이 눈에 선했다.

불편했던 마음이 조금 풀어진 순간도 있었다. 화장실이 급했던 리프가 재빨리 덤불 뒤로 뛰어갔는데, 우습게도 녀석이 티라노사우루스 모형이 반대쪽으로 고개를 돌릴 때까지 기다렸다가 이렇게 속삭이는 게 아닌가. "쟤가 이쪽으로 고개 돌리면 안 되는데. 그러면 큰일나잖아요!" 그러는 모습이 어찌나 재미있던지 웃음이 절로 나왔다. 그리고 보니 리프가 치료를 받던 시절에 웨일스로 캠핑을 떠났다가 비슷한 일로 케이트가 웃음보를 터뜨린 적이 있었다. 녀석이 살금살금 숲속으로 들어가 아무에게도 보이지 않는 알맞은 덤불을 찾느라 시간을 보냈던 것이다.

지금 생각해보니 가족끼리 놀러갔을 때 느낀 기쁨의 상당 부분이 아이들을 대하는 케이트를 바라보는 데서 온 것이었다. 우리 둘이 손을 잡고 걸으며 바로 뒤에서 아이들을 지켜보고, 아이들의 반응을 즐기곤 했는데…… 지금은 나 혼자 웃고 말려니 외로웠다.

식당에 들어가 아이들과 자리를 잡고 앉았다. 알고 보니 작년 4월, 정확히 일 년 전 그 날짜에 케이트 혼자 아이들을 데리고 왔을 때 앉았던 자리였다.

"엄마는 엄청 큰 딸기 아이스크림을 먹었어요!" 리프가 메뉴판을 보다가 기억해냈다.

"엄마는 나비를 잡았어요." 나중에 핀이 말했다. "아빠도 나비 잡을 수 있어요?"

"아니." 나는 본능적으로 대답했다. "엄마는 나비를 진짜 잘 잡았지. 아빠보다 훨씬 더. 아빠가 모든 면에서 엄마만큼 잘할 수는 없어."

두 아이가 내 표정을 살피는 동안 조금 어색한 침묵이 흘렀다.

"그래도 괜찮아요, 아빠." 이윽고 리프가 말했다. "그래도 멋진걸요."

　"하이파이브 하자." 나는 활짝 웃으며 두 손을 들었다. 두 아이가
내 손에 하이파이브를 했고, 우리는 다 같이 차에 올랐다.

　집으로 돌아가는데 마음이 편안했다. 이번 여행을 잘 견뎌냈을 뿐
아니라 교훈까지 얻었으니 말이다. 아이들을 행복하게 키우겠답시
고 케이트를 흉내낼 필요는 없었다. 사실 케이트를 흉내내면 안 되는
것이었다. 그녀는 아이들의 엄마였고, 쉽게 따라 할 수 없는 상대였
다. 그녀와의 추억을 생생하게 유지하되 아이들에게 이제는 상황이
달라졌음을 일깨워줘야 했다.

엄마는 바닷가와 숲속에서 온갖 생물과 만나는 것을 좋아했어

"나 언제면 형아들 학교 들어가요,
아빠?" 어느 날 아침, 핀이 물었다.

녀석은 케이트가 리프를 위해 선택했던 클
리브던의 조그만 몬테소리 유치원에 다니고 있었는데, 형과
함께 올세인츠 학교에 다니고 싶어서 안달이었다.

"음, 며칠 있으면 6월인데 9월부터 다닐 거야." 내 대답에 핀은 멍
한 표정을 지었다. "아주, 아주, 아주 여러 밤 자야 해. 한 백 밤쯤."
내가 설명했다. "여름방학 때까지 팔 주 정도 남았고, 여름방학 육
주가 끝난 다음부터 학교에 갈 수 있으니까."

핀은 실망한 얼굴로 투덜거렸다. "그럼 하안참, 하안참 동안 기다려야 하잖아요. 왜 지금부터 다니면 안 돼요?"

그러고는 내가 뭐라고 대꾸도 하기 전에 손님용 방으로 달려들어가더니, 잠시 후 드럼 세트 장난감을 있는 힘껏 두드리는 소리가 들렸다. 케이트가 핀에게 드럼을 가르치길 바랐다는 소리를 듣고 이웃이 선물한 장난감이었는데, 녀석이 무척 좋아했다.

"핀, 조용히 해." 리프가 자기 방 안에서 외쳤다. "넌 왜 만날 그렇게 시끄러운 거야!"

리프는 책을 읽던 중이었는데, 두 아이가 얼마나 훌쩍 자랐는지 실감이 났다. 기저귀를 차고 기어다니던 때가 엊그제 같건만, 기쁘게도 눈 깜짝할 사이 각자 뚜렷한 개성을 지닌 꼬마 신사로 자란 것이다. 나는 케이트가 남긴 리스트를 떠올렸다. 이미 여러 항목을 끝냈지만, 좀더 속도를 내야겠다는 생각이 들었다. 리프를 위한 리코더나 기타 강습, 핀을 위한 드럼과 키보드 강습 등 간단한데 아직 실행하지 못한 항목들이 있었다. 케이트가 살아 있었을 때 나는 완벽한 남편이고 싶었다. 케이트가 워낙 완벽한 아내였던 것이다. 그녀가 떠난 지금도 완벽한 남편이고 싶은 마음은 여전하지만, 제대로 해나가고 있는지 의문이었다. 머지않아 리프와 핀이 둘 다 학교를 다니기 시작하면 나를 필요로 하는 일들이 점점 줄어들 것이다. 리스트를 끝마치지도 못했는데 아이들이 커버리면 어떡하지? 케이트를 실망시키고는 얼굴을 들고 살 수 없을 것이다.

이층으로 올라가 침대 옆 테이블에 놓아둔 엄마의 리스트를 집어 들었다. 몇 개월 만에 처음으로 유심히 들여다보는 것이었는데, 먼저 한번 훑어본 다음 한 단어, 한 단어씩 음미했다. 그러고 나서 케이트가 누웠던 쪽을 쳐다보았다.

'아이들이 부탁하면 언제나 도와주기.'

케이트의 말에 나는 "당연히 그래야지"라고 대답하면서도 조금 어리둥절했다. 너무 당연한 일을 뭐하러 부탁까지 남겼나 하는 생각이 들었다. 내가 아이들이 먼저 말을 꺼내지 않아도 항상 도와주리라는 것을, 그러니까 리스트에 굳이 남길 필요도 없다는 것을 그녀도 알았을 텐데. 그런데 이제 와 생각해보니 그 말에는 더 깊은 의미가 담겨 있었다. 아이들은 언제나 내가 필요할 것이다. 아이들이 자라서 자식을 낳아도 나는 여전히 그 아이들의 아빠이다. 아무리 많은 시간이 흘러도 리스트의 많은 항목이 영원히 우리 곁에 남을 것이다.

케이트가 좋아하고 싫어하는 것들을 자세하게 나열한 부분들을 들여다보았다. '엄마는 기니피그, 나비, 월넛 휩, 딸기 치즈케이크를 좋아했어.' '바람 부는 날은 싫어.' '엄마는 야생화를 좋아했어—붉은동자꽃, 거품벌레가 나무에 남긴 거품, 데이지, 프림로즈, 결혼식장 장식 꽃.' '엄마는 나방, 뱀, 굼벵이무족 도마뱀, 오렌지맛 클럽 비스킷, 잼과 젤리, 레몬 커드를 사랑했어.' '소스나 수프에 든 것 빼고 토마토는 싫어.' '엄마는 상아색 장미, 담쟁이덩굴, 안개꽃을 사랑했어.'

이 단어들을 물끄러미 바라보고 있자니 단어들이 이미지가 되어 비디오 화면처럼 머릿속에 펼쳐졌다. 뒷마당에서 기니피그를 끌어안고 있는 케이트, 오렌지맛 클럽 비스킷 포장지를 벗기는 케이트, 나이프를 들고 토스트에 레몬 커드를 바르는 케이트. 바닷가에서 제트스키를 정리하는데 바람에 날린 머리가 계속 시야를 가려 짜증이 난 케이트의 모습도 보였다. 그녀는 바람을 정말로 싫어했다. 그다음 화면은 내가 그때까지 본 중에서 가장 예쁜 상아색 장미와 안개꽃으로 이루어진 부케를 든 케이트의 모습이었다. 그녀가 고개를 숙여 달콤한 꽃향기를 맡으며 만족스러운 듯 활짝 웃었다.

그녀가 이런 항목들을 적었을 때에는 가슴 뭉클하고 내밀한 기록이라고 생각했을 뿐, 다른 지시나 부탁처럼 중요하게 여기지는 않았다. 그런데 지금은 다르게 보였다. 시간이 지나면 사라지거나 잊힐 수 있는 케이트에 관한 기억을 일깨워주는 아주 소중한 정보였던 것이다. 언제나 아이들에게 들려줄 수 있고 평생 우리 곁에 남을, 가슴에 사무치는 추억이었다.

엄마의 리스트를 한참 동안 들여다보았다. 케이트가 자기 이야기를 하면서 과거 시제를 썼다는 사실이 처음으로 눈에 들어왔다. 내가 "만약 당신이 떠나면 어떡하지?"라고 물었을 때 '만약'은 없다는 사실을 그녀는 알고 있었던 것이다. 그녀는 '만약'이라는 단어를 쓰지 않았다. '만약'이 아니라 '언제' 떠나느냐의 문제임을, 그녀는 나보다 먼저 알고 있었던 것이다.

나는 그녀가 얼마나 강인하고 용감했는지 되새기며 깊은숨을 들이쉬었다. 앞으로 평생 동안 리프와 핀을 돌볼 테니 서두를 필요가 없었다. 케이트도 리스트의 항목들을 허겁지겁 해치우기를 원하지는 않았으리라고 생각하니 마음이 놓이면서 편안해졌다.

또 한 가지 항목이 시선을 사로잡았다. '엄마는 바닷가, 멘딥힐스, 바위 사이 작은 웅덩이, 숲속 오솔길을 걸어다니면서 온갖 생물과 만나는 것을 좋아했어.' 우리는 멘딥힐스에서 프리디를 가장 좋아했다. 천연 샘이 있고, 자리만 잘 잡으면 각양각색의 거머리, 두꺼비, 개구리, 도마뱀, 뱀, 도롱뇽을 볼 수 있기 때문이었다.

"러그가 필요 없겠다. 풀이 러그 같아!" 연애하던 시절, 내가 맨 처음 그곳에 데리고 갔을 때 케이트는 키득거리며 말했다.

"풀이 왜 그렇게 부드러운지 알아?" 내가 물었다.

"아니, 왜 그런데?"

"이 근처에 토끼가 엄청 많이 살거든. 걔들이 하도 갉아먹는 바람에 늘 방금 전에 깎은 것처럼 보이는 거야."

그녀는 그 말을 듣고 즐거워했다.

"어디 가면 굼벵이무족 도마뱀을 볼 수 있을까?" 그녀가 물었다. "나, 굼벵이무족 도마뱀 진짜 좋아하는데."

케이트는 특별했다. 나는 자연을 사랑하는 그녀의 성격을 좋아했는데, 그 성격은 나이가 들어도 변함없었다. 몇 년 뒤에 내가 프리디에서 산악자전거를 타는 프로그램을 운영할 때는 희귀한 동식물이 사는 곳을 피하고 자연 서식지를 보호하는 쪽으로 코스를 개발할 수 있도록 케이트가 도움을 주었다. 얼마 전까지도 우리는 가끔 그곳에서 둘만의 특별한 소풍을 즐기는 호사를 누리곤 했었다. 내가 우리 둘 다 좋아했던, 껍질 딱딱한 타이거브레드에 버터를 바르고 소시지를 끼워서 만든 샌드위치를 준비했고, 자동차 글러브박스에 넣어 가져온 샴페인을 갈대가 우거진 샘물 속에 넣어 얼음처럼 차갑게 만들었다.

"운전은 누가 하지?" 막판에 케이트가 물었다.

"내가."

"그럼 당신은 한 잔만 마셔."

"알았어. 그런데 그게 무슨 뜻인지 알지?" 내가 물었다.

케이트는 키득거렸다. 그 말은 즉 그녀가 곤드레만드레 취해서 내가 침대까지 그녀를 업고 가야 할지도 모른다는 뜻이었다.

"알아." 그녀는 내 쪽으로 몸을 기울이고 몇 십 년 전, 담요를 깔고 누워 한밤의 소풍을 즐겼던 그때처럼 열정적으로 입을 맞추었다.

우리 둘 다 프리디 풀스를 어떤 식으로 탐험하면 되는지 아이들에게 가르치기를 좋아했다. 아이들에게 그만큼 좋은 곳이 없었다.

"왜 여길 뒤지라는 거예요? 볼 것도 없는데!" 한번은 리프가 이렇게 물은 적이 있었다.

"엄마랑 같이 가보자." 케이트가 아이의 손을 잡으며 말했다. "이 돌을 뒤집으면 뭐가 있는지 볼까?"

엄마가 파낸 온갖 종류의 벌레를 보고 녀석의 조그만 얼굴이 밝아졌다.

"이제는 볼 게 없다는 소리 못하겠지? 다음에는 뱀 찾아볼까? 독사도 있지만, 대부분 독이 없는 뱀이야. 독사랑 그냥 뱀을 어떻게 구분하면 되는지 가르쳐줄게."

두 아이 모두 프리디라면 사족을 못 썼지만, 최근에 이런저런 일들을 겪다보니 마지막으로 놀러간 지 일 년쯤 되는 듯했다. 케이트가 세상을 떠난 뒤에는 확실히 간 적이 없었다.

"얘들아, 우리 프리디로 소풍 갈까?" 이층에 대고 큰 소리로 물었다. 핀의 드럼 소리가 당장 멈추었다.

"네에에에에에!" 두 아이가 동시에 일층을 향해 외쳤다.

"커스티 누나도 같이 가면 안 돼요?" 리프가 덧붙였다.

아이들을 돌봐주는 커스티는 좋은 친구였다. 지난 몇 개월 동안 많은 도움을 주었고, 아이들도 그녀를 잘 따랐다. 이제 겨우 이십대인데, 주변 사람들에게 늘 한 줄기 상쾌한 바람 같은 존재였다. 케이트도 그녀를 아주 좋아했다.

"연락해볼게." 나는 바로 커스티의 번호를 눌렀다.

"저야 좋죠!" 잠시 후 커스티가 말했다. "초대해주셔서 감사해요. 재밌겠다. 아이들한테 얼른 가고 싶다고 전해주세요."

나는 뭐든 즉흥적으로 저지르는 것을 좋아하는 성격이다. 케이트와 함께한 특별히 기억에 남는 소풍 중에는 충동적으로 떠난 경우도 많았다. 이번에도 대성공이었다. 커스티가 얼마나 큰 도움이 되었는지 모른다. 동행한 어른이 있어서 좋았을 뿐 아니라 덕분에 케이트와 함께한 소풍을 답습하는 상황을 모면할 수 있었다. 커스티는 굼벵이 무족 도마뱀이나 뱀이나 네잎클로버를 찾아다니지 않았고, 우리는 타이거브레드에 소시지를 넣은 샌드위치를 먹지 않았다. 추억이 떠오르기는 했지만 추억에 끌려다니지는 않았다. 그저 즐거운 하루였다. 아이들은 상쾌한 공기를 마시며 이리저리 뛰어다녔고, 나는 아이들에게 벌레를 잡아오라는 과제를 내주었다. 그렇게 우리 모두 햇살을 쪼이며 모처럼 느긋한 시간을 보냈다.

중간에 커스티가 아이들 손을 잡고 샘까지 산책을 다녀왔다. 나는 토끼들이 뜯어먹은 풀밭에 누워 눈을 감았다. 눈꺼풀 위로 내리쬐는 따스한 햇살이 느껴졌고, 몇 년 만에 처음으로 진정한 여유를 만끽할 수 있었다. 예약 시간에 맞춰 병원을 찾아갈 필요도 없었고, 장례식 절차를 마무리짓거나 법률 또는 재정 관련 서류를 작성할 필요도 없었다.

집으로 돌아오는 길에 글러브박스에 넣어둔 샴페인이 떠올랐다. 케이트와 나는 프리디에서 샴페인을 마시면 곧바로 새 병을 채워두었기 때문에 글러브박스 안에는 늘 다음에 마실 샴페인이 준비돼 있었다. 나는 그게 좋았다. 우리 둘이 어떤 식으로 인생을 함께했는지, 어떤 식으로 다음 기념일을 자축할 준비를 하고 긍정적으로 앞날을 기다렸는지 보여주는 증거나 다름없었기 때문이다. 우리는 리프가 치료를 받는 동안에도 그 안에 샴페인을 넣어두었다. 그리고 리프의 화학요법이 끝났을 때 그 샴페인을 마셨고, 케이트의 치료가 끝났을 때에도 똑같이 했다.

문득 생각해보니 지금 글러브박스에 있는 샴페인은 케이트의 놀라운 회복을 축하하며 마시려던 것이었다. 나는 케이트가 나을 거라고 일말의 의심도 없이 믿었다. 지금은 언제 그 병을 딸 수 있을지, 심지어 누구랑 같이 마시면 좋을지조차 알 수 없었지만, 그래도 치워야겠다는 생각은 들지 않았다. 케이트라면 그 병을 계속 거기 넣어두기를 바랄 테고, 기쁘게도 나 역시 마찬가지였다.

얼마 후 나는 올세인츠 운영위원장 선거에 출마하기로 마음먹었다. 아이들 교육에 좀더 관여해주었으면 좋겠다는 케이트의 바람을 실천에 옮길 방법이기도 했고, 만약 케이트가 살아 있었다면 직접 선거에 출마했을 것 같기도 했다. 그녀는 화학요법 치료를 받는 와중에도 자원해서 매점을 운영하고, 운동회를 돕고, 기금 마련 행사를 조직했다. 나는 우리 두 사람을 합친 것보다 더 많은 몫을 하고 싶었고, 이제는 하루종일 일할 필요가 없으니 학교 일에 매진할 시간적 여유가 충분했다.

나는 이미 운영위원으로 활동하면서 '와우 교실'이라고 이름 붙인 야외 활동을 몇 가지 주최한 적이 있었다. 오지와 숲에서 생존하는 요령을 가르치는 수업을 했고, 전문가를 초빙해 아이들에게 전갈, 거미, 턱수염도마뱀을 직접 만져보게 하는 '동물 만나는 날'도 진행했다. 나는 그 일이 좋았다. 중간에 귀뚜라미 수십 마리를 바닥에 흩뿌리면 아이들은 비명을 지르면서 펄쩍 뛰었는데, 그런 다음 도마뱀을 풀어 귀뚜라미를 잡아먹게 하는 식이었다. 아이들이 무척 재미있어했던 것은 물론이고, 올세인츠 학교가 혁신적인 교육을 추구하는 학교라는 명성을 쌓는 데에도 큰 도움이 되었다.

운영위원에게 주어지는 통상적인 임무 외에 학교를 위해 또 어떤 일을 할 수 있을지 고민해보았다. 나는 항해를 하며 쌓은 인맥 덕분에 브리스틀 항을 오가는 매슈호에 동승할 기회가 몇 번 있었다. 매슈호는 옛 튜더 왕가의 상선을 똑같이 본떠서 만든 선박인데, 이 배에 학생들을 태울 수 있으면 얼마나 좋을까 하는 생각이 들었다. 생각만 해도 흥분돼서 아이들에게 내 아이디어를 빨리 알리고 싶어 좀이 쑤실 지경이었지만, 일단 일을 성사하는 게 급선무였다.

내가 이런 생각을 하고 있을 때 리프가 숨을 헐떡이며 이층에 있는 내 작업실로 들이닥쳤다. 녀석이 전한 소식에 놀라 나까지 숨이 멎을 것 같았다.

"엄마의 물고기랑 새우가 죽어가고 있어요." 녀석이 눈물을 글썽이며 알려주었다.

들떴던 마음이 당장 가라앉았다. 나는 가슴이 철렁 내려앉는 끔찍한 기분으로 일층으로 달려내려갔다. 우리 집 거실에 있는 1.2미터 길이의 대형 수조는 케이트를 위한 선물이었다. 암이라는 진단을 받고 이 주가 지났을 때, 치료를 받는 동안 스쿠버다이빙을 하지 못해

바다를 그리워할 그녀를 위해 집에 들여놓은 것이었다.

"여보, 정말 멋지다. 최고야." 수조를 채운 열대어와 산호, 새우들을 열심히 들여다보는 그녀의 얼굴이 환하게 빛났다. "이보다 더훌륭한 선물은 없을 거야. 사랑해, 사랑해!"

"그거 나한테 하는 말이야 아니면 물고기들한테 하는 말이야?" 나는 농담조로 물었다.

"둘 다한테! 저기! 저 녀석 좀 봐. 소라게 뒤에 숨은 애 보여?"

케이트는 물고기들이 펼치는 재미있는 묘기를 포착하는 데 남다른 재주가 있어서, 와서 이것 좀 보라며 나를 끊임없이 불러댔다. 가끔은 뭘 보라는 말인지 파악하느라 한참이 걸릴 때도 있었다.

"흔들거리는 저 산호 좀 봐. 그 뒤에 있는 크리스마스트리웜은 어떻고……"

케이트는 총천연색 만화영화에 넋이 팔린 아이처럼 잔뜩 흥분한 눈빛으로 이 물고기, 저 물고기의 움직임을 좇았다. 치료를 받느라 기운도 없고 입맛도 떨어졌을 때는 코코팝스를 아삭아삭 먹으며 몇 시간이고 수조 앞에 앉아 있었다.

그런데 지금 나는 수조를 들여다보고 경악했다. 물고기들은 모두 주둥이를 위로 향한 채 허우적거렸고, 새우들은 처량하리만치 맥이 없어 보였다.

"수조가 죽은 거예요, 아빠?" 핀이 슬픈 목소리로 물었다.

"모르겠다." 나는 목이 메었다. 너무 속이 상했다.

핀이 울음을 터뜨렸고, 리프는 애처로운 목소리로 아까 했던 말을 되풀이했다. "엄마의 물고기랑 새우가 죽어가고 있어요."

나는 죄책감을 느끼며 지난 몇 주간의 행적을 되짚어보았다. 우리가 키우던 레더산호의 몸집이 네 배로 늘어났다. 인근 원예용품점에서 물을 더 사와 수조를 채우기는 했지만, 청소를 해야 할 때가 지났다. PH 균형이 깨진 게 분명했다. 다 내 잘못이었다. 내가 게으름을 피운 것이다.

"정말 미안하다." 리프와 핀에게 말하는데, 둘 사이에 케이트가 서 있는 모습이 그려졌다. "최대한 살려보자."

"엄마가 얼마나 슬퍼할까요?" 핀의 말에 리프도 울음을 터뜨렸다.

속상해하는 두 아이의 모습을 차마 볼 수가 없었다. 게다가 무언가가 죽어가고 있기 때문에, 케이트가 남긴 무언가가 죽어가고 있기 때문에 속상해하는 것이니 더욱 기분이 끔찍했다.

"엄마가 살아 있었다면 우리가 어떻게 해주길 바랐을까?" 내가 물었다.

"수조 청소요." 리프가 특유의 논리적인 말투로 대답했다.

"그래, 청소해주길 바라셨을 거야." 내가 말했다. "그러니까 이제부터 청소를 시작해서 엄마의 물고기랑 새우를 최대한 살려봐야겠다. 그런데 엄마는 진짜 산호초가 있는 곳으로 너희를 데려가달라고도 부탁했어. 엄마가 예전에 그랬던 것처럼 스쿠버다이빙을 하면서 바다에 사는 열대어를 가까이서 볼 수 있게."

"그럼 여행 가는 거예요?" 핀이 물었다.

"그래, 핀. 여행 가는 거야. 너희한테 이집트의 홍해를 보여주려고. 엄마가 그렇게 해달라고 부탁했거든."

"언제 갈 건데요?" 리프가 얼굴을 환히 빛내며 물었다. 이제 보니 녀석이 핀의 손을 잡고 있었다. 언제부터인가 녀석은 핀이 속상해할 때마다 무의식적으로 손을 잡아주었다.

즉흥적으로 꺼낸 말이었지만 나는 진심으로 아이들의 기운을 북돋워주고 싶었고, 여행이 딱 알맞은 방법이 아닐까 생각했다.

"크리스마스 때 가면 어떨까?" 내가 물었다.

두 아이의 눈이 휘둥그레졌다. "크리스마스에 가도 안 추워요?" 핀이 물었다.

"이집트는 안 추워. 라플란드는 북극이랑 가까워서 추웠지만, 이집트는 해수욕장도 많고 바다도 따뜻한 더운 나라거든." 사실 아이들이 아기였을 때 케이트와 넷이서 샤름엘셰이크에 간 적이 있었지만, 그때를 기억하기에는 두 녀석 다 너무 어렸었다.

여행 이야기를 했더니 가슴이 살짝 두근거렸다. 흥분이 돼서 그러기도 했고, 안심이 돼서 그러기도 했다. 얼어죽을 것 같은 크리스마스는 한 번으로 충분했다. 케이트가 얼음처럼 차가운 라플란드의 공기와 씨름하느라 숨을 헐떡였던 작년 기억을 떠오르게 하는 눈 근처에는 가고 싶지도 않았다. 크리스마스를 집에서 보내는 것도 견디기 힘든 일이었다. 한 해도 어느덧 절반이 지났건만 내가 느끼는 상실의 슬픔은 아직도 잦아들 기미가 없었다. 문득 정신을 차리고 보면 크리스마스가 코앞일 텐데, 케이트도 없는 집에서 지내려면 가슴이 아플 것이다.

아이들과 함께 뜨거운 태양 아래서 재미있게 놀 수 있는 곳으로 떠나는 것이야말로 완벽한 해결책처럼 느껴졌다. 이집트 여행은 케이트의 리스트에 적혀 있던 항목이라 오래전부터 내 머릿속을 맴돌았지만, 지금까지 진지하게 고민할 기회가 없었다. 이렇게 결정을 내리고 보니 잘했다는 생각이 들었다.

"수영 강습 잘 받아야 해." 두 아이에게 당부했다. "수영을 잘해야 홍해에서 스노클링을 할 수 있거든. 알았지?"

"알았어요." 리프가 대답했다.

핀은 두 눈을 크게 뜨고 고분고분 고개를 끄덕였다.

혼자서 아이 둘을 데리고 여행을, 더군다나 스노클링 여행을 떠나다니 어마어마하게 부담스러운 과제였지만, 기꺼이 도전할 용의가 있었다. 케이트가 살아 있을 때 세 번이나 예약했다가 치료 때문에 번번이 취소할 수밖에 없었던 기억이 떠올랐다. 내게 네번째 기회라는 행운이 주어졌으니 기억에 남는 여행이 될 수 있도록 최선을 다할 것이다.

"보트 타는 연습도 열심히 해야겠다." 내가 말했다. "내일 보트 타고 항구를 한 바퀴 돌자. 알겠나, 선원들?"

두 아이는 고개를 끄덕였다. 케이트와 나는 바다로 나가면 넋을 잃곤 했는데, 아이들에게도 그런 해방감을 선물하고 싶었다. 아이들이 죽어가는 물고기들과 함께 집 안에 갇혀 지내는 것은 싫었다. 밖으로 나가서 시원한 공기를 마시게 하고 싶었다.

"걱정 마. 수조부터 처리할 테니까." 우선 아이들을 안심시켰다. "몇 마리나 구할 수 있을지 보자."

알고 보니 우리 수조를 덮친 것은 PH 수치가 천정부지로 치솟아 무척추동물과 산호와 대부분의 물고기를 폐사로 몰고 가는 '산호초 붕괴'라는 현상이었다. 우리 모두는 참담해했지만, 가까스로 수질을 복원해 몇 마리나마 물고기를 살려냈고, 아이들도 어느 정도 마음을 추스를 수 있었다. 이미 엉망이 된 부분은 어쩔 수 없어서 구석구석 청소를 하고 손을 보든지 아니면 나중에 확장 공사를 마치고 나서 새것으로 교체해야 했다.

다음날 나는 일찌감치 아이들을 깨워 집을 나섰다. 거실 한쪽을 떡하니 차지하고 있는 수조를 피할 방법이 없으니 바다에서 신나게 놀며 아이들의 관심을 돌리는 편이 낫겠다 싶었다. 보트가 물살을 가르면 구명조끼를 입은 아이들이 좋아서 꺅꺅 비명을 지르는 모습은 언제 보아도 흐뭇했다. 이제는 보트가 완전히 길이 들어서 최고 속력까지 속도를 낼 수 있었다.

"더 빨리요, 아빠! 더 빨리요!" 제한속도를 넘기기 직전이라 브리스틀 해협을 시속 160킬로미터로 달리는 느낌인데도 아이들은 이렇게 외쳤다. 바람에 머리를 나부끼며 두 눈을 물결처럼 반짝이는 아이들의 모습을 보았더라면 케이트도 흐뭇해했을 것이다. 핀은 보트를 타는 내내 미친 듯이 키득거렸는데, 그녀는 핀의 그런 웃음소리를 끔찍이 사랑했다.

나는 바다를 가르며 케이트의 묘지를 떠올렸다. 케이트가 가까운 절벽 꼭대기에서 울타리 틈새로 우리를 내려다보고 있을지 모른다고 생각하니 기운이 났다.

케이트와 함께 바다로 나갔을 때 겪은 일 중에서 내가 특히 좋아하는 추억이 하나 떠올랐다. 케이트의 뱃속에 리프가 있었으니 분명 2004년 봄이었다. 우리는 포티스헤드의 보트 클럽에 맡겨두었던 낡은 보트를 끌고 바다로 나선 참이었다. 처음에는 날씨가 화창했는데 금세 구름이 몰려들고 바람이 불기 시작했다. 브리스틀 해협에 도착했을 무렵에는 시시각각 거칠어지는 파도에 보트가 이리저리 흔들릴 정도였다.

"구명보트 훈련인가봐." 내가 덩치 크고 털이 북슬북슬한 남자 여덟 명을 태우고 우리처럼 흔들리는 커다란 리브보트를 턱으로 가리키며 말했다.

케이트는 거센 바람을 못마땅하게 여기는 표정이 역력했지만, 이런 날씨를 전혀 두려워하지 않았다. "인명구조 훈련을 받기에는 안성맞춤이네"라고 한마디하고는 그만이었다.

"아무래도 돌아가는 게 좋겠다." 몇 분쯤 지났을 때 내가 말했다.

"왜?"

"당신 지금 임신 오 개월이야. 게다가 날씨도 이렇잖아."

"알았어, 그래야겠지. 이 분위기 깨는 양반아!" 케이트도 마지못해 동의했다.

우리는 뱃머리를 돌렸고, 우리를 뒤따르던 인명구조원들이 보트를 트레일러에 얹으려고 애쓰는 광경을 지켜보았다. 그러나 그들의 시도는 무참히 실패로 돌아갔다. 집채만한 파도가 연달아 뱃전을 때리는 바람에 케이트와 내가 눈을 휘둥그레 뜨고 지켜보는 가운데 건장한 청년 셋이 인정사정없이 배 밖으로 내동댕이쳐졌다. 나머지 요원들도 선착장에 바짝 접근하자마자 보트에서 뛰어내려 허둥지둥 뭍으로 올라오는데 당황한 기색이 역력했다.

"도와드릴까요?" 내가 큰 소리로 물었다.

"네, 부탁할게요, 신지!" 나도 얼굴을 아는 요원이 고마워하며 대답했다.

"내가 돕는 동안 당신이 운전할 수 있겠어?" 내가 케이트에게 물었다.

케이트는 고개를 끄덕였고, 나는 신지 1호를 그녀에게 맡긴 채 물속으로 뛰어들었다. 그녀는 언제나 도전을 마다하지 않고 '케이트다운 솜씨'를 발휘했다. 그날도 예외는 아니었다. 우리 보트를 멋지게 조정해서 완벽한 각도로 진입해 노련하게 트레일러 위에 얹으며 '케이트다운 솜씨'를 발휘한 것이다.

"잘했어, 케이트." 나는 큰 소리로 외치고, 입을 떡 벌린 채 선착장에 서 있는 여덟 남자를 흘끗 훔쳐보았다. 자기들은 단체로 실패했는데, 체구도 작은 금발 여자가 이 궂은 날씨에 그렇게 환상적인 솜씨로 혼자 보트를 뭍으로 끌어올리니 얼이 빠진 얼굴이었다.

"맙소사, 거기다 금발이야!" 내가 그들의 리브보트도 무사히 뭍에 댔을 때 한 남자가 외치는 소리가 들렸다.

나는 가슴이 벅차올랐다. 신지 1호의 뱃전에서 미끄러져내려와 선착장을 폴짝폴짝 뛰어오는 케이트의 모습이 그렇게 눈부실 수가 없었다.

"게다가 임신부예요!" 그녀가 외치며 남자들을 향해 의기양양한 미소를 지었다.

우리는 그날의 기억을 수없이 떠올렸고 그때마다 배꼽이 빠지도록 웃었다. 나는 아이들에게도 그날 있었던 일을 짤막하게 간추려 들려주었다.

"엄마가 얼마나 용감하고 겁이 없었는지 몰라. 이렇게 잘해내고 있는 두 꼬마 선원을 보았다면 아주 자랑스러워하셨을 거야."

리프와 핀은 뿌듯해했다. 보트에 관해 무언가 새로운 사실을 배울 때마다 두 녀석의 얼굴에서 뿌듯해하는 표정을 읽을 수 있었다. 나로서는 그런 녀석들을 보는 일이 커다란 기쁨이었다.

"제트스키 이야기 해주세요, 아빠!" 리프가 재촉했다. "엄마 이야기 재밌어요!"

핀은 기억을 못하는 눈치였다. 나는 내가 특히 좋아하는 케이트에 관한 일화를 또하나 소개할 수 있어서 기뻤다.

"너희도 기억할지 모르겠다만, 엄마는 제트스키를 아주아주 잘 탔어." 내 말에 두 아이는 고개를 끄덕였다. "하루는 엄마랑 아빠랑 제트스키를 타고 클리브던 바닷가까지 간 적이 있었단다. 엄마를 먼저 내보냈는데, 얼마나 근사해 보였는지 몰라. 옆면이 은색으로 반짝이는 제트스키에 맞춰서 커다란 은색 헬멧을 썼거든. 엄마는 너희처럼 씽씽 달리는 걸 좋아했고, 파도를 타고 점프하는 묘기도 부릴 수 있었어."

"핀한테 그 할머니들 얘기 해주세요, 아빠!" 리프가 눈을 반짝이며 외쳤다.

"이제 막 하려던 참이야. 그때가 한낮이라 양로원에 있는 할머니들 여럿이 산책을 나왔거든. 그런데 어떤 할머니가 이러는 거야. '아유, 쌩하니 달리는 저 사내아이 좀 봐요, 글래디스.' 누구더러 사내아이라고 했게?"

"엄마요!" 핀이 꽥꽥대며 외쳤다.

"맞아. 아빠가 나갈 차례가 되어서 엄마더러 돌아오라고 손짓을 했어. 엄마는 아빠한테 차례를 넘길 것처럼 바닷가 쪽으로 달려오더니 생각을 바꾸었는지 진짜 얄밉게 '싫어어어' 하면서 고개를 젓고 키득거리는 거야. 그러면서 핸드브레이크를 잡고 차를 돌리는 것처럼 제트스키를 홱 틀었단다. 그 바람에 아빠가 엄청난 물벼락을 뒤집어쓰고 하마터면 넘어질 뻔했지 뭐니. 할머니들은 '아이고' '에구머니' 소리를 질렀고, '저 녀석 달리는 것 좀 보세요! 내 보기엔 위험한 것 같은데!'라고 외친 할머니도 있었어. 아빠는 엄마가 언제 돌아오나 좀이 쑤셨지. 마침내 돌아온 엄마가 헬멧을 벗었을 때 할머니 몇 분은 기절하실 정도였단다! 제트스키복 위로 쏟아지는 기다란 금발을 가리키며 할머니들이 '여자아이였어요!' 했거든. 엄마는 머리를 뒤로 넘기고 키득거리면서 바닷가를 깡충깡충 뛰어왔어. 그 할머니들 평생 그런 충격은 처음이었을 거야!"

그날 케이트가 그랬던 것처럼 아이들의 얼굴도 환하게 빛났다. 아이들은 엄마에게서 유머 감각과 모험심을 물려받았고, 그것을 고스란히 간직할 수 있도록 도와주는 것이 내 임무이자 기쁨이었다.

다행히 내가 아이들을 위해 준비한 자그마한 모험이 기다리고 있었다. 몇 주 뒤에 우리 부모님과 캠핑을 가기로 했던 것이다. 그날 밤 나는 리프와 핀에게 할아버지와 P 할머니, 그러니까 우리 아버지와 새어머니 폴린과 함께 세계유산으로 등재된 도싯 브리드포트 근처의 바닷가 캠핑장에서 잘 거라고 설명해주었다. 눈부시게 아름다운 그곳에 예전에도 간 적이 있었지만, 아이들은 기억하지 못할 것 같았다.

"경치가 아주 근사해. 낭떠러지 근처에 자리를 잡을 거라 거기서 가장 훌륭한 풍경이 우리 차지야." 나는 열띤 목소리로 아이들에게 이야기했다.

캠핑에 대한 내 생각은 바뀌지 않았다. 엉성한 트레일러하우스에서 잠을 자고, 집에서보다 더 형편없는 도구로 직접 밥을 해먹고 씻어야 하는 이유를 나는 아마 죽을 때까지 이해하지 못할 것이다. 하지만 아이들 입장에서는 일종의 모험이고 내 입장에서는 그나마 하기 쉬운 숙제에 속하기 때문에 아이들을 생각해서 준비한 여행이었다. 엄마가 없는 상황에서 양가 할아버지, 할머니와 보내는 시간이 아주 소중하다는 것도 또다른 이유였다.

"거기 가면 뭐 할 건데요, 아빠?" 리프가 물었다.

"풀장에서 수영하고, 낮에는 배 타고 바다로 나가고, 라임레지스에서 쇼핑도 하고, 바닷가에서 화석도 줍고…… 어때?"

두 아이 모두 환호성을 질렀다. "얼른 갔으면 좋겠다!" 리프가 외쳤다. "쇼핑도 꼭 해야 돼요? 몇 밤 남았어요?"

"글쎄, 오늘밤에 얼른 자면 하룻밤 줄어들겠지?" 내가 말했다. "이제 이층으로 올라가서 목욕할 시간이다."

두 아이는 우당탕 계단을 올라갔고, 나도 따라가 아이들이 옷을 벗는 동안 욕조에 물을 받았다. 물이 다 차기 전에 아이들이 먼저 목욕 준비를 끝냈기에 그 틈을 타 리프의 배를 살펴보았다. 그 녀석의 배를 살펴보는 습관은 아마 죽을 때까지 버리지 못할 것이다. 내가 듣기로 암이 재발하면 원래 종양을 제거했던 바로 그 자리에 문제가 생긴다고 했다. 아니면 케이트처럼 림프샘으로 침투해 온몸으로 퍼진다고 했다.

"배 좀 잠깐 볼까." 나는 늘 하던 대로 리프에게 욕실 매트에 똑바로 누우라고 했다.

복부의 종양을 제거하는 수술을 받은 뒤로 리프의 배와 사타구니에는 이른바 '결절'이 남아서 피부가 조금 울퉁불퉁했다. 그 혹이 커지면 어딘가 문제가 생겼다는 징후일 수 있으니 예의 주시하라고 했다.

그날 밤 리프의 배를 살펴보는데 심장이 오그라들고, 혈관 속에서 유리잔이 산산조각 난 듯 신경이 곤두섰다. 혹이 눈에 띨 정도로 커진 것이다. 입안이 바짝 말랐고, 가슴에 돌덩이가 들어앉아 기도를 막고 있기라도 한 것처럼 숨이 찼다. '그럴 리가 없어, 그럴 리가 없어.' 속으로 중얼거리며 리프 모르게 크게 숨을 들이마셨다.

"괜찮아요, 아빠?" 리프가 밝은 목소리로 물었다.

"너는 어떤데?" 나는 이렇게 물었지만, 목소리가 제대로 나오지 않았다.

"좋아요!" 내가 배를 건드리자 녀석은 까르르 웃음을 터뜨렸다. "간지러워요! 그만!"

"그래, 이제 총알같이 욕조 속으로 들어가. 그럼 책 한 권 읽을 시간이 생길지 몰라."

나는 당장 마이크 스티븐스 교수에게 전화를 걸었다. 그는 리프의 암 같은 희귀암에 정통하기로 유럽에서도 손꼽히는 전문의였다. 지난 몇 년간 가까운 사이가 되어 직통 전화번호까지 받았으니 나로서는 더없이 감사한 일이었다.

"내일 데리고 와요." 혹에 대한 설명을 다 듣고 그가 말했다. "철저하게 검사를 해봐야겠어요. 너무 걱정하지는 말고요."

그날 밤 잠을 제대로 이루지 못했다. 두 가지 생각이 서로 맞물리며 머릿속을 계속 어지럽혔다. 리프는 살아날 가능성이 희박한 환자였고, 케이트는 거뜬히 회복할 것이라고 예상하던 환자였다.

"살 수 있는 가능성이 워낙 희박하다잖아." 케이트는 흐느꼈다. "이 아이를 잃으면 어떡해?"

리프는 역경을 극복했고, 그다음으로 케이트가 역경을 극복할 차례였다. 그녀는 상황이 훨씬 좋았다. 맨 처음 진단을 받았을 때 리프는 생존율이 고작 6퍼센트였던 데 반해 케이트는 80퍼센트였다. "당신은 이겨낼 거야." 우리는 하나같이 케이트에게 그렇게 말했고, 그렇게 믿었다. 그런데 모두의 예상이 빗나갔다. 리프는 살고 케이트는 죽은 것이다. 리프는 살지 못할 거라고 했는데 살았다. 케이트는 살 거라고 했는데 죽었다. 나는 비몽사몽중에 이 두 가지 생각을 번갈아 떠올리며 케이트가 옆에 있었으면 하고 바랐다. 살갗에 와닿는 그녀의 온기를 느끼고 싶었다.

"여보, 이 아이를 잃으면 어떡해?"

그녀의 목소리가 들리는 듯했고, 내 대답이 들리는 듯했다.

"나쁜 생각은 하지 말자. 이 세상에서 최고로 훌륭한 엄마를 둔 아이잖아. 이겨낼 거야. 분명히 이겨낼 거야. 그럴 거라고 믿어야지."

케이트는 내게 매달렸고, 나는 그녀의 반석이 될 수 있어서 행복했다. 나는 단단한 반석이 되어야 했고, 두려움과 공포가 몸을 옥죄는 듯해도 긍정적인 태도를 유지해야 했다. 좋은 쪽으로 생각하자. 나는 중얼거렸다. 눈 좀 붙이자. 이렇게도 중얼거렸다. 치료가 끝났을 때 리프의 모습을 떠올리며, 용을 사냥하는 전사처럼 암을 물리친 아이가 아니냐고 애써 마음을 다잡았다. 리프는 승자였고, 영원한 생존자였다.

리프의 네번째 생일파티를 떠올렸다. 아직 치료가 끝나지 않았고 회복기로 접어들지도 않았지만, 그때까지 버텨준 것만 해도 대단한 일이었다. 그때가 2008년 7월이었다.

"우리, 요란하게 생일 축하해주자." 케이트가 말했다.

"좋아! 어떻게 할까?"

우리는 크리스마스 아침을 기다리는 어린아이 같았다. 리프의 상태가 점점 나아지고 있다는 사실 자체가 놀라운 선물이었다. 녀석이 이제 네 살이 된다니 믿기지가 않았다. 이 기념비적인 시점까지 살아 있다는 자체가 기적이었다.

우리는 클리브던의 커즌 극장을 통째로 빌렸다. 전 세계에서도 손꼽힐 만큼 오랜 역사를 자랑하는 이 영화관에 일가친지 이백여 명을 초대해 〈아이스 에이지 3〉를 함께 관람했다.

"오늘이 세상 마지막 날인 것처럼 파티를 하는 거야!" 나는 빙그레 웃었다.

"앞으로 시간이 셀 수 없이 많은 것처럼 파티를 해야 하는 게 아니고?" 케이트가 꼬집었다.

"맞아! 미래를 위하여, 앞으로 축하할 수많은 생일을 위하여 건배!"

다음날 아침 눈을 뜨자마자 리프의 혹이 생각났다. 간밤에 들었던 긍정적인 생각들은 모조리 사라졌다. 무섭고 외로웠다. 집 안은 조용했고, 나쁜 생각이 끈질기게 머릿속을 두드렸다. '너는 케이트 때도 낙관했잖아.' 녀석은 심술궂은 목소리로 속삭였다. '그런데 틀렸잖아.'

케이트의 실루엣이 문가에 어른거렸다. "여보, 조그만 혹이 생겼어." 그녀가 샤워를 마치고 방 안으로 들어오면서 한 말이었다. 몸에 수건을 두르고 왼쪽 젖가슴을 조심스럽게 문지르고 있었다. 2008년 8월의 어느 무더운 날, 극장에서 리프의 생일파티를 연 지 고작 몇 주 뒤였다.

딱하기도 하지. 나는 그렇게 생각했다. 리프에게 그런 일이 일어났으니 건강염려증이 생길 만도 했다. 끓어오르는 열을 내리느라 아이에게 해열제를 먹일 때마다 케이트는 우리가 무언가 중요한 사실을 놓치고 있지는 않은지 불안해했다.

"어디가 정말 잘못된 거면 어떡해?" 그녀는 계속 물었다. "우리가 뭘 모르고 있는 거면 어떡해?"

케이트는 정답을 찾지 못하면 끝까지 포기하지 않았다. 우리 둘 다 마찬가지였다. 온갖 검사를 받았지만, 한때 에너지가 넘쳤던 우리 아이에게 무슨 일이 생겼는지 알아내기까지 수개월이 걸렸다.

"아홉 달을 허비한 거잖아." 결국 리프가 암에 걸린 것으로 밝혀졌을 때 케이트는 흐느꼈다. "암을 해열제로 치료했던 거야." 그러고는 울음을 터뜨렸다. "진작 알아냈더라면 장애는 안 생겼을지도 모르는데."

그 생각이 케이트를 놓아주지 않았다. 그래서 나는 그녀에게 당신은 최선을 다하지 않았느냐고, 우리 둘 다 그러지 않았느냐고 끊임없이 이야기해주어야 했다. 우리는 직감이 이끄는 대로 검사에 검사를 거듭했고, 의사들도 최선을 다했다. 몇 개월이 흐르는 동안 리프의 상태는 점점 악화됐지만.

케이트가 가슴을 문지르며 욕실에서 나왔던 날 무슨 생각을 하고 있을지 짐작이 가고도 남았지만, 나는 그녀가 쓸데없는 걱정은 하지 않았으면 했다. 이미 스트레스에 시달릴 대로 시달리지 않았던가.

"물혹이나 뭐 그런 거겠지." 그녀가 그 조그만 혹을 만져보라고 했을 때 나는 이렇게 얘기했다.

만져보니 기껏해야 연필심만한 크기였다.

"병원에 가서 검사받아봐. 당신이 원하면 같이 가줄게."

케이트는 그날 아침, 내 얼굴을 바라보며 나도 스트레스에 시달릴 대로 시달렸다고 결론을 내렸던 것 같다.

"아냐." 그녀는 씩씩하게 대답했다. "당신 말이 맞을 거야. 만일의 경우에 대비해서 병원에는 가보겠지만, 당신까지 일을 빼먹을 필요는 없어."

그 일이 있기 전 일 년 동안 케이트는 헌혈을 했다. 리프에게 온갖 혜택을 제공한 국가보건서비스에 대한 일종의 보답이었다. 감사의 마음을 표현하는 그녀 나름의 방식이었다. 케이트와 리프는 둘 다 드문 혈액형인 RH-O형이라 헌혈이 아주 값진 보답이었다. 케이트는 몇 번에 걸쳐 무사히 헌혈을 마쳤는데, 얼마 전에 헌혈을 하고 왔을 때 유독 기진맥진해 보였던 게 생각났다.

"당신 참 대단해." 내가 말했다. "리프가 받는 온갖 치료를 옆에서 지켜본 사람이라면 대부분 간호사나 주사 근처에도 가고 싶지 않을 텐데."

"사실 오늘은 헌혈도 못했어." 그녀가 짜증 섞인 목소리로 대꾸했다. "빈혈이래. 병원에서 걱정 말라고 하더라. 철분제만 먹으면 된대. 내 체력이 좀 약해졌나봐."

케이트가 검사를 받으러 갔던 날, 그녀가 했던 말들이 다시금 떠올랐다. 나는 웨스턴슈퍼메어의 이스포타 사회체육센터에서 인명구조 강습을 하던 중이었는데 불길한 생각을 떨쳐버리려 애썼다. 케이트는 괜찮을 거야. 빈혈처럼 전혀 걱정할 필요 없는, 단순한 증상이겠지.

케이트는 센터에서 도로 바로 아래쪽에 있는 웨스턴 종합병원에 예약을 했고, 나는 오전 내내 "당신 말이 맞았어. 사소한 물혹이래. 걱정할 필요 없대!" 이런 연락이 오길 기다렸다. 그런데 전화기가 잠잠했다. 나는 그래도 검사가 늦어지는 모양이라고, 심각한 경우가 아니라서 순서가 뒤로 밀린 모양이라고 애써 좋은 쪽으로 생각했다.

점심시간이 돼서 인명구조원들과 식사를 하려고 막 자리에 앉았을 때 케이트가 문을 열고 들어왔다. 그녀는 다른 사람들을 향해 억지로 미소를 지어 보인 뒤 나에게 조용히 물었다. "밖에 나가서 잠깐 얘기 좀 할 수 있어?" 나는 상황이 심상치 않다는 걸 당장 알아차렸다. 아무리 모르는 사람들이지만 인사도 건네지 않고 쾌활하게 말 한마디 붙이지 않다니 케이트답지 않은 일이었다.

"죄송합니다. 잠깐 실례할게요." 이렇게 말하는데 뒷덜미의 머리털이 곤두서는 게 느껴졌다.

케이트는 아무 말 없이 주차장으로 앞장서 걸었다. 그러고는 자기 차 옆에 서서 고개를 숙이고 미안해하는 표정을 지었다.

"초음파 결과가 안 좋아." 그녀가 입을 뗐다. "미안해, 여보. 오늘 오후에 조직 검사를 받아야 해."

그녀는 이 말을 남긴 채, 자기가 뱉은 말에서 도망치고 싶어하는 사람처럼 차에 올라탔다. 내가 옆자리에 오르자 그녀는 있는 힘껏 나를 끌어안고 울음을 터뜨렸다. 그렇게 자그만 체구로 어찌나 세게 끌어안았는지 숨이 막힐 지경이었다.

"내가 있잖아." 나는 더듬더듬 달랬다. "우리 둘이서 헤쳐나가면 돼."

"믿기지가 않아." 서럽게 흐느끼는 그녀의 뜨거운 눈물이 내 셔츠를 흠뻑 적셨다. "애들한테는 어떻게 말해?" 그녀는 울부짖었다. "애들한테 뭐라고 해?"

완전히 제정신이 아니었다. 그런 그녀의 모습을 보고 있기가 고통스러웠다.

"케이트, 만에 하나 유방암이라 해도 얼마든지 괜찮아질 수 있어." 나는 침착하려 애썼지만, 스스로 내뱉은 말이 충격으로 다가왔다. 그 말이 아무리 상태가 심각해도 리프의 암만큼 심각할 리 있겠느냐는 뜻임을 알기에 우리는 놀란 얼굴로 서로를 바라보았다.

얼마 전에 빠져나온 병원이라는 어두컴컴한 동굴 속으로 다시 들어가게 될 줄은 꿈에도 몰랐다. 리프가 치료를 받을 때 숱하게 반복했던 것처럼 케이트에게 검사 예약 시간을 묻는 지금의 상황을 믿을 수가 없었다. 어떻게 한집에서 두 명이나 암에 걸릴 수 있지. 어떻게 이렇게 운이 없을 수 있지. 리프가 걸린 희귀암이 유전병이 아니라는 소식을 듣고 안도의 한숨을 쉬었는데. 어쩌면 착오일지 모른다. 어쩌면 케이트의 가슴에 생긴 조그만 혹은 워낙 일찍 발견한 덕분에 쉽고 빠르게 제거할 수 있을지 모른다.

"조직 검사 결과를 듣지도 않았는데 벌써부터 너무 불안해하지 말자." 내가 달랬다. "암이 아닐 수도 있잖아. 인명구조원들한테 이야기하고 나올 테니까 꼼짝 말고 여기서 기다려. 당장 병원에 다시 가자."

바늘이 들어갔을 때 케이트는 정말 용감했다. 이를 악물고, '내가 싸움꾼인 거 알지?'라고 말하는 듯 결의에 찬 눈빛으로 내 눈을 똑바로 쳐다보았다. 잠시 후 암 전문 간호사가 아담하고 쾌적한 옆방으로 우리를 불렀을 때도 놀라울 만큼 침착하게 대처했다.

케이트와 나는 따뜻한 차로 불안한 마음을 달래며 걱정 말라는 말을 주고받았지만, 파스텔 색조로 꾸며진 그 아늑한 방으로 호출되기 전부터 불길한 소식을 예감했던 것 같다. 그 방은 숨막히는 분위기였고, 간호사는 따뜻하지만 안쓰러워하는 표정을 짓고 있었다. 리프의 병명을 들었을 때 이미 접해본 표정이었다.

"정말 유감스럽지만 심각한 상황이에요." 간호사가 말했다. "혹이 두 개예요. 한 개는 작고 나머지 한 개는 그보다 큰데, 유방전절제수술을 해야 돼요."

케이트는 울지 않고 심각한 표정으로 바닥만 물끄러미 쳐다보았다. 나는 안에서부터 산산이 부서지는 듯한 심정이었다. 심장이 미친 듯이 온몸으로 피를 뿜어냈고, 뇌가 터질 듯이 요동쳤다. 등줄기를 따라 소름이 돋고, 옷깃 밑에서 혈관이 으르렁거리며 불거지는 게 느껴졌다. 충격으로 온몸이 떨렸고, 시뻘게진 얼굴에 맺힌 땀 위로 눈물이 흘렀다.

암 전문 간호사는 케이트보다 내가 훨씬 더 심란해하는 모습을 보고 조금 놀란 듯했다.

"이보다 더 끔찍한 소식도 들은 적 있는걸요." 케이트가 담담한 목소리로 설명했다.

그 말에 간호사는 어안이 벙벙한 표정을 지었다. 내가 부들부들 떨리는 손으로 머리를 누르고 있는 동안, 리프가 전 세계를 통틀어 확진 환자가 여덟 명밖에 안 될 정도로 희귀한 암에 걸렸노라고 설명하는 케이트의 목소리가 들렸다.

"생존율이 6퍼센트밖에 안 됐는데 지난달에 네번째 생일을 치렀어요." 케이트가 씩씩하게 말했다. "영화관을 통째로 빌려서 성대한 축하파티를 열었죠." 그 말을 끝으로 케이트는 무너졌고, 우리는 서로 부둥켜안은 채 눈물을 흘렸다. 충격을 받은 간호사는 천천히 감정을 추스르라고, 자기는 그동안 도움이 될 만한 정보가 담긴 리플릿을 가져오겠다며 밖으로 나갔다.

그뒤로 몇 주에 걸쳐 밝혀진 바에 따르면 케이트가 걸린 암은 이른바 '삼중음성유방암'이었고, 유방절제술 뒤에 화학요법과 방사선 치료를 받아야 된다고 했다. 그리고 아바스틴이라는 신종 약물도 추천을 받았는데, 그 약물을 쓰면 무려 80퍼센트까지 생존율을 높일 수 있다고 했다. 고무적인 수치였다.

"도전할래." 케이트는 딱 잘라 말했다. "어디 한번 해보자고. 리프도 암을 물리쳤는데 내가 못하겠어?"

나는 진심으로 그렇게 믿었고, 추호도 의심하지 않았다. 아마 그녀도 한동안은 일말의 의구심조차 없었을 것이다. 유방절제술을 받기 전날, 우리는 침대에 누운 채 서로 부둥켜안았다.

"한쪽 가슴이 없어져도 나 예뻐해줄 거야?" 그녀가 파란 눈을 강아지처럼 동그랗게 뜨고 나를 쳐다보며 구슬픈 목소리로 물었다.

"지금 장난해?" 나는 웃음을 터뜨렸다. "나는 죽을 때까지 당신을 예뻐할 거야. 한쪽 가슴만 확대수술 받으면 예전보다 조금 더 예뻐할 지 몰라."

그녀는 키득거리며 다정하게 입을 맞추었다. "화학요법은 어떨까? 그거 받으면 어떻게 될까? 내 몸골이 처참해지겠지?"

"머리가 다 빠지면 길고 섹시한 금발 가발 사러 가자." 내가 장난스럽게 대꾸했다.

그녀는 내 가슴을 주먹으로 때리고 꼭 끌어안았다. "사랑해, 여보."

"나도 사랑해." 나는 대답하며 그녀의 머리에 입을 맞추었다. "당신이 고생하지 않았으면 좋겠는데, 치료가 다 끝난 시점으로 건너뛰었으면 좋겠는데, 그럴 수가 없네. 이제 다 끝난 줄 알았던 과정을 처음부터 다시 겪어야 하다니."

'그런데 또 시작이로군.' 나는 이렇게 생각하며 스티븐스 교수의 면담 시간에 맞춰 브리스틀 왕립 병원에 차를 세웠다. 크기가 자란 리프의 혹 때문에 마음이 무거웠다. 고맙게도 리프는 정기적인 검진으로 받아들이는 듯했다. 얼마 전에 MRI 검사를 받고 괜찮다고 했는데 왜 다시 병원에 가느냐고 묻지 않았다.

"먼저 파란 층부터 갈 거예요?" 순서를 아는 녀석이 물었다.

"맞아." 나는 최대한 밝은 목소리로 대답했다. 녀석이 태평해 보여서 다행이었다.

검사 절차라면 우리 둘 다 손바닥 보듯 훤했다. 우리는 접수를 한 뒤 엑스레이 카드를 들고 사층으로 가서 이름이 호출될 때까지 기다렸다. 리프는 엑스레이를 찍을 때도 꼼짝하지 않았고 깍듯하게 인사까지 챙기며 의연하게 대처했다. 녀석에 대한 사랑으로 심장이 터질 것 같았다. 만약 이 녀석마저 떠나보내야 한다면……

"리프 그린, 스티븐스 교수님 방으로 오세요." 간호사가 부르는 소리가 들렸다. 스티븐스 교수의 전문적인 보살핌을 받을 수 있겠구나 생각하니 당장은 마음이 조금 놓였지만, 그래도 걱정이 돼서 죽을 것 같았다. 그는 리프의 최근 건강 상태에 대해 평소처럼 질문을 하고, 열이 나거나 아프거나 배탈이 나거나 넘어진 적은 없는지 물었다.

"놀이터에서 넘어지는 바람에 다리가 심하게 까진 적이 있어요. 워낙 자주 있는 일이지만요." 내가 대답했다. 리프는 한쪽 다리가 불편하다고 천천히 다니는 법이 없었기 때문에 상처와 멍이 가실 날이 없었다. 다른 아이들에 비해 자주 몸의 균형을 잃었고 그래서 자주 넘어졌다.

스티븐스 교수는 리프의 하복부에 생긴 혹을 살피더니 조금 걱정이 된다며 MRI를 찍어보자고 했다. 내 얼굴에서 핏기가 가셨지만, 그는 다리의 상처를 통해 들어온 병균이 수술 부위까지 침범해서 단순히 그 병균과 싸우느라 부풀어오른 것일 수도 있다고 침착하게 설명해주었다.

나는 조용히 안도의 한숨을 쉬었지만, 다음주에 MRI 검사 결과를 듣기 전까지는 마음을 놓을 수 없었다. 결과를 듣고 다시 일상을 회복할 수 있을 때까지 몇 날 며칠 동안 초조하게 기다려야 하다니 다시 옛날로 돌아간 듯한 심정이었다. 하지만 일단은 캠핑 준비에 전념했다.

월요일 아침, 짐을 다 꾸리고 떠날 준비를 마쳤을 때 전화벨이 울렸다. 결과를 듣고 떠날 수 있길 간절히 바랐기에 나는 숨을 죽이고 스티븐스 교수의 전언에 귀를 기울였다.

"리프의 혹은 걱정할 필요 없답니다." 부드러운 목소리가 나를 안심시켰다. "스티븐스 교수님이 바라시던 대로 그냥 평범한 결절로 밝혀졌어요. 얼마 전에 넘어진 것 때문에 악화됐을 가능성이 높다고 하시네요." 어찌나 마음이 놓이던지 그 단어들이 실제로 수화기를 타고 흘러나와 잔뜩 찌푸리고 있던 내 미간을 어루만진 뒤 머릿속으로 흡수되는 것처럼 느껴질 정도였다.

"정말 감사합니다." 나는 그동안 참았던 숨을 훅 들이마시며 이렇게 말했다. 심장이 두근거렸고, 안도감에 현기증이 났다. 두려움이 사라지면서 밀려든 행복감이 내 온몸 구석구석으로 스며드는 듯했다. 황홀한 기분이었다. 캠핑장으로 가는 내내 싱글벙글 웃음을 참을 수가 없었다.

"우리 진짜 재밌게 노는 거다!" 나는 아이들에게 진심에서 우러난 기쁜 목소리로 외쳤고, 우리는 실제로 즐거운 시간을 보냈다.

케이트는 그 캠핑장을 사랑했다. 수많은 토끼들이 트레일러하우스 사이를 누비고 다니기 때문이었다. 그녀는 토끼들이 서로 앞다투어 풀을 뜯어먹는 모습을 감탄하며 구경했고, 경외감이 어린 눈빛으로 쥐라기 해변의 풍경을 감상하곤 했다. 그녀의 그런 모습을 추억하는 것도 좋았지만, 다행스럽게도 이번 여행은 지난번 캠핑과는 달리 온통 그녀에 얽힌 기억으로 뒤덮이지는 않았다. 아이들이 엄마라는 단어를 한 번이라도 입에 올린 적이 있나 싶을 정도였다. 아마 외가가 아니라 우리 가족들과 함께했기 때문일 텐데, 잘못된 것처럼 느껴지지는 않았다. 케이트를 잊는 일은 결코 없겠지만 인생은 계속되어야 하는 법. 어쩐지 미래에 대한 예감이 좋았다.

생일 축하는 요란하게

"제 생일파티 열어주실 거예요, 아빠?"

리프가 물었다.

"모르겠다. 아직 생각을 안 해봐서." 대답은 이렇게 했지만, 웃음을 참을 수가 없었다.

"뭔데요? 알려주세요!" 리프가 내 꿍꿍이속을 당장 알아차리고 기뻐서 꺅꺅대며 물었다.

"음, 배를 타고 나가서……"

"무슨 배요? 우리 보트요? 시시해애애애애. 그건 늘 하던 거잖아요!"

"배를 타는 게 시시하다면……"

"알려주세요, 아빠!" 리프는 히죽거리는 내 얼굴을 본 순간 우리 보트를 말하는 게 아님을 알아차리고 애걸복걸했다. 이제는 흥분을 감추지 못하고 펄쩍펄쩍 뛰었다.

"제발요오오오!"

"너희 반 친구들을 전부 다 초대해서 매슈호를 타고 나가볼까 하는데. 해적 분장을 하고 진짜 대포도 쏘는 거야. 어때?"

리프는 배를 잡고 웃으며 바닥을 데굴데굴 굴렀다.

"진짜요? 정말요?"

나는 그렇다고, 네 여섯번째 생일이라는 아주 중요한 날을 기념하는 파티인데 그 정도는 되어야 하지 않겠느냐고 말했다. 리프가 병에 걸린 뒤로 해가 갈수록 생일에 점점 더 큰 의미를 부여하게 되었다. 완치 단계로 한 단계 더 발전했다는 뜻이니 케이트가 당부한 대로 '요란하게' 축하하지 않을 이유가 없었다.

리프는 온실로 깡충깡충 뛰어가더니 갑자기 열심히 플라스틱 해적 칼을 찾기 시작했다.

"잘 찾아봐. 네가 쌓아둔 장난감 더미 아래에 보물함보다 더 깊숙이 묻혀 있을지 모르니까." 내가 큰 소리로 외쳤다. "X자 표시도 없을 테고 큰일이네!"

리프는 눈동자를 굴렸다. 녀석이 생일파티에 대해 설명하면서 같이 칼을 찾자고 하자 핀도 좋아서 깔깔거렸다. 그 소리를 들으니 행복해졌다.

　육 년. 내가 아빠가 된 지 육 년 가까이 되었다. 하지만 나는 그 시간의 대부분을 낭떠러지에 서 있는 듯한 심정으로 지냈다. 돌이켜보면 리프가 병에 걸리면서 우리 인생에 검은 커튼이 드리워진 셈이었다. 그 커튼으로 인해 햇빛이 차단됐고, 우리는 병원과 수술실과 화학요법 치료실로 이루어진 숨막히고 소름 끼치고 기진맥진한 세상 속에 갇혀 지냈다. 그러다 커튼이 걷히고 다시 빛이 조금씩 비쳐들기 시작할 무렵 케이트에게도 암 선고가 내려지면서 엄청나게 커다란 덧문이 철커덕 우리 앞을 가로막았다.

　나는 리프가 시름시름 앓는데도 병명조차 알 수 없었던 그 기나긴 아홉 달을 생각했다. 리프의 병세가 심각해지기 시작했을 때 케이트는 뱃속에서 핀이 자라고 있다는 사실을 알게 되었다. 그 소식을 듣고 내가 경악했던 기억이 난다.

　"어떻게 그럴 수가 있지?" 나는 당황해서 물었다. "리프를 낳고 아직 정상적인 주기로 돌아오지 않았다고 했잖아. 임신할 가능성이 없다고 했잖아!"

　"그날 밤에 당신도 거부하지 않았던 걸로 기억하는데." 그녀는 윙크를 했다.

　맞는 말이었다. 리프가 태어난 이래 성생활이 힘들어지고 불면의 밤이 이어지던 어느 날 밤, 케이트가 나를 유혹한 적이 있었다. 몇 달 만에 처음으로 같이한 잠자리였다. 나는 술로 사람을 꼬드겨 이층으로 끌고 갔다며 장난삼아 그녀를 탓했지만, 물론 농담이었다. 나는 억지로 끌려간 적이 한 번도 없었고, 우리 둘은 매우 기꺼이 서로를 탐했다. 나중에 케이트가 고백하길 그날 성공하면 밸런타인데이에 둘째가 태어날 확률이 높기 때문에 저지른 일이라고 했다. "나처럼 로맨스라면 사족을 못 쓰는 바보가 어떻게 왈가왈부할 수 있겠어?" 충격이 가라앉았을 때 나는 이렇게 말했다. 나는 몹시 감상적인 사람이었고, 똑똑한 깍쟁이 케이트는 그 사실을 잘 알고 있었다.

하지만 케이트의 몸이 무거워질수록 리프의 병세도 점점 심각해졌다. 전혀 계획에 없던 일이 벌어진 것이다. 처음에는 밤에만 몸이 축 처지고 얼굴이 극도로 창백해지면서 열이 났는데, 몇 주 뒤부터는 낮에도 아프기 시작했다. 여우처럼 살금살금 기어서 고양이 문을 통과해 우리에게 놀라움과 기쁨을 안겨주었던 아이가 이제는 거의 움직이지도 못했다.

병원에서 혼합백신 접종으로 인한 반응성관절염 같다고 했을 때, 우리는 치료를 받지 않아도 시간이 지나면 저절로 좋아지길 기도했다. 다른 대안 없이 두고 보아야 한다니 무서웠고, 현실을 받아들이기가 너무 힘들었다.

하지만 리프의 상태는 좋아지기는커녕 점점 악화됐다. 아이가 갈수록 무기력해지고 자극에 반응을 보이지 않는 이유를 밝히려고 연거푸 검사를 받느라 집보다 병원에서 보내는 시간이 더 많아졌다. 케이트는 엄청난 스트레스를 겪었다. 리프에게 심각한 문제가 생겼음을 직감하고 빠른 시일 내에 병명과 효과적인 치료법이 밝혀지기를 기도하며, 임신한 몸으로 아픈 아이를 유모차에 태워 끊임없이 병원을 드나들어야 했으니 당연한 일이었다.

심장감시장치, 엑스레이, 관, 주사, 검사 강도가 높아지면서 흐르는 눈물로 우리 삶은 점차 흐릿해졌다. 케이트는 날마다 울었고, 나는 잠을 거의 자지 못했다. 리프의 병세가 입원해야 할 만큼 심각해지면 레드불을 들이켜며 병원에서 밤새도록 아이 곁을 지켰다. 이런 상태가 몇 달 동안 계속되자 아이는 아예 기력을 잃었고, 첫돌이 지난 직후에는 관을 통해 양분을 공급받아야 할 지경에 이르렀다.

"더는 못 견디겠어." 케이트는 울고 또 울었다.

"당신, 정말 잘 버티고 있어." 내가 위로했다. "주위를 둘러봐. 관계에 금이 가고 엉망진창이 된 부부가 얼마나 많은지. 당신은 정말 강하잖아. 대단하잖아. 우리 둘이서 함께 헤쳐나가자."

그녀는 고개를 끄덕이며 말했다. "우리는 단단한 매듭이니까." 우리가 연애하던 시절에 자신이 입버릇처럼 했던 말을 떠올린 것이다. 몇 년 만에 듣는 말이었다.

"절대로 풀리지 않지." 나는 반색하며 운을 맞추었다.

케이트가 고집을 부려 특진을 신청하면서 마침내 돌파구가 마련되었다. 좋은 소식이 아니었으니 돌파구라는 표현은 적절하지 않을지도 모르겠다. "리프의 복부에서 큰 혹이 발견됐습니다." 누군가가 그렇게 말했던 것이다.

어찌나 낯설게 들리던지 꼭 외계인이 말하는 듯했다. 그전에는 리프의 무릎과 엉덩이만 촬영했을 뿐, 골반 부위까지 검사한 것은 이번이 처음이었다. 그 무렵 리프는 생후 십칠 개월이었고 늘 침대에 누워 지냈다.

발견된 혹은 그냥 큰 정도가 아니라 어마어마했다. 자몽만한 크기로 복부의 사분의 삼을 채우고 사타구니까지 뻗어 있었다. 케이트와 나는 부둥켜안고 한참을 울다 희망을 품고 똑같은 질문을 던졌다. "어떻게 치료하면 되나요?"

만감이 교차했다. 기나긴 아홉 달 동안 미지의 늪을 헤매다 드디어 원인이 밝혀졌으니 묘하게 후련한 마음도 있었지만, 아무리 긍정적으로 생각하려 해도 좋은 소식은 아니었다. 이제는 상상조차 하기 싫은 끔찍한 걱정거리가 우리 위로 먹구름을 드리운 것이다.

"여보, 어떤 혹이 생겼다는 걸까?" 케이트는 흐느끼며 조금이라도 위안을 찾으려는 절박한 눈빛으로 내 눈을 살폈다. "너무 무서워. 이러다 아이를 영영 잃을까봐 겁이 나. 리프가 죽으면 나도 못 살 것 같은데."

"울지 마, 케이트. 지금 임신 팔 개월이잖아. 그런 생각 하지 마. 긍정적으로 생각하는 게 리프를 가장 위하는 길이야. 리프에게는 든든한 엄마가 필요해."

케이트는 울음을 참지 못했다. 내 품에 안겨 리프에게서 고개를 돌린 채 계속 조용히 흐느꼈다. 리프는 둘레가 검게 변한 푹 꺼진 눈으로 멍하니 허공을 응시하고 있었다. 얼굴은 새하얗고 호흡은 가빴다. 케이트를 어떤 말로 위로하면 좋을지 생각이 나지 않았다. '암'이라는 불길하고 포악한 코끼리가 우리 인생을 짓밟아 뭉개버릴 기세로 사방에 그늘을 드리웠지만, 우리 둘 다 그 단어를 입에 올리지 않았다.

검사 결과를 기다리는 며칠은 무척 고통스러웠다. 나는 케이트를 집으로 보내 쉬게 하고 잠든 리프의 곁을 밤새도록 지켰다. 아이가 측은해 보였다. 실제로도 측은한 상황이었다.

"여보, 무서워." 케이트가 수화기에 대고 흐느꼈다.

"알아. 나도 그래. 하지만 새로 태어날 아이도 생각해야지. 앉아서 쉬고 음악이라도 들으면서 아무 생각 않으려고 노력해봐. 이제 두 달 밖에 안 남았으니 몸조심해야지. 리프한테는 내가 있잖아. 내가 밤새 지킬 테니까 당신은 낮에 내가 일하는 동안 맡아줘. 사랑해, 무진장 무진장."

그렇게 이 박 삼 일을 보낸 뒤에 퇴원 허락을 받았지만, 검사 결과는 아직 미지수였다. 날은 궂고 하늘에는 눈구름이 가득했다. 크리스마스와 새해 사이라 가게와 집마다 조명과 장식 들이 반짝거렸다. 케이트와 나는 가족들과 선물을 주고받고 칠면조 요리를 같이 먹었지만, 명절 분위기를 진심으로 즐기지는 못했다. 아이를 낳으면 전보다 훨씬 근사하게 크리스마스를 보내리라 기대했는데, 리프가 내년 크리스마스까지 살 수 있을지 걱정하느라 지옥이 따로 없었다.

12월 29일에 케이트가 리프를 다시 병원으로 데려갔다. 또다른 검사를 받기 위해서였다. 나는 몇 킬로미터 떨어진 네일시에서 할 일이 있었기 때문에 장인어른과 장모님이 브리스틀 왕립 병원까지 데려다주었다.

전화벨이 울렸을 때 당연히 리프에 대한 소식일 거라고 생각했다.

"여보, 지금 당장 집으로 와줄 수 있어?" 케이트가 다급한 목소리로 물었다. "진통이 시작됐어. 병원에서 집으로 오는 길에."

"지금 나 욱하라고 하는 말이지?" 나는 케이트의 웃음보를 터뜨리고 싶을 때 "웃으라고 하는 말이지?" 대신 이렇게 묻곤 했다. 그런데 이번에는 그녀가 웃질 않았다.

"아냐, 진짜 아기야." 그녀가 심각한 목소리로 말했다.

"당장 갈게."

"조심해." 그녀가 주의를 주었다. "지금 눈 내리고 있으니까."

"알아. 그런데 끝내준다!" 나는 갑자기 기대감에 들떠 환호성을 질렀다. 사방에서 온갖 감정이 물밀 듯 밀려와 어지러울 지경이었다.

"당신도 눈보라가 몰아치던 날 태어났잖아!" 내가 말했다. "놀랍지 않아?"

아드레날린이 폭발했다. 최대한 빨리 케이트의 곁으로 달려가고 싶었다.

"그러게." 케이트는 대답을 하다 잠깐 말을 멈추고 조그맣게 신음소리를 냈다. "눈도 좋고 다 좋아. 그런데 이 아이가 태어날 즈음에는 좀더 따뜻한 봄이었으면 했단 말이야!"

"알아, 알아. 지금 갈게. 운전 조심할 테니까 걱정 마."

케이트는 막다른 골목 모퉁이를 돌아오는 내 차를 보자마자 배를 움켜쥐고 숨을 헐떡이며 집에서 어기적어기적 걸어나왔다. "엄마하고 아빠가 리프를 맡아주실 거야." 그녀가 말했다. "최대한 빨리 사우스미드 병원으로 가야 해."

얼른 계산을 해보았다. 브리스틀 북쪽에 있는 사우스미드 병원 산부인과는 30여 킬로미터 거리라 이런 날씨라면 족히 삼십 분은 걸릴 터였다.

나는 바퀴가 미끄러지지 않는 한도 내에서 로버메트로의 액셀을 힘껏 밟아 병원으로 내달렸다. 케이트는 가는 내내 내 왼쪽 허벅지를 움켜쥐었다.

날은 이미 어둑어둑한데 휘몰아치는 폭설을 뚫고 달리려니 여간 긴장되는 게 아니었다. 분출했던 아드레날린이 가라앉으면서 뱃속이 울렁거렸다. 케이트는 이제 고작 임신 팔 개월이었다. 예정일까지 아직 두 달이나 남았는데…… 리프의 병이 정말 심각한 것으로 밝혀지면 어떡하나? 오늘밤에 정말 둘째가 태어나면 어떡하나?

나는 속마음을 감춘 채 결연한 케이트의 얼굴을 흘끗 보았다. 어떤 상황이 벌어지든 그녀는 멋지게 해결할 것이다. 나는 케이트를 믿었고, 병원에서 안정을 되찾으면 진통이 멈출 거라고 속으로 되뇌었다. 리프 때문에 걱정하느라 워낙 스트레스에 시달렸으니 안정을 취하면 다 괜찮아질 것이다.

병원에 도착했을 때 나는 입구에 차를 버리다시피 두고 케이트를 부축해 비틀비틀 산부인과 병동으로 향했다. 그런데 조산사와 맞닥뜨리자마자 케이트가 외친 말을 듣고 깜짝 놀랄 수밖에 없었다. "수술해주세요, 지금 당장!"

케이트를 급히 분만실로 인도하는데 웃음이 터져나왔다. 무엇보다 아마 불안해서 그랬을 것이다. 리프를 낳았을 때 케이트는 자연분만을 간절히 원했지만, 아이가 자궁 속에서 괴로워하는 바람에 결국 응급 제왕절개수술을 받았다. 의사가 절개를 하기 전에 케이트의 배에 표시를 남기던 순간이 생생하게 떠올랐다. 나는 염치도 없이 "그보다 좀더 아래로 해주시면 안 될까요?"라고 물었다. 비키니를 입었을 때 흉터가 보이면 케이트가 싫어할 게 뻔했기 때문이다. 내가 응급구조요원으로 근무했던 시절부터 알고 지낸 의사였기에 그녀는 최선을 다해 가능한 한 아랫부분을 절개했고, 심지어 리프를 꺼낼 때 내가 옆에서 거들 수 있도록 해주었다. 경이로운 경험이었다.

"이번에는 자연분만 해보겠다고 하지 않았어?" 내가 불쑥 물었다.

"그 입 다무셔." 케이트는 고통으로 얼굴이 일그러진 와중에도 히죽히죽 웃었다.

케이트가 차 안에서 전한 바에 따르면 리프의 검사를 마치고 장인어른, 장모님과 함께 브리스틀 왕립 병원에서 출발하자마자 진통이 시작되었다고 했다. 그런데 갑자기 진통이 심해져서 장모님이 간격을 재기 시작했다. 간격이 점점 짧아지는 걸 확인하자마자 바로 나에게 연락을 하고 사우스미드 병원에도 우리가 곧 도착한다고 알렸다.

잠시 후 우리가 예약해둔 조산사가 나타나자 케이트는 안심하는 기색이었다.

"수술해주세요." 케이트가 애원하다시피 말했다.

"알았어요. 어디 한번 볼까요? 검진하고 나서 이야기해요."

그 조산사는 키가 아주 크고 호리호리해서 허리를 많이 숙일 필요가 없도록 침대를 끝까지 올리고 검사를 했다. 잠깐 정적이 흐른 뒤 조산사가 외쳤다. "진행이 너무 빨라서 수술 못하겠는데요? 벌써 머리가 보여요!"

나는 아연실색해서 조산사를 바라보다 케이트에게 얼른 입을 맞추고 침대 발치 쪽으로 한 발짝 다가섰다. 한 장면도 놓치고 싶지 않았던 것이다. 그 순간, '픽' 하는 뜻밖의 소리가 나 걸음을 멈추었다. 물풍선이 터질 때 나는 소리와도 비슷했는데, 조산사를 다시 쳐다보았더니 역겨워 보이는 액체를 머리끝에서 발끝까지 뒤집어쓰고 있는 게 아닌가. 웃음가스와 산소를 흡입하며 진통을 달래던 케이트도 놀라서 어찌 된 영문인지 잠깐 멀뚱멀뚱 쳐다보기만 했다. 그러다 종이 수건으로 얼굴과 머리를 닦는 조산사를 보고 발작적으로 웃음을 터뜨렸다. 웃음가스와 산소를 더 들이마실 때만 겨우 웃음을 멈추었다.

"여보, 정말 그런 거야?" 케이트가 숨을 헐떡이며 물었다. "저분

위로 양수가 터진 거야?"

내가 고개를 끄덕이자 그녀는 다시 미친 듯이 웃어댔다. 웃음가스를 마시지도 않았는데 나까지 덩달아 웃음이 나왔다. 사실은 무척 당황스러웠는데도 그랬다.

"정말, 정말 죄송합니다." 내가 조산사에게 말했다. "뭐라 사과를 드려야 할지 모르겠네요."

다행히 케이트의 키득거림에 전염성이 있어서 조산사도 대수롭지 않게 웃어넘겼다.

"괜찮아요." 그녀가 말했다. "잠깐만 기다리세요. 제가 씻는 동안 대체할 조산사를 보내드릴게요."

그녀가 복도를 지나 간호사실로 향하자 양수를 뚝뚝 흘리며 걸어오는 모습을 보고 동료들이 웃음을 터뜨렸고, 그 소리에 다시 케이트의 웃음보가 터졌다. 잠시 후 새로운 조산사가 나타났다. 놀랍게도 이번 조산사는 조금 전의 조산사보다 90센티미터는 작아 보였고, 잔뜩 높여놓은 침대에 손이 닿지도 않을 지경이었다. 그녀가 침대 옆에 달린 버튼을 잽싸게 눌러댔지만, 침대 내려오는 속도가 답답할 정도로 느렸다. 침대가 조금씩 내려올 때마다 케이트의 진통은 점점 심해졌다. 침대가 거의 원하던 높이에 다다랐을 때 케이트가 귀청을 찢을 듯한 외마디 비명을 토했다. 그리고 잠시 후, 놀랍게도 아이가 시속 160킬로미터는 됨직한 속도로 튀어나왔다.

침대로 떨어지기 직전 겨우 아이를 받아낸 나는 경외감과 놀라움으로 그 아이를 바라보았다. 그렇게 작은 아기는 처음이었다. 어찌나 조그만지 내 결혼반지가 녀석의 손보다 더 클 정도였다.

"아이 별 이상 없지?" 케이트가 아래쪽을 내려다보며 걱정스러운 목소리로 물었다.

조산사와 내가 탯줄을 잘라 묶었다. 둘째가 태어날 때도 한몫 거들 수 있었다는 데 가슴이 두근거렸다. 리프가 세상에 나올 때도 옆에서 돕고 내 손으로 직접 탯줄을 잘랐다. 그뿐 아니라 조산사가 오기 전에 내 손으로 씻기고 기저귀까지 채웠다. 조산사는 이십 년 넘게 이 일을 하면서 자기 손으로 기저귀를 채우지 않은 아이는 리프가 처음이라며 그리 달가워하지 않았다. 케이트와 나는 미치도록 행복해서 조산사의 잔소리를 한 귀로 듣고 한 귀로 흘렸다. 그저 번갈아가며 리프를 품에 안아보고 싶은 마음뿐이었다.

하지만 이번에는 상황이 전혀 달랐다. 아이를 안고 말고 할 겨를이 없었다. 탯줄을 묶자마자 핀은 인형한테나 맞을 법한 크기의 기저귀를 차고 황급히 인큐베이터로 옮겨져 산소를 공급받고 자외선을 쪼였다.

"조금 도움이 필요하겠지만 건강해 보여요." 조산사가 말했다. "축하합니다!"

핀은 몸무게가 2.26킬로그램에 불과했다. 리프 때처럼 성별을 미리 알았기에 이름을 지어놓았다.

"조산아치고는 큰 편이래." 나는 케이트를 안심시켰다.

"그래도 너무 작잖아." 그녀가 말했다. "한번 안아보고 싶은데."

"알아. 하지만 우리 꼬맹이는 신생아 집중치료실에 가야 한대."

"얼마나? 얼마나 기다려야 아이를 안아볼 수 있는 거야?"

"아직은 잘 모르겠대. 하지만 걱정 마. 거기서 최고의 보살핌을 받을 수 있을 테니까. 그 대신 날 안아줘."

나는 꺼진 배를 두 손으로 문지르는 그녀를 가볍게 안아주었다.

"아직 이 안에 들어 있어야 하는데." 그녀가 풀죽은 목소리로 중얼거렸다. 뭐라고 할말이 없었다. 케이트가 극도의 스트레스 때문에 조산을 했다는 것은 의사가 아니라도 알 수 있는 사실이었다. 그녀의 얼굴이 수심으로 가득했다.

"리프 검사 결과가 안 좋으면 어떡해? 핀한테 합병증이 생기면 어떡해? 조산아는 안 그래도 위험한데, 이렇게 일찍 태어났으니…… 만에 하나…… 버티지 못하면 어떡해?"

나는 케이트의 이마에 입을 맞추었다. 아내와 두 아이가 모두 이런저런 사정으로 병원에 누워 있었다. 사실상 리프와 핀은 생사를 넘나드는 상황이었으니 아무리 애를 써도 도움이 될 만한 말이 떠오르지 않았다.

"그런 생각은 하지도 마." 할 수 있는 말이라고는 이것이 전부였다. 하지만 나도 케이트처럼 겁에 질린 표정을 숨길 수가 없었다.

"찾았다!" 리프가 큰 소리로 외쳤다. "파티 때 이거 들고 가도 돼요?"

　나는 추억에 젖어서 여기가 어디인지, 리프가 뭘 찾고 있었는지 잊어버렸다. 녀석이 플라스틱 칼을 휘두르며 온실에서 나를 향해 달려왔고, 핀이 그 뒤를 바짝 쫓고 있었다.

　"우리 둘이서 하아안참 해적놀이 했는데. 아빠는 그동안 뭐 하고 있었어요?"

　"생각 좀 했어." 내가 대답했다.

　"무슨 생각이요?" 리프가 물었다.

　"여러 가지. 네 생일파티 생각도 하고."

　"너무해. 나는 칼도 없잖아요, 아빠." 핀이 뿌루퉁하게 말했다. "저도 하나 사주시면 안 돼요? 네?"

　"그보다 더 좋은 수가 있지." 문득 감사의 마음이 솟구쳐 온몸을 감싸며 과거의 암울한 두려움을 씻어냈다. 두 아이 모두 이렇게 건강하게 살아 있다니 기적 같은 일이었다. "우리 셋 다 해적 의상을 풀 세트로 사는 거야. 역대 최고의 해적파티가 될 거야!"

　나는 아이들을 앉혀놓고 매슈호의 역사에 대해 들려주었다.

　"오백 몇 년 전에 존 캐벗이라는 사람이 진짜 매슈호를 타고 아시아를 향해 떠났어. 튜더 왕가의 상선이었는데, 캐벗이 아시아 사람들과 교역을 하러 나선 거야. 그런데 실제로는 어디에 도착했는지 아니?"

　두 아이 모두 고개를 저었다.

　"아메리카 대륙이었어! 뉴펀들랜드 해안에 상륙했으니 아메리카

대륙을 처음 발견한 사람은 사실 크리스토퍼 콜럼버스가 아니라 캐 벗이었던 거지!"

"우와." 리프가 감탄했다. "바로 그 배에 우리가 타는 거예요?"

"아니, 지금 항구에 있는 건 복제품이야. 진짜랑 똑같이 만들어서 큰 돛도 있고 무지 멋져."

우리는 그뒤로도 몇 주 동안 비슷한 대화를 나누며 리프의 생일인 7월 29일을 기다렸다. 안대, 두건, 소매가 펄럭이는 하얀 셔츠로 해 적처럼 차려입으면서 즐거운 시간도 보냈다.

지역 일간지에서 파티 소식을 듣고 취재를 하고 싶어했다. 케이트 와 내가 지난 몇 년간 리프의 암 때문에 몇 번 인터뷰를 했던데다 케 이트의 죽음이 널리 보도되었던 것이다. 기자와 통화를 하는데, 추억 상자가 도착한 날 유난히 명랑한 제목으로 점점 호전되어가는 리프 의 상태를 소개한 옛 신문 기사를 읽었던 기억이 났다. 제목이 '우리 의 작은 기적'이었다. 그 기사를 다시 읽고 싶어져서 리프의 생일파 티 전날, 추억상자에서 꺼내보기로 했다. 케이트와 나와 두 아이의 행복한 한때를 담은 사진이 전면을 장식했고, 케이트가 기자에게 리 프의 병에 대해 자세히 설명했던 게 생각났다.

보물상자를 헤집어보니 갈색 봉투에 넣어둔 누레진 신문 스크랩 뭉치 맨 위에 그 기사가 있었다. 내 시선은 곧장 케이트에게로 향했 다. 사진을 찍은 각도 때문에 그림자가 얼굴 대부분을 덮고 있었다. 그 때문에 실제보다 피부가 칙칙하고 나이들어 보였다. 〈웨스턴 머큐리〉에 실린 기사였고 날짜는 2008년 7월 30일, 리프의 네번째 생일 바로 다음날이었다. 케이트가 한 말을 찾아서 읽노라니 일층 소파에 앉아서 씩씩하게 인터뷰에 응했던 그녀의 모습이 떠올랐다.

"이런 날이 올 줄은 꿈에도 몰랐어요. 맨 처음 예후를 들었을 때는 이 단계까지 올 수 있으리라고 상상도 못했거든요. 아이가 워낙 잘 견뎌줬어요. (…) 한 아이는 이 병원에, 또 한 아이는 저 병원에 있다니 실감이 나지 않았죠. 그때만 해도 두 아이 모두 생존 가능성이 희박했어요. (…) 리프는 전신마취를 예순 번, 방사선치료를 서른 번, 각기 다른 종류의 화학요법을 마흔 번이나 거치면서도 훌륭하게 이겨냈고, 늘 행복해하고 잘 웃어요. (…) 적응력도 뛰어나서 여러 일을 혼자 해내요. 계단을 잘 오르내리지 못하고 양말을 신는 데 어려움이 있지만, 뭐든 적응해요. 늘 금세 배우고 임기응변을 발휘하죠. 얼마나 대단한지 몰라요."

케이트가 남긴 말을 읽고 있으려니 그녀의 목소리가 들리는 것 같아 괴로웠다. 그뒤로 정확히 이 년이 흘렀다. 그리 긴 시간도 아니건만 그동안 케이트는 생사가 걸린 싸움에서 패배했고, 그녀의 '작은 기적'은 계속 놀라운 진전을 보였다.

리프의 최종 진단을 들었을 때 케이트가 어떤 반응을 보였는지 기억난다. 핀이 태어난 지 나흘째였고, 우리 둘 다 최악의 상태였다. '디디'는 여전히 집중치료실에서 자외선을 쪼였고, 산소를 공급받아 숨을 쉬고 있었다. 건강해진 아이와 함께 머잖아 퇴원할 수 있을지 아무도 장담하지 못하는 상황이었다. 케이트는 갓 태어난 아이를 안아보지도 못한 채 무균 유리상자 너머를 지켜보며 심란해했다. 그녀가 할 수 있는 일이라곤 플라스틱 아기 침대에 뚫린 동그란 구멍을 통해 살짝 쓰다듬거나 간질이는 게 전부였으니 마음이 무너져내렸을 것이다.

핀을 사우스미드 병원에 혼자 남겨둔 채 시내를 가로질러 리프의 진단을 들으러 가는데, 현실 같지가 않았다. 케이트와 나는 끔찍한 소식은 이만하면 충분하지 않느냐며 서로를 위로했지만, 또다른 끔찍한 소식이 우리를 기다리고 있었다. 브리스틀 왕립 병원에 도착했을 때 우리는 별도의 가족실로 안내되었다. 이쯤 되면 아주 심각한 소식을 듣게 되리라는 사실은 천재가 아니라도 알 수 있었다. 걱정스러운 표정의 전문의와 리프의 병동 담당인 제이미와 몇몇 간호사 말고도 소아암 전문 교육을 받은 CLIC 사전트* 간호사까지 배석한 상황이었다.

케이트와 나는 손을 잡고, 전문의가 나지막하지만 심각하고 권위 있는 목소리로 전하는 청천벽력 같은 소식에 귀를 기울였다. 그는 "유감스럽지만 단도직입적으로 솔직하게 말씀드리자면······" 하고 운을 떼더니 끔찍한 첫 대사를 읊었다. "리프의 복부에서 발견된 혹, 그러니까 종양이 암이고 악성입니다."

---

* CLIC Sargent, 소아암 환자들을 지원하는 영국의 자선단체.

우리를 쫓아다니며 겁을 주던 '암'이라는 단어가 이제는 흐릿한 그림자 수준을 넘어 실질적인 위협으로 발전했다. 암세포는 리프를 공격했고, 그렇게 나와 케이트까지 공격했다. 나는 실제로 한 대 얻어맞은 듯한 기분이었다. 아프고 속이 메슥거렸다. 내 표정을 살피던 케이트의 얼굴이 일그러졌다. "오, 여보." 그녀가 흐느꼈다. "못 믿겠어. 절대 못 믿겠어." 부들부들 떨며 흐느끼는 케이트를 꼭 끌어안았다. 내 뺨을 타고 흘러내린 눈물이 그녀의 머리카락을 적셨다.

"나도." 할 수 있는 말이라고는 이뿐이었다. "나도 못 믿겠어."

우리는 앞이 보이지 않을 정도로 눈물을 흘리면서 리프가 횡문근연부조직육종이라는 극히 희귀한 암에 걸렸다는 설명을 들었다. 종양이 다리의 대퇴신경을 에워쌀 정도로 자라서 강한 치료를 받아야 하는데 그러면 대퇴신경이 더욱 손상될 수 있다고 했다. 생존율은 6퍼센트였고, 두 번 다시 걷지 못할 수도 있다고 했다.

원래는 이럴 때가 아니었다. 신이 난 리프에게 갓 태어난 동생을 보여줘야 하는 때였다. 그런데 핀마저 너무 일찍 허약하게 태어나는 바람에 목숨이 위태로웠으니 정말로 끔찍한 상황이었다. 얼음장 같은 바닷속을 헤매는 듯했다. 어느 방향으로 헤엄을 쳐도 계속 밀려드는 차디찬 파도 때문에 진이 빠지고 숨이 가빠왔다. 나는 무기력하고 속수무책이었다.

리프가 걸린 암은 전 세계적으로 확진 환자가 리프 외에 일곱 명에 불과할 정도로 희귀한 병이었다. 열여섯 살까지 생존한 환자가 그중에서 제일 오래 산 기록이라고 했다. 전문의가 조심스럽게 설명한 바에 따르면 리프의 종양이 워낙 공격적이다보니 그보다 수명이 훨씬 앞당겨질 수도 있다고 했다. 골반에 종양이 생긴 환자는 처음이라 어떤 식으로 치료를 하면 좋을지조차 아직 알 수 없다고 했다.

"앞으로 얼마나 남은 건가요?" 케이트가 용감하게 물었다. 그녀는 온몸을 부들부들 떨고 있었다.

오 년 내지 십 년 정도 남았다고 하면 어쩌나, 덜컥 겁이 났다. 리프는 이제 막 십팔 개월로 접어들었는데, 열여섯번째 생일까지는 아니더라도 열서너 살까지는 살 수 있지 않을까?

"정말 유감스러운 말씀이지만, 리프가 며칠 만에 눈을 감을 수도 있습니다." 믿기지 않는 대답이었다.

"며칠이요?" 케이트가 절망적으로 물었다. "며칠이라고요?" 힘없고 당혹한 목소리였다. 얼굴에서 핏기가 완전히 사라져 상처를 입고 쪼그라든 것처럼 보였다. 나는 떨리는 팔을 들어 그녀를 감쌌다. 그녀가 완전히 오그라들어 땅속으로 꺼져버릴 것 같아 겁이 났다. 우리가 그렇게 부둥켜안은 채 도저히 못 믿겠다는 눈빛으로 서로를 응시하는 동안 의료진은 리프의 종양에 대해 좀더 알아본 다음 맞춤 화약요법에 들어가는 게 좋지 않을지 논의하기 시작했다.

엄청난 충격으로 정신없는 와중에도 케이트와 나는 한 가지 점에서만큼은 분명히 의견 일치를 보았다. 리프의 상태가 워낙 심각하니 통상적인 치료라도 당장 시작해야 한다는 것이었다. "지금 바로 치료를 시작해주세요." 케이트가 애원했다. "더이상 시간을 낭비하고 싶지 않아요. 낭비할 시간이 없잖아요." 나는 그녀의 손을 잡고 고개를 끄덕이며 힘을 실어주었다. 의사들도 동의했고 놀라운 수완을 발휘했다. 굉장히 힘든 과정이었음에도 우리의 기운을 북돋는 한편 리프를 치료하는 데 최선을 다했다. 예후는 심각하지만 그래도 포기하지 말라고 우리를 격려했다.

리프는 1차 약물 투여와 동시에 응급 뼈스캔, 혈액 검사, 심전도 검사를 받았다. 장기적인 화학요법 계획을 세우기 위해서였다. 우리는 리프의 조그만 체구가 허락하는 한도에서 화학요법과 방사선치료를 최대한 진행해도 좋다고 승인했다. 치료는 약 일 년 동안 계속될 것이라고 했다. 우리 아이가 그때까지 목숨을 부지할 수 있을지가 문제였지만.

"이런 암에 걸릴 확률은 마흔 번 연속으로 로또 일등에 당첨될 확률과 같은데 말이죠." 리프의 병명을 들은 후 우리의 정신이 흐릿해져 있을 때 어떤 의사가 이런 말을 했었다. 마흔 번 연속으로 로또에 당첨될 확률이라니, 실감이 나지 않았다. 사실 모든 것이 실감이 나지 않았다.

케이트는 셀 수도 없을 만큼 숱하게 무너졌다. 원래대로라면 이 모든 끔찍한 소식을 받아들이느라 애써야 할 시기가 아니라 만삭의 몸으로 열심히 일한 끝에 얻은 출산휴가를 즐겨야 할 시기였건만, 핀까지 시내 반대편의 조그만 인큐베이터 안에서 홀로 사투를 벌이고 있었다. 우리는 눈물을 흘리고, 두려움에 몸을 떨고, 신경이 곤두서서 메슥거리는 속을 달래고, 더 나쁜 소식을 전하는 전화가 걸려오거나 의사가 우리 어깨를 두드리지는 않을까 걱정하며 좀비처럼 걸어다녔다.

"암에 걸린 사람이 리프가 아니라 나였으면 좋겠어." 어느 밤, 단둘이 있는 자리에서 케이트가 말했다. 백 퍼센트 진심임을 나는 알았다.

"그런 소리 하지 마, 케이트." 그런 생각은 단 일 초라도 품고 싶지 않았다.

"진짜야. 지금 당장이라도 바꾸고 싶어. 이렇게 조그만 아이가 그렇게 강한 치료를 무슨 수로 견디겠어?"

할말이 없었다.

"핀의 상태가 악화되면 어떡해? 둘 다 우리 곁을 떠날 운명이면?"

고통과 긴장으로 온몸의 조직이 욱신거렸고, 케이트에 대한 사랑으로 심장이 아렸다. 우리 인생이 어쩌다 이렇게 순식간에 끔찍한 나락으로 떨어졌는지 나도 이해할 수 없었기에 아무 대답도 할 수가 없었다. 난생처음으로 우리의 미래가 내 손을 떠난 기분이 들었다. 내가 이렇게 나약한 존재로 느껴지기는 처음이었다. 우리 인생이 눈 깜빡할 사이에 백팔십도 뒤집힌 것 같았다.

어쩌다 이렇게 됐을까? 케이트와 나는 행운아였다. 모험에 뛰어드는 순간 벌써 다음 모험을 계획하며 전 세계를 함께 누비던 환상의 커플이었다. 행운은 스스로 만들어나가는 거야. 우리의 짜릿한 생활을 부러워하는 친구들에게 나는 늘 그렇게 말하곤 했다. 그런 생활 끝에 태어난 리프는 우리가 꿈꾸어온 모든 것 그 이상이었다. 부모라면 누구든 자기 아이를 두고 그렇다 말하겠지만, 리프는 정말이지 인간이 상상할 수 있는 가장 완벽하고 사랑스러운 아이였다. 빛나는 외모와 숱 많은 금발, 그와 잘 어울리는 명랑한 성격을 지닌 이 아이를 우리가 얼마나 사랑했던가.

리프가 시름시름 앓기 시작했을 때 나는 파란 눈의 우리 아이가 훌훌 털고 일어나 웃을 수 있을 거라고 믿어 의심치 않았다. 둘째가 태어날 무렵이면 우리 넷이서 완벽한 가족으로 재탄생해 인생의 험난한 파도를 함께 헤쳐나가며 절대 뒤돌아보지 않기를, "다 끝나서 정말 다행이다. 이렇게 멋진 아들이 둘이나 있다니 우리는 행운아야"라고 말할 수 있기를 기도했다. 아픈 두 아이를 간호하느라 양쪽 병원을 오가던 그 암울한 시절에, 나의 유일한 소원은 다시 행복해하는 아내의 모습을 보는 것이었다. 햇살 속에서 눈부신 두 아이를 안은 그녀를 보는 것이 나의 꿈이었다. 그 이상은 바라지 않았다.

리프가 이 년 넘게 이어진 가혹한 치료를 견뎌냈을 때 나의 소원은 결국 이루어졌다. 그동안 대수술을 통해 종양을 제거했고, 혈액과 혈소판을 수없이 수혈했고, 수십 번의 정밀 검사와 엑스레이 촬영으로 신장과 심장 등을 체크했고, 엉망이 된 면역 체계를 보완하기 위해 항생제를 집중 투여했다. 면역 체계가 망가졌으니 그 작은 몸이 온갖 위험한 세균에 고스란히 노출돼 구토를 하고 괴로움에 몸부림

쳤다. 물론 여기에 엄청난 수준의 화학요법과 방사선치료가 더해졌으니 리프는 늘 메스꺼워하고 위험할 정도로 기운이 없었다. 상태가 워낙 심각해서 치료를 받다 목숨을 잃을 뻔한 적이 한두 번이 아니었다.

　신문 기사를 읽으니 리프가 얼마나 잘 견뎌주었는지 다시 실감이 났다. 녀석은 진정 우리의 '작은 기적'이었다. 인큐베이터에서 나와 엄마의 품에 안겨 입맞춤을 받기까지 사 주가 걸리기는 했지만 핀도 꿋꿋하게 버텼다. 당시만 해도 건강했던 케이트는 그뒤로 날마다 두 아이를 품에 안았고, 정상적인 생활을 간절히 바랐지만 현재 주어진 것만으로도 감사했다. 그녀는 이 년이라는 긴 세월이 지난 뒤에야 리프가 정말로 의학계의 기적일지 모른다고, '디디'처럼 삶을 이어갈지 모른다고 믿기 시작했다.

　따라서 리프의 네번째 생일은 소중하고 획기적인 사건이었고, 2009년 7월에 맞이한 다섯번째 생일은 더욱 의미가 컸다. 그 무렵 케이트는 치료를 받기 시작한 지 거의 일 년이 되었지만, 그래도 리프의 생일을 함께 축하하며 자신의 완치를 바랐다.

　만일 지금 케이트가 위에서 내려다보고 있다면, 자기가 그랬던 것처럼 햇살 속에서 두 아이를 안은 채 현재를 즐기며 가슴속에 희망을 품고 살아가는 내 모습을 보고 싶어할 것이다.

　'모험을 하고 나면 스크랩북에 기록하기.' 그녀는 리스트에 이렇게 적었다.

"꼭 그렇게." 나는 신문 기사를 치우며 나지막이 속삭였다.

두 아이에게 잘 자라고 뽀뽀하면서 리프의 여섯번째 생일날 지역 신문사에서 매슈호로 찾아와 우리 사진을 찍을 예정이라고 알려주었다.

"굉장한 모험이 될 거야. 그걸 기록으로 영원히 간직하는 거지." 나는 신이 나서 이야기했다.

생일파티는 대성공일 게 분명했다. 그전에도 리프가 다니는 학교의 상급반 학생들을 데리고 매슈호에서 일일 체험 활동을 몇 번 진행한 적이 있는데, 언제나 인기 폭발이었다.

웨버 교장 선생님이 나들이에 동행했고, 튜더 시대의 상인으로 분장한 브리스틀 시장님도 합류했다. 그날의 하이라이트는 선상의 아이들에게 손을 흔들어주려고 필의 동네 술집에 대거 운집한 학부모 군단 앞을 지나간 순간이었다. 우리가 등장했을 때 학부모들은 야외에서 맥주와 포도주를 마시고 있었는데, 우리 속셈을 전혀 알아차리지 못했다. 하지만 아이들은 비밀을 알고 있었기에 흥분해서 엉덩이를 들썩였다.

"아저씨가 한 말 기억하지?" 내가 물었다. 모두 합해서 쉰 명쯤 되는 아이들이 고개를 끄덕이며 키득거렸다.

"대포를 발사할 때 손으로 귀를 막으면 안 돼. 옛날에 제대로 된 해적들이 그랬던 것처럼 다 같이 '조심하시오' 하고 외치는 거다. 제

군들, 준비됐나?"

아이들은 일제히 환호했고, 연거푸 발사된 두 발의 대포가 귀청을 찢을 듯이 학부모들을 공격하자 등골이 오싹한 해적 함성을 질렀다. 아무 눈치도 못 채다가 엄청난 굉음을 듣고 놀라서 펄쩍 뛰던 학부모들의 모습이 얼마나 우스꽝스럽던지. 몇몇은 담벼락에 앉아 있다 떨어졌고, 술을 엎지르거나 놀란 상태에서 숨을 헐떡이며 웃음을 터뜨리는 이들도 있었다. 포복절도할 만한 사건이었다. 나는 리프의 생일이 그만큼 기억에 남는 순간이 되었으면 했다.

나는 생일을 앞두고 몇 주에 걸쳐 해적 관련 물품을 장만하며 우리가 완벽한 해적 복장을 갖추는 데 만전을 기했다. 리프의 모든 동급생과 다른 친구들까지 초대해 학부모들이 지켜보는 가운데 내가 약 쉰 명의 꼬마 영웅들을 이끌고 항해에 나섰다. 해적으로 변장한 학부모들에게도 승선을 허락했는데, 숫자가 워낙 많아서 매슈호를 따라나선 두 대의 리브보트가 안대를 하고 가짜 흉터를 붙이고 물방울무늬 두건을 쓴 엄마 아빠 들로 가득찼다.

해적 깃발을 나부끼며 브리스틀 항구 주변을 항해하는 동안 아이들은 로프를 타고, 이물에서 고물까지 배를 뒤지고, 해적놀이를 하며 신나게 놀았다. 앵무새 모양의 피냐타*를 어찌나 열심히 두드렸는지

---

* 파티에서 아이들이 눈을 가리고 막대기로 쳐서 터뜨리면 장난감이나 사탕 따위가 쏟아져나오는 통.

갑판이 온통 해적의 상징인 해골 모양 사탕과 금화 모양 초콜릿과 은색의 해적 반지로 뒤덮였고, 아이들은 너나없이 달려들었다. 우리는 잠깐 뭍에 들러 파티 음식과 같이 먹을 감자튀김을 실었고, 어른들은 홍차와 크림을 곁들인 스콘을 즐겼다. 손님과 선원 들이 다 같이 우렁찬 목소리로 생일 축하 노래를 부르는 가운데 리프가 해골 모양의 초콜릿 케이크에 꽂힌 여섯 개의 촛불을 부는 것으로 이날의 분위기는 최고조에 달했다. 리프의 조그만 얼굴에 행복이 가득했다. 녀석은 매 순간 즐거워했고, 하루가 저물었을 무렵에는 배에서 내리기 싫다고 했다.

"고맙습니다, 아빠." 녀석이 환히 빛나는 얼굴로 말했다. "사랑해요, 아빠."

나는 녀석을 꼭 끌어안았다. "생일 축하한다. 아빠도 사랑해."

온몸이 짜릿했다.

"와우, 이 소리밖에 안 나오네요." 어느 아이의 엄마가 한 말이었다. 또다른 엄마는 아이들 눈을 이렇게 높여놓으면 어떻게 하느냐며 우스갯소리로 나를 나무랐다. "나머지 부모들은 어쩌라고요? 이보다 더 근사한 생일파티를 열어줄 수 있겠어요?" 그녀가 웃으며 말했다.

"케이트도 좋아했을까요?" 나는 이렇게 물었지만, 이미 답을 알고 있었다.

"당연하죠!" 단호한 대답이었다. "대단했는걸요!"

그날 밤 잠자리에 들 무렵, 리프가 내게 엄마가 생일 때마다 그랬던 것처럼 자기 키를 재서 문틀에 표시해주면 안 되느냐고 물었다.

"엄마 키도 정확하게 남기고요." 두 아이 모두 기진맥진한 상태에 잠잘 준비까지 마친 뒤였지만, 녀석이 강아지 같은 눈빛으로 쳐다보니 거절할 수가 없었다.

작년에 케이트와 아이들이 서로의 머리에 책을 올려놓고 키를 재며 장난치던 모습이 떠올랐다. 리프가 엄마 키라며 연필로 희미하게 표시해놓은 자국도 남아 있었다. 팔이 닿지 않아서 엉뚱한 데 표시를 해놓았지만, 케이트는 그래도 장단을 맞춰주며 그대로 두었다.

'문틀에 내 키를 표시해놓기. 엄마 키는 155센티미터였음.' 리스트에 이렇게 적혀 있으니 이참에 제대로 표시하면 어떨까.

"가서 책이랑 연필 가져와. 아빠는 줄자 찾을게." 내가 동의하며 말했다.

리프가 날 보며 까불까불 의기양양한 미소를 지었다. 그러니까 이런 식으로 키도 재고 잠자는 시간도 늦출 속셈이었던 것이다. 여기에 핀까지 가세해 내가 키를 재는 동안 둘이서 최대한 꼼지락거리며 시간을 끈 다음에야 엄마 몫으로 155센티미터에 해당하는 자리에 표시를 추가했다. 나는 앞으로 이런 작전을 조심해야겠다는 생각이 들었다. 핀은 아직 어렸지만, 리프는 충분히 내 동정심을 이용할 수 있는 나이였다.

며칠 뒤 〈브리스틀 이브닝포스트〉에 이런 제목으로 기사가 실렸

다. '엄마를 기리며 해적 생일파티를 치른 용감한 리프.'

머리끝에서 발끝까지 완벽한 해적으로 분장하고 매슈호에 오른 우리 세 사람의 근사한 사진과 함께 내 인터뷰도 실렸다. "우리는 항상 요란하게 생일을 축하해요. (…) 케이트는 아이들과 함께 이런 시간을 보내고 싶어했죠."

신문에서 오려낸 기사를 스크랩북에 깔끔하게 정리하기 전에 추억상자 맨 위에 넣어두는데 무척 뿌듯했다. 이렇게 해서 케이트의 리스트에 적힌 항목을 또 한 개 지울 수 있었지만, 이 항목은 이번 한 번으로 그치지 않을 것이다.

생일날 또다른 학부모가 했던 말이 생각났다. "이럴 수 있는 사람이 몇이나 되겠어요? 얼마 되지도 않았는데……" 다정하게 말하던 그녀는 말끝을 흐리면서 살짝 연민 어린 미소를 지었는데, 뭐가 얼마 되지 않았다는 건지 나는 알 수 있었다. '케이트가 세상을 떠난 지' 얼마 되지 않았다는 것이었다. 나는 그냥 웃으며 어깨를 으쓱했다.

"제가 좋아서 하는 일이에요." 나는 진심으로 대답했다. "제가 마음은 아직 어린애잖아요!"

그날의 대화를 떠올리는데 갑자기 케이트가 사무치게 그리워졌다. '하루하루 헤쳐나가면서 아이들을 행복하게 키우는 것 말고 달리 무슨 방법이 있을까?' 나는 생각했다. '다른 대안은 감히 생각조차 할 수 없는데.'

그날 밤 곤히 잠든 아이들을 바라보며 속으로 당장 나 자신을 꾸짖었다. 이건 연극이나 시늉이 결코 아니었다. 혼자 아이들을 키우는 일이 정말로 힘들기는 했지만, 우리는 대체로 즐겁게, 아주 즐겁게 지내고 있었다. 계속 그렇게 해나가면 된다. 나는 다짐했다.

하지만 좀더 우울한 생각이 내 머릿속을 스멀스멀 파고들었다. 다른 아이의 엄마가 파티장에서 이렇게 성대한 축하파티로 '아이들 눈을 높여놓았다'고 했을 때부터 곱씹던 생각이었다. 나는 이제야 비로소 솔직하게 자문해보았다. '신지, 네가 아이들을 너무 오냐오냐하며 키우는 건 아닐까?' 이제는 이 문제에 대해 결론을 내릴 때가 되었다. 나는 혼자 일인이역을 해가며 나 자신과 진솔하게 대화를 나누어보았다.

'응, 오냐오냐하며 키우고 있는 건 맞아.' 마음이 약하고 부성애가 충만한 쪽은 서슴없이 인정했다. 하지만 동시에 '그러면 안 된다는 법도 없잖아?'라고 따지고 들었다. '리프와 핀은 엄청난 일들을 겪었고, 엄마의 빈자리도 내가 채워줘야 하잖아. 그게 뭐 어때서?'

좀더 냉정하고 마초적인 쪽은 그러한 설득에 넘어가지 않았다. '아이들을 버릇없는 응석받이로 키우고 싶은 거냐'며 나무랐다. '약해빠진 아이들로 자라면 케이트도 싫어할걸?'

다행히 이런 훈계조의 목소리는 전혀 먹히지 않았다. 내가 귀를 닫아서가 아니라 수긍이 되지 않았기 때문이다. '내가 아이들을 오냐오냐하며 키울지는 몰라도 우리 아이들이 버릇없는 응석받이는 아니야.' 나는 자신만만하게 대꾸했다. '그 또래 다른 아이들은 엄마가 수많은 일을 대신 해주지만 우리 아이들은 직접 하잖아. 나 혼자 다 할 수 없으니까 침대 정리하고, 빨랫감 분류하고, 식기세척기에 그릇 넣는 것까지 얼마나 잘 도와준다고. 여러 면에서 어쩔 수 없이 애어른이 되어버렸으니까 가끔 특별한 대접을 받는 것도 괜찮아.' 나는 이제 승기를 잡았고 마음껏 변론을 펼쳤다. '게다가 내가 그쪽 일을 하고 있으니까 우리 아이들은 앞으로도 신나는 체험 활동을 잔뜩 즐기게 될 거야. 케이트가 살아 있었더라도 물 위에서 아이들을 실컷 놀게 하고 환상적인 생일파티를 열어주었을걸? 우리는 늘 그런 식으로 살았으니까.'

내 생각이 맞는지 철저하게 검증하기 위해 며칠 뒤 루스와 비슷한 대화를 나누었다. "앞으로도 계속 지금처럼 살고 싶은데 그래도 되는 걸까?" 나는 단도직입적으로 물었다.

"신지." 그녀가 대답했다. "당신은 누구에게든 일분일초를 위해 살라고, 매 순간을 최대한 즐기라고 이야기하잖아. 그런데 그거 알아? 당신 말이 맞아. 당신이 말과 행동이 일치하는 사람이라 얼마나 기쁜지 몰라. 당신은 지금 어떻게 살아야 하는지 아이들에게 본보기를 보여주고 있는 거라고."

나는 리프의 생일파티를 준비하면서 정말 즐거웠다고, 그렇게 짜릿한 일을 손꼽아 기다릴 수 있어서 좋았다고 말했다. 생일파티도 끝났고 나중을 위해 신문 기사도 오려서 보관했으니 이제 다음 모험을 계획하고 싶어서 몸이 근질거린다는 말도 덧붙였다.

"그런데 뭘 꾸물대는 거야?" 그녀는 웃으며 물었다.

"고마워, 루스." 나는 활짝 웃었다. "이런 대답을 듣고 싶긴 했어. 그래도 내가 한심한 짓을 저지른다 싶으면 맨 처음 얘기해줄 사람이 당신일 거라고 생각했거든."

나는 이집트를 점찍었고, 아이들과 함께 떠나는 이집트 여행을 최우선 과제로 선택할 수 있어서 매우 기뻤다. 단둘이서 그리고 아직 어린 리프와 핀을 데리고 떠난 두 번의 여행 뒤에, 케이트는 홍해에서 스노클링을 하는 두 아이의 모습을 무척 보고 싶어했다. 홍해는 그녀가 이 세상에서 가장 좋아한 여행지였고, 내가 죽을 때까지 잊지 못할 추억의 스쿠버다이빙이 펼쳐진 곳이기도 했다.

이제 스노클링을 할 수 있을 만한 나이가 됐으니 아이들도 이집트를 좋아할 것이다. 여행을 손꼽아 기다릴 수 있도록 그 주에 당장 예약을 하고 예방접종 일정을 잡았다. 하지만 예방접종은 조금 까다로운 부분이었다. 리프가 암에 걸렸다는 진단을 받았을 때 우리는 당연히 원인을 찾아 헤맸다. 어디가 얼마나 잘못되었기에 그토록 희귀하고 공격적인 병에 걸렸는지 알고 싶은 마음이 간절했다.

케이트까지 암 진단을 받았을 때에는 양쪽 집안 모두 특별한 암 병력이 없음에도 유전적인 소인이 있지 않을까 의심했다. 그런데 병원에서는 리프의 암과 케이트의 암이 완전히 별개라고 결론지었다. 모자가 서로 전혀 관련이 없으면서 상상을 초월할 만큼 공격적인 암에 걸린 것도 로또에 수십 번 연속으로 당첨되는 것과 같은 확률 문제일 뿐이라고 했다.

"분명 예방접종 때문일 거야." 리프의 병명이 밝혀졌을 때 필사적으로 원인을 찾아 헤매던 케이트는 자책하며 이렇게 말했다. "해외로 여행 다니느라 온갖 주사를 다 맞았잖아. 내가 임신했을 때, 아니면 임신 전에 그중 하나가 악영향을 미친 게 분명해. 아니면 나한테 안 맞는 주사들이 섞여서 그런가?"

뒷받침할 만한 의학적인 증거는 전혀 없었지만, 케이트가 리프의 병과 관련해서 답이 없는 문제의 답을 찾으려고 애썼을 때 유일하게 용의자로 지목할 수 있었던 대상이 예방접종이었다. 자기마저 암에 걸리면서 불안과 의혹은 더욱 증폭되었다. 그녀는 리스트를 작성하면서 분명하게 못을 박았다. '제발 오지 여행은 이제 그만. 예방접종 때문에 리프와 내가 암에 걸렸다는 생각이 들거든.'

내가 딜레마를 토로하자 가족들은 모두 걱정할 필요 없다고 그 자리에서 말했다. "케이트는 네가 아이들을 데리고 이집트에 가주길 바랐잖니. 목록에 있다시피 말이다." 아버지는 이렇게 말했다. "죽기 전에도 너랑 같이 가려고 여러 번 시도했고. 그러니까 걱정할 것 없다."

"이집트는 오지도 아니잖아." 남동생은 이렇게 거들었다. "특이한 주사를 맞아야 하는 것도 아니고 일반적인 접종만 하면 되는걸. 안 그런 데라면 형수가 아이들을 데려가달라고 했겠어?" 듣고 싶던 대답이었고, 가족들 말이 옳다는 것을 나도 알고 있었다.

"우리도 같이 갈까?" 몇 주 뒤에 남동생과 아버지가 물었다.

"네? 정말요?"

가족들이 함께 가고 싶어한다니 뜻밖이었지만, 생각해보니 안 그러면 온 가족이 함께 보내야 할 크리스마스에 나 혼자 멀리 떨어져 지내게 되는 것이었다.

"그럼." 아버지는 대답하며 새어머니도 대찬성이라고 덧붙였다.

"재미있을 거야." 남동생도 거들며 자기 여자친구도 함께 가고 싶어한다고 말했다.

장인어른과 장모님에게 여행 계획을 알리자 두 분도 같이 가고 싶어했다.

"어차피 저는 갈 거니까 생각 있으면 같이 가시죠." 관심을 보이는 사람이 있을 때마다 이렇게 이야기했더니 예약을 할 시점에 이르렀을 때 일행이 모두 열세 명이었다.

남동생 맷과 여자친구 올리비아, 여동생 루신다, 우리 아버지와 새어머니, 두 분의 절친한 친구인 노먼 아저씨와 크리스 아주머니가 우리와 꼬박 이 주를 함께 보내기로 했고, 장인어른과 장모님, 처남 벤은 둘째 주부터 합류하기로 했다.

다들 그 정도로 열의를 보이다니 놀라울 따름이었다. 나중에 예약을 마치고 대금을 치르고 나서야 실감이 났다. 이제 와 생각해보면 나 혼자 크리스마스를 보내게 내버려둘 수 없어서 그랬던 것 같은데, 그때는 그런 생각은 전혀 하지 못했다. 나는 홀로 크리스마스를 보내게 됐다는 생각은 한 번도 한 적이 없었고, 실제로도 혼자가 아니었다. 이십사 시간 내 곁을 지키는 리프와 핀이 있지 않은가.

하지만 온 가족이 모여 북적북적 크리스마스를 보내는 장면을 떠올려보니 재미있을 것 같았다. 딸랑 우리 셋이서 보내는 것보다는 훨씬 더 재미있을 게 분명했다. 출발 예정일은 12월 17일, 케이트와 아이들과 함께 라플란드로 떠난 지 딱 일 년째 되는 날이었다. 앞으로 족히 몇 달간은 여행을 손꼽아 기다리며 준비할 수 있겠구나 생각하니 뿌듯했다.

아직은 8월이라 기나긴 여름방학이 이어지고 있었다. 나는 응급구조 시범단의 일원으로 브리스틀에서 열리는 서핑 산업박람회에 일주일 동안 참석할 예정이었다. 보수가 좋고, 며칠은 아이들을 데려갈 수 있고, 근처에서 열리는 행사라 맡은 일이었다. 월말에 아버지와 새어머니를 모시고 웨스트도싯의 이프에 있는 하일랜즈엔드 홀리데이파크에 가려고 예약을 해놓았는데, 이 짧은 여름휴가 비용을 그 보수로 지불할 수 있었다. 바로 옆 바닷가에 일이 있어 오가기 편리한 곳으로 장소를 잡았다. 이번에 맡은 일은 상당히 특이했다. 영화사에서 〈나니아 연대기 : 새벽 출정호의 항해〉의 홍보 영상을 촬영하는데 해안을 따라 매슈호를 호송할 사람이 필요하다며 나에게 도움을 청한 것이다. 지난 몇 달 동안 포 세인츠가 매슈호의 비공식 구명보트로 활약한 덕분에 생긴 기회였다. 나로서는 더할 나위 없이 기뻤다. 아버지, 새어머니와 함께 하는 캠핑이 끝나면 근처에 사는 어머니와 새아버지에게 아이들을 맡길 생각이었다. 그러면 나는 일을 하고 아이들은 계속 방학을 즐길 수 있었다.

"우리가 영화에 나오는 거예요?" 핀이 흥분해서 물었다. 내가 여행 준비를 맡은 크리스와 통화하며 나눈 이야기를 옆에서 귀를 쫑긋 세우고 들은 것이다.

"아니, 매슈호가 해안을 따라서 잘 항해할 수 있게 아빠가 돕는 거야. DVD를 만들 거거든."

"그럼 아빠가 DVD에 나오는 거예요?" 녀석이 다시 물었다.

"아니, 설명하기 좀 복잡한데, 그 영화와 관련한 대회에서 상을 탄 전 세계 사람들이 새벽 출정호 선원처럼 분장하고 매슈호에 탈 거야. 그 사람들이 랜즈엔드까지 무사히 항해할 수 있도록 돕는 게 아빠의 역할이지. 거기서 활도 쏘고 매듭도 묶고 이것저것 하는 모습을 촬영할 거래."

"우와! 우리도 가면 안 돼요?" 핀이 애원했다.

"아니, 미안하지만 이번에는 안 돼. 너랑 형은 할머니 할아버지랑 있어야 해. 그 대신 아빠가 사진 많이 찍어서 하나도 빠짐없이 이야기해줄게."

포 세인츠를 동원한 대대적인 사업은 이번이 처음이었다. 그 배에 들인 케이트의 비용을 일부나마 회수할 수 있어서 기뻤다. 하지만 내가 그 일을 수락한 이유는 무엇보다 스릴 넘치고 재미있을 것 같기 때문이었다. 게다가 내가 해변을 누비는 며칠 동안 아이들은 할머니

집에서 지낼 수 있기 때문에 타이밍도 완벽했다.

어느 날 밤, 루스가 차나 한잔 하자며 찾아왔을 때 이 여름방학 계획을 들려주었다.

"당신은 참 운도 좋다." 그녀가 말했다. "방학 기간 동안 아이들과 씨름하느라 골머리를 앓는 싱글맘, 싱글대디가 수두룩한데. 당신은 가끔 아이들을 데리고 일도 나갈 수 있고, 도와주는 사람도 많으니 얼마나 다행이야?"

그전까지는 내가 하는 일의 장점에 대해 생각해본 적이 없었다. 늘 그래왔으니까. 케이트가 살아 있을 때는 그녀의 회사 업무와 아이들 방학에 맞춰 유동적으로 근무시간을 조정했고, 리프가 아팠을 때는 병원 예약과 면회 시간을 피해 일정을 조정할 수 있었다. 물론 장인어른과 장모님도 큰 도움을 주었다. 듣고 보니 늘 그렇듯 루스의 말이 맞았다.

"그 말이 정답이네." 나는 그녀의 말이 옳다고 인정했다. "하지만 융통성 있는 직업이 전부는 아니잖아?"

"그게 무슨 소리야?" 그녀가 반문했다.

"혼자서 아이를 잘 키우려면 회사일을 잘 처리하는 것 말고도 필요한 자질이 많다는 소리지."

"당연하지." 그녀는 현명하게 고개를 끄덕였고, 나는 하던 이야기를 계속했다.

"다들 나더러 잘하고 있다지만, 나는 절대 완벽하지 않아. 좋은 날도 있고 궂은 날도 있잖아. 가끔은 그냥 울고 싶을 때도 있고. 내가 과연 케이트만큼 잘하고 있는 걸까?"

불쑥 튀어나오기는 했지만 진심에서 우러난 말이었다.

"신지, 날마다 아이들한테 최선을 다하고 있잖아." 루스가 말했다. "케이트도 기뻐할 거야. 아이들이 얼마나 잘 자라고 있어? 아이들이 당황하거나 혼란스러워하지 않게 뭐가 어떻게 돌아가고 있는지 계속 설명만 잘해주면 당신도 당신 인생을 살아도 돼. 아이들한테 주변 상황을 알리고, 필요할 때 곁에 있어주고, 아이들과 한 약속을 어기지 않으면 만사 잘 풀리게 되어 있더라."

케이트가 했음직한 말이었다. 그녀와 루스가 그렇게 죽이 잘 맞았던 데는 다 이유가 있었던 것이다. 두 사람은 여러모로 생각이 비슷했다.

"이렇게 빨리 이런 말을 하게 될 줄 몰랐는데, 어쩌면 케이트가 옳았을지도 모르겠다는 생각이 들어." 나는 조심스럽게 운을 뗐다.

"어떤 의미에서?" 루스가 입꼬리를 길게 늘여 미소를 지으며 물었다. 그녀는 항상 나보다 한 수 위였다.

"아이들한테 영향을 미칠 수 있는 여자가 필요하다는 거. 엄마인 동시에 아빠일 수는 없는 것 같아."

"이제라도 알아차렸으니 다행이네." 루스가 행복한 목소리로 맞장구쳤다. "그게 정상이야. 죄책감 느낄 필요 없어. 케이트도 원했던 거고, 때가 되면 인연이 찾아오겠지. 이제 여름방학을 즐길 준비나

하라고!"

　올해 들어 벌써 세번째 캠핑이라니 믿기지가 않았다. 케이트가 구름 위에서 내려다보고 있다면 배를 잡고 웃었을 것이다.

아이들이 부탁하면
언제나 도와주기

핀은 좋아서 어쩔 줄 몰라했다. 손꼽아 기다
렸던 9월 6일, 리프와 함께 '형아들 학교'로 등교하
는 날이 찾아온 것이다. 회색 바지와 빨간색 스웨터를 이미
대여섯 번은 입어보았고, 심지어 '진짜 멋져 보이게' 어떤 식으로 젤
을 발라 앞머리를 세울지까지 정해놓았다.

"아빠, 얼른요!" 녀석이 내 침대로 뛰어들어 나를 일으키며 외쳤
다. "얼른 일어나요!"

나는 실눈을 뜨고 시계를 확인했다. 이제 겨우 아침 일곱시라 준
비할 시간이 충분했지만, 그래도 군소리 없이 일어나 열띤 분위기에

동참했다. 쌀쌀한 9월의 이른 아침이었지만 리프까지 합세해서 온 집 안이 북적북적 활기가 넘쳤다.

"너 머리가 고슴도치 같아!" 벌써부터 젤을 바르느라 여념이 없는 핀에게 리프가 말했다.

"형은 죽은 고슴도치 같거든?" 핀이 맞받아치며 장난꾸러기처럼 키득거렸다.

나는 이렇게 행복하고 낙천적인 핀을 주신 하늘에 감사했다. 리프가 조잘조잘 늘어놓는 온갖 요령과 충고를 들으며 다 함께 올세인츠 학교로 향하는 길이 그렇게 즐거울 수가 없었다. 형 노릇은 리프가 자신감을 키우는 데 도움이 되었다. 핀은 한마디라도 놓칠세라 귀를 쫑긋 세우고 들었다.

"웨버 선생님은 진짜 좋아." 리프가 전문가처럼 이야기했다.

"나도 알아, 바보야!" 핀이 웃었다. "수백 번도 더 만났는걸!"

맞는 말이었다. 케이트가 '칭찬의 날 등 학교 행사에 가능한 한 많이 참석'해달라고 부탁했을 때 나는 그러겠노라고 약속했다. 칭찬의 날 행사는 매주 금요일 종례 시간에 열리는데, 이때 웨버 선생님이 자격을 갖춘 아이들에게 인증서와 부상을 수여했다.

핀은 유치원을 마친 뒤 나와 같이 그 자리에 참석해 열심히 박수를 치고 환호성을 지르곤 했다. 웨버 선생님은 그런 핀을 보고 네가 리프와 함께 학교에 다닐 날이 기다려진다고 여러 번 이야기했다. 이제 드디어 그날이 찾아온 것이다. 우리가 학교 정문을 향해 걸어가는

데, 밝고 상쾌한 아침 공기를 가르며 뚜벅뚜벅 우리 쪽으로 걸어오는 웨버 선생님이 보였다. 핀도 자신감 넘치는 걸음으로 뚜벅뚜벅 다가 갔다.

"안녕하세요, 웨버 선생님." 핀이 외치며 새로운 교장 선생님에게 '하이파이브'를 하려고 손을 들었다.

웨버 선생님은 조금 당황스러워하면서도 박력 있게 '하이파이브' 를 하고는 나를 쳐다보며 활짝 웃었다.

"이 녀석은 아무 걱정 할 필요가 없겠는데요?" 웨버 선생님이 말했다. 내 생각도 마찬가지였다.

나도 함박웃음을 지었다. 두 아이가 엄마 없이도 훌륭하게 적응해 가는 모습이 무척 감동적이었다. 오늘 같은 역사적인 순간을 잘 헤쳐 나가는 것도 작은 기적이었다. 두 아이를 차에 태우고 바닷가를 찾아 가 엄마가 세상을 떠났다는 끔찍한 소식을 전한 지 아홉 달도 지나지 않았는데, 이렇게 남부럽지 않을 만큼 밝고 씩씩하게 자라주다니.

물론 이런 자리를 케이트와 함께할 수 없어서 슬프기는 했지만, 그 생각으로 행복이 넘치는 이 분위기를 망치고 싶지 않았다. 어떻게 지내느냐고 물으며 마음 써주는 학부모와 맞닥뜨릴 때마다 "잘 지내 요. 핀이 입학하는 모습을 보게 되다니 감격이네요"라고 대답했다. 그것이 나의 진심이었다.

두 아이가 같이 학교에 다닐 수 있어서 좋기도 했고, 덕분에 좀더 규칙적으로 생활할 수 있게 되었다. 나는 화요일부터 목요일까지 근무하고, 리프는 곧 수요일 저녁에 비버 스카우트 활동을 시작하고, 두 아이 모두 금요일 방과 후에 수영을 배우고 주말에는 럭비 연습을 하기로 했다.

장인어른과 장모님은 등하교를 거들고, 아이들을 여행에 데려가고, 가끔 당신들 집에서 재우는 등 늘 그랬듯이 힘닿는 데까지 도와주셨다. 하지만 두 분에게 너무 큰 부담을 드리고 싶지는 않았다. 나는 외출할 일이 있건 없건 수요일 저녁마다 커스티에게 아이들을 맡겼다. 그 시간에 밀린 집안일을 하고, 서류를 처리하고, 필요하면 테스코에 들러 장을 볼 수 있었다.

가끔 친구의 친구 아니면 친구의 친구의 친구와 '데이트'를 하기도 했다. 만나서 술을 한잔 하거나 간단하게 요기를 하며 살아온 이야기를 나누고 함께 웃을 수 있어서 좋았다. 두번째인가 세번째 만남 이후에는 '딸린 짐'이 있는 사람이 나 혼자가 아니라는 사실을 깨닫고 얼마나 위안이 됐는지 모른다. 때로는 끔찍한 결혼생활을 겪은 사람들도 있다는 데 솔직히 말해서 깜짝 놀라기도 했다. 나는 결혼해서 서로 잘 안 맞으면 이혼을 하고, 그렇지 않은 대부분의 부부들은 나와 케이트처럼 사랑과 열정이 넘치는 결혼생활을 할 것이라고 막연히 생각해왔다. 모든 남자가 아내를 떠받들고, 모든 여자가 남편이라면 사족을 못 쓰고, 당연히 서로를 강렬하게 원하는 줄로만 알았다. 그런데 남들 이야기를 들어보니 우리가 상당히 이례적인 경우였다.

"어땠어요?" 집에 가면 커스티가 항상 물었다.

"재미있었어. 그런데 진한 키스는 없었어!" 나는 늘 이렇게 대답했다.

다른 여자들을 만난 이야기를 꺼내도 마음이 불편하지 않았다. 케이트와 가깝게 지냈던 커스티 앞에서 데이트가 어땠는지 고주알미주알 늘어놓아도 죄책감이 들지 않았다. 뜻밖이었다. 아마 커스티가 케이트의 소원을 속속들이 알고 있었기 때문일 것이다.

"나가서 아이들이나 집하고 상관없는 일을 하는 게 아저씨한테 큰 도움이 될 것 같아요." 어느 날 밤 커스티가 한 말이었다.

"응." 나도 동의했다. "다시 싱글로 돌아가려니 정말 어색하긴 하지만, 예전처럼 전전긍긍하진 않을 거야. 그냥 새로운 사람을 사귀는 거잖아, 안 그래?"

"맞아요." 커스티도 맞장구를 쳤다. "그리고 아저씨는 사람 사귀는 데 소질 있잖아요! 잘하고 계신 거예요."

어느 수요일, 커스티가 왔을 때 나는 집 안 곳곳에 두기 위해 사진을 정리하고 있었다. 새 학기가 시작되고 새로운 일상이 자리잡으면서, 시간이 2010년 말을 향해 빠르게 흘러가는 것이 느껴졌다. 아이들이 슬슬 케이트를 잊기 시작하면 어쩌나 걱정이 돼서 생생한 추억으로 집 안을 장식하고 싶었다.

우리 집 층계참에는 결혼식 사진들이 담긴 커다란 액자가 걸려 있었는데, 매일 볼 때마다 마음이 아팠다.

"그 사진들을 보면 가슴이 찢어지는 것 같거든." 나는 커스티에게 설명하며, 결혼식 사진 대신 케이트가 죽기 얼마 전 아이들과 함께 찍은 사진을 걸었다. 작업실과 거실에 있는 사진도 바꾸었다.

"이러면 아이들이 엄마를 더욱 생생하게 기억할 수 있겠지? 자기들이 엄마하고 같이 찍은 사진이니까. 혹시 요즘 아이들이 엄마를 잊어버리기 시작한 것 같지 않아?" 내가 물었다.

"아뇨!" 커스티는 웃음을 터뜨렸다. "며칠 전에도 안전띠 매는 거 도와주려고 운전석에서 뒤로 손을 뻗었더니 리프가 '우리 엄마가 누나보다 팔이 더 길었나보다. 우리 엄마는 저 뒤에까지 손이 닿았거든요' 이렇게 종알거리던걸요? 엄마 얘기를 안 하고 지나가는 날이 없어요. 지난주에도 실내 스키장 앞을 지나가는데 리프가 그러더라고요. '엄마가 돌아가시기 전에 저기서 스키 탔는데.'"

"핀은?" 나는 물었다. 걱정하던 부분을 이렇게 터놓고 이야기할 수 있어서 좋았다.

"보통 리프가 핀을 이야기에 끌어들여요. 아저씨도 아시잖아요." 커스티가 말했다.

나는 고개를 끄덕였다. 내가 쓸데없는 걱정을 하고 있었다는 걸 다른 사람을 통해 확인할 수 있어서 좋았다. 얼마 전에도 핀이 블루맨 DVD를 보다 객석을 가리키며 "저것 좀 보세요. 엄마예요!" 하고 외친 적이 있었다. 엄마와 비슷하게 생긴 금발 여자를 보고 한 말이었는데, 나는 아니라고 하지 않았다. 케이트의 모습과 추억이 살아 있다는 데 조용히 기뻐했다.

9월 말, 스턴트맨으로 활동하는 십년지기 피트 마일스에게서 걸려온 뜻밖의 전화 덕분에 아주 재미있는 일을 하나 맡게 됐다.

"내가 지금 영화 촬영중인데, 거기 단역으로 출연할 생각 있어?" 피트가 물었다.

"당연하지! 어떤 영환데?"

굉장한 작품일 게 분명했다. 피트는 해리 포터와 제임스 본드 영화에 단골로 출연한 친구였다. 귀를 쫑긋 세웠다.

"스티븐 스필버그의 신작 〈워 호스〉. 생각 있어?"

"나도 끼워줘." 나는 어떤 역할인지 알지도 못하면서 이렇게 대답했다.

피트의 설명에 따르면 1차 대전 당시의 전형적인 마을로 꾸민 윌트셔의 아름다운 지역 캐슬쿰에서 촬영이 진행중이었다. 이런저런 장면에 단역이 삼백 명 정도 필요한데, 피트가 경험 많고 실력 있는 스태프인 만큼 중요한 장면에 나를 넣어줄 수 있는 모양이었다. 할리우드 블록버스터에 출연하면서 보수까지 받을 수 있다니 굉장한 기회였다. 한시라도 빨리 시작하고 싶어 좀이 쑤실 지경이었다.

며칠 뒤에 나는 캐슬쿰으로 신나게 달려갔고, 피트가 장담한 대로 보안 검색을 아무 문제 없이 통과한 뒤 거대한 의상 창고로 직행했다. 피트가 말한 역할은 독일군 주방장이었는데, 옷을 갈아입는 다른 단역들과 의상을 본 순간 얼굴에서 미소가 사라졌다. 기마병 역할을 맡은 그들은 하나같이 젊고 군살 하나 없었다. 의상도 그런 젊은 친구들에 맞게 제작되었고, 내가 입을 주방장 옷도 마찬가지였다.

나는 솔기가 터질 것 같은 셔츠와 재킷 여러 벌에 억지로 몸을 구겨넣으며 민망한 몇 분을 보낸 뒤 너무 뚱뚱해서 안 되겠다는 이유로 가차 없이 내쫓겼다. 얼간이가 된 듯한 기분으로 차를 세워둔 곳까지 허겁지겁 달려가 피트에게 전화로 전후 상황을 알렸다.

"이렇게 미안할 데가 있나. 나한테 맡겨. 조금 이따 연락할게." 걱정 말라는 투였다.

마음을 졸이며 차에 앉아 기다리는데 그 시간이 너무나 길게 느껴졌다. 살을 뺄 때가 됐다는 경종이 울린 셈이었다. 점점 살이 찌는 나를 보고 케이트는 못마땅해하면서 눈치를 주었지만, 잔소리를 늘어놓거나 하지는 않았다. 지금보다 훨씬 더 심각한 걱정거리로 정신이 없던 시절부터 체중이 슬금슬금 불어나기 시작했는데, 리프와 케이트가 투병하던 몇 년간 병원 음식과 포장 음식으로 끼니를 때우느라 그렇다고 핑계를 대곤 했다. 장을 보고 요리를 할 만한 시간도 기운도 없어서, 일요일에 우리 아버지 집에서 바비큐파티를 할 때 말고는 일주일 내내 집에서 만든 음식을 먹지 못할 때도 많았던 것이다.

그날 나는 '다이어트'를 내 머릿속의 '반드시 해야 할 일' 리스트에 추가했다. 금요일 저녁에 아이들이 수영 강습을 받는 동안 나도 밖에 앉아서 구경만 하지 말고 같이 해야지. 그런 식으로나마 시작을 하는 게 중요했다. 그때 전화벨이 울렸다.

"요리사는 됐다 그래." 피트가 말했다. "자네한테 십장을 맡기기로 했어. 경매인을 돕는 역할이야."

"정말? 나 때문에 자네만 번거로워진 거 아닌가 모르겠네."

"천만에. 오히려 잘됐어. 그 장면에 말들이 등장하는데, 자네가 말을 탈 줄도 알고 다룰 줄도 알잖아. 스턴트 팀에서도 몇 명 투입될 거야."

나는 피트가 일러준 건물로 찾아가 납작한 모자를 쓰고, 밑창에 징을 박은 부츠를 신고, 까만색 조끼와 큼지막한 외투를 걸쳤다. 다행히 잘 맞았고 맡은 역할에도 그럴듯하게 어울렸다. 어서 촬영 현장으로 달려가고 싶었다.

캐슬쿰은 포그 머신이 뿜어내는 연기로 둘러싸여서 바깥쪽의 의상 창고에서는 아무것도 보이지 않았다. 나는 몇 곳의 검문소를 거친 뒤 연기 자욱한 마지막 관문을 지나 드디어 세트장에 들어섰다. 안개를 뚫고 나왔을 때 믿기지 않는 광경이 나를 맞이했다. 순식간에 백 년 가까운 시간을 거슬러올라간 느낌이었다. 노점이 늘어서 있고 둔덕에 참제비고깔과 등나무가 우거진 세트가 어찌나 완벽한지, 정말 1차 대전 당시 봄을 맞은 영국의 전형적인 마을 같았다.

세트장 오른편으로 시선을 돌려보니 놀랍게도 스티븐 스필버그가 감독용 의자에 앉아 있었다. 길을 건너 어슬렁거리다가 해리 포터 시리즈에서 늑대인간 역을 맡았던 배우도 보았다. "데이비드 슐리스다!" 한 단역배우가 친구를 팔꿈치로 찌르며 속삭이는 소리가 들렸다.

'십장' 역할을 맡은 단역들에게 말을 끌고 세트를 가로지르라는 지시 사항이 전달됐고, 그중에서도 덩치 큰 클라이즈데일종 말을 다루는 짧은 장면에 등장할 인물로 내가 선택됐다. 카메라 앞으로 뛰어들어 울부짖는 말을 붙잡는 역할이었다. 왜소한 남자는 할 수 없는 역할이었기에 이번에는 덩치 덕을 보는구나 생각하며 슬그머니 미소를 지었다. 말의 몸집이 어마어마해서 스필버그 감독이 요구한 대로 끌고 가는 데 젖 먹던 힘까지 동원해야 했다. 똑같은 장면을 열 번쯤 찍었을 때 감독이 오케이 사인을 내렸다.

"잘했어요, 신지." 고맙게도 그가 몇 분 뒤에 이렇게 외쳤다. 끝을 길게 늘이는 특유의 미국식 말투였다.

'케이트한테 자랑해야지!' 맨 처음 든 생각이었다. 그녀의 번호는 여전히 자주 거는 번호로 저장되어 있었다. 당장 전화나 문자메시지로 이 신나는 소식을 전하고 싶었다. 휴대전화를 꺼내는데, 문득 가슴속에서 비눗방울이 터지기라도 한 것처럼 맥이 풀렸다. 예전에 그녀가 보낸 메시지들을 하나씩 읽어보았다. 리스트에 추가하고 싶은 내용을 적은 게 많았다. '수조 정리, 조약돌 체스 세트, 네트볼 센터'라고 적힌 메시지가 보였다. 리스트에 맨 마지막으로 올린 항목이었다. 케이트는 수조가 엉망이 됐다는 소식을 들으면 슬퍼하겠지만, 집 확장 공사 후에 더 넓고 좋은 수조를 설치하겠다는 내 계획에 어린애같이 기뻐했을 것이다.

나는 조용한 곳을 찾아가서 바닥에 앉아 생각했다. 조약돌 체스 세트는 당장 해결할 수 없었다. 공사가 끝나고 마당이 원래대로 돌아온 다음에야 할 수 있는 일이었다. 리프가 병원에 입원해 있는 동안 내가 녀석에게 체스를 가르치기 시작했는데, 어느 날 케이트가 바닷가에서 반짝반짝 빛나는 완벽한 까만색 조약돌과 하얀색 조약돌을 주워와 말했다. "색칠한 조약돌로 우리만의 체스 세트를 만들어서 마당에 놓자." 그녀가 살아 있을 때는 그럴 만한 짬이 없었다.

다음으로 '네트볼 센터'라는 글자를 바라보며, 이것이 케이트의 리스트에서 제일 마지막을 차지한 단어라니 정말 아이러니하다고 생각했다. 그녀는 어렸을 때 네트볼 센터로 활약한 적이 있었는데, 바람처럼 코트를 누비며 뛰어난 실력을 발휘했다. 엄마가 항상 기진맥진한 채 침대에 누워서 산소 튜브로 호흡하던 사람이 아니라 훌륭한 팀 플레이어였다는 사실을 아이들이 알아주고 본받기를 바랐던 것이다.

케이트에게 연락하고 싶은 마음이 얼마나 간절했던지 하마터면 보고 있던 문자메시지의 '답장' 버튼을 누를 뻔했다. 전화기를 감싸쥔 손이 부들부들 떨렸다.

"괜찮아요?" 한 단역배우가 물었다.

"아, 네. 괜찮아요." 나는 이렇게 대답했고 진심이었다. 조금 전에 나는 내 생애 최고로 굉장한 경험을 했다. 케이트의 부재가 뼈저리게 느껴지기는 했지만, 손이 떨리는 이유는 짜릿함 때문이기도 했다. 케이트도 나를 보면 기뻐했을 것이다. 한시라도 빨리 아이들에게 오늘의 무용담을 들려주고 싶었다.

"왜 그런 영화를 했어요?" 집으로 돌아가 촬영 현장에서 있었던 일을 들려주었을 때 핀이 조금 어리둥절한 표정으로 물었다. "지난번 나니아처럼 디즈니 영화를 하지."

"아빠는 작품을 선택할 입장이 못 돼. 이번 작품도 아주아주 운이 좋았기 때문에 할 수 있었던 거야. 가끔은 주어지는 대로 기회를 잡아야 하는 때도 있는 법이거든."

"왜요? 그게 무슨 말이에요?"

"그러니까 핀, 그게 무슨 말이냐면, 뭔가 색다르고 신나는 일을 할 기회가 생기면 잡아야 한다는 거야."

"언제든지요?" 녀석이 이마를 잔뜩 찡그리고 물었다.

"음, 언제든지는 아니고."

어느새 리프까지 귀를 기울이고 있었다. 좋은 기회였다.

"오토바이를 탄다든지 하는 위험한 일은 말고. 엄마는 너희가 오토바이나 스쿠터를 타지 않았으면 하셨어. 특히 대로에서는 사고가 날 수 있으니까. 그건 아빠 생각도 마찬가지야. 그렇지만 안전한 일이라면, 너희나 다른 사람들이 다칠 가능성이 없는 일이라면 언제든 도전해야 해. 그래야 사는 게 재미있어지니까!"

놀랍게도 한 시간 뒤, 예전에 리프와 케이트의 투병 이야기를 몇 번 소개한 적 있는 '사우스웨스트 뉴스서비스'에서 뜻밖의 전화가 걸려왔다. 핀도 초등학생이 되었으니 우리 셋이서 어떻게 지내고 있는지 '후속 기사'를 신고 싶다는 전화였다.

"그거 좋죠." 조금 전에 아이들에게 한 말도 있고 해서 수락하기는 했지만, 케이트가 세상을 떠난 지도 한참 됐는데 누가 관심을 보일까 싶었다.

"엄마의 리스트 이야기를 하면 되겠네요. 지금까지 어떤 걸 했고 앞으로는 어쩔 계획인지."

잠깐 정적이 흐른 뒤 기자가 물었다. "엄마의 리스트라뇨?"

"아, 제가 아이들과 함께 해주었으면 하는 일을 케이트가 수도 없이 적어놨거든요. 아이들이 엄마에 대해 알아주었으면 하는 이야기랑 앞으로 계속 지켰으면 하는 몇 가지 규칙도요. 보통 엄마들이 하는 소리 있잖아요. 제가 케이트에게 '만약 당신이 떠나면 어떡하지?'라고 물은 적이 있는데, 그때부터 케이트가 어찌나 많은 얘기를 쏟아내던지 제가 잊어버리지 않게 적어달라고 한 거예요."

조금 전보다 오래 정적이 흘렀다. 그사이 나는, 케이트에게 그렇게 비정상적이고 슬픈 일이 닥쳤는데 "보통 엄마들이 하는 소리"라고 표현한 것이 조금 이상하게 들렸을 수도 있겠다고 생각했다.

"그거 좋네요." 기자가 좀더 활기찬 목소리로 말했다. "좋은 정도가 아니라 아주 특별한데요? 언제쯤 찾아뵐까요?"

다음날 기나긴 인터뷰를 하면서 지난 아홉 달 동안 있었던 일들을 되짚으며 몇 번이나 눈물을 보였는지 모른다. 나는 엄마의 리스트

복사본과 우리 가족사진 몇 장을 기자에게 건네주며 지역 신문은 물론이고 전국 언론사로 송고할 기사에 실어도 좋다고 했다.

"아무 신문에서라도 다루어주면 기사를 오려서 추억상자 안에 넣을 수 있을 텐데요." 내가 말했다. "미리 말씀드리지만 기대는 안 해요! 저하고 케이트한테 그렇게 관심을 보일 사람이 있을까 싶어요."

기자는 미소를 지었다. "어쩌면 깜짝 놀랄 일이 생길지 몰라요. 좋은 소식이 들리면 알려드릴게요."

며칠 뒤, 이집트 여행을 앞두고 아이들에게 예방주사를 맞혀야 하는 날이 찾아왔다. 손꼽아 기다리던 날은 아니었다. 이런 날이면 케이트와 나는 늘 함께 출동해 각자 한 명씩 아이를 맡았다. 아이들을 치과에 데려가거나 할 때마다 우리 가족은 다 같이 움직였다. 그래야 수월하게 끝낼 수 있었다.

"너희 정말 아빠 말 잘 들어야 한다." 리프와 핀에게 당부했다. "이 주사를 꼭 맞아야 이집트에 갔을 때 안심할 수 있어. 조금 아플지도 모르지만 금세 끝나. 너희 둘 다 용감하게 잘 참을 수 있다는 거 아빠는 알아."

"저는 전에도 주사 많이 맞았잖아요. 기억하죠, 아빠?" 리프가 말했다. 새삼스레 왜 그런 말을 하는지 궁금하다는 투였다. "그래, 리프. 아빠도 기억해." 이렇게 대답하고 생각했다. '어떻게 잊을 수 있겠니?'

리프가 핀의 어깨에 팔을 얹었다. "그렇게 아프지는 않아. 괜찮을 거야." 녀석은 심각한 표정으로 실눈을 뜬 채 살짝 고개를 끄덕이며 말했다.

진료소에 도착하니 다행히 간호사 두 명이 우리를 기다리고 있었다. 양팔에 주사를 한 방씩 맞아야 하는 터라 한 명씩 앉혀놓고 양쪽에서 두 대를 동시에 놓기로 했다. 리프는 큰소리를 쳐놓고는 겁에 질린 얼굴이었다. 그래서 핀이 특유의 허풍을 떨며 먼저 맞겠다고 자진해 나섰다. 내 무릎에 앉아서 용감하게 소매를 걷어올리고 두 팔을 내미는데, 웨버 선생님과 '하이파이브'를 했을 때만큼이나 자신만만해 보였다.

잠시 후 솜씨 좋은 간호사들이 임무를 완벽하게 수행했고, 핀은 꽥꽥 비명을 지르며 경악한 얼굴로 리프를 쳐다보았다.

"간호사 누나들이 내 팔을 바늘로 찔렀어!" 녀석이 너무한다는 듯 울부짖었다.

내 쪽을 돌아보는 녀석의 두 뺨 위로 눈물이 흘러내렸다.

"진짜 아팠어요." 녀석은 비난조로 말했다. "형, 진짜 진짜 아팠어. 저 누나들이 형 팔도 바늘로 찌를 거야!"

그 조그만 얼굴을 붉으락푸르락하며 어찌나 호들갑을 떠는지 웃음이 터지려고 했다. 고맙게도 리프가 뭐라 대꾸할 새도 없이 간호사들이 잽싸게 주사를 놓았고, 이로써 시련이 끝났다. 핀은 자기 몸을 감싸안은 채 15센티미터짜리 바늘에 찔리기라도 한 것처럼 양팔을 문지르며 이리저리 돌아다녔고, 리프는 백지장처럼 창백한 얼굴로 머뭇거리며 "그렇게 아프지는 않았어"라고 중얼거렸다. 이 자리에 케이트가 있었다면 엄마답게 두 아이의 팔을 호호 불어주고 다정한 말로 달래주며 그만 좀 웃으라고 나를 노려보았겠지.

"얘들아, 다 됐다." 내가 말했다. "둘 다 아주 씩씩하게 잘했어. 이제 스웨터 다시 입고 가자. 차에 가서 풍선껌 줄게."

나는 케이트가 아니었기에 케이트처럼 할 수 없었다. 엄마가 아빠보다 더 잘하는 일들이 있는 법. 그렇게 생각하니 안타까웠지만 인정하는 수밖에 없었다.

나는 운전석에 올라탔고, 두 아이는 뒷자리의 어린이용 좌석에 앉아서 시큰거리는 팔로 안전띠를 매려고 끙끙댔다. 스스로 하도록 단단히 교육을 시켰기 때문에 지금까지 수백 번도 더 반복한 일이었다.

"못하겠어요!" 핀이 입을 내밀었다.

"아빠가 해주세요!" 리프도 칭얼거렸다.

"안 돼, 얘들아. 그렇게 어려운 일도 아니잖아. 너희가 <u>스스로</u> 해야지."

내가 내려서 해주면 더 빨리 끝나겠지만 원칙은 원칙이었다. 이제 네 살과 여섯 살이니 팔이 시큰거려도 안전띠쯤은 제 손으로 충분히 맬 수 있는 나이였다. 나는 아이들을 자립심 강하게 키우고 싶었고, 아이들이 스스로 할 수 있는 일들을 최대한 해주어야 나 혼자 양육을 감당할 수 있었다. 두 아이가 버클을 모두 채우기까지 꼬박 오 분이 걸렸다. 부루퉁한 두 녀석의 표정을 백미러로 확인하는데, 내가 조금

심했나 싶었다.

"자, 풍선껌 여기 있다." 내가 명랑한 목소리로 말했다.

아이들의 표정이 금세 밝아졌지만, 아이들에게 엄마가 돌아가셨다는 소식을 전한 뒤 처음으로 풍선껌을 주었던 그날이 생각났다. 그때처럼 핀은 두 뺨에 눈물 자국이 남았고, 달짝지근한 딸기 향이 차갑고 축축한 허공에 맴돌았다. 문득 껌으로 아이들의 슬픔을 달래는 일이 상어에 물린 상처에 반창고를 붙이는 것처럼 느껴졌다. 내가 케이트의 부탁을 등한시한 게 아닌가 싶어 정신이 번쩍 들었다. '아이들이 부탁하면 언제나 도와주기.' 케이트는 이렇게 말했었는데.

내가 아이들한테 너무했나? 다르게 행동했어야 하는 걸까? 케이트가 리스트에 그런 부탁을 남긴 게 과연 올바른 일이었을까? 밤에 루스와 이야기를 나누면서 의견을 물어보기로 마음먹었다. 병원에 있는 동안 받지 못한 전화가 몇 통 있었는데, 집에 도착해 확인하니 자동응답기도 깜빡이고 있어 놀랐다. 음성사서함에 연결하니 기쁘게도 사우스웨스트 뉴스서비스의 기자였다.

"주요 언론에서 신지 씨 이야기에 상당히 큰 관심을 보이고 있어요." 그녀가 말했다. "내일 전국지 몇 군데에 기사가 실릴 수도 있고요. 전화 주세요."

알고 보니 대부분의 전국지에서 가족사진과 함께 우리 이야기를 싣고 싶어했다. 나는 루스에게 전화를 걸어 이 신나는 소식을 전했다.

"우아!" 루스는 탄성을 지르고 나서 그녀답게 직선적으로 물었다.

"그런데 케이트도 이 소식을 좋아했을까?"

"너무 놀라서 정신을 못 차렸을 거야. 지금 내가 그렇거든." 내가 대답했다. "하지만 언짢아하지는 않았을 거야. 그럴 것 같았으면 애초에 내가 이 일을 벌이지도 않았을 테니까. 그런데 뭐 하나 물어봐도 돼?"

나는 차 안에서 있었던 일을 설명하고, 내가 너무 심했느냐고 단도직입적으로 물었다.

"전혀." 그녀는 딱 잘라 대답했다. "아이들은 아빠가 자기들을 사랑하고 아낀다는 걸 알잖아. 너무 오냐오냐 받아주면 아이들한테 오히려 해롭다고."

"맞아. 하지만 엄마처럼 알뜰하게 챙겨주질 못하니까……"

"신지, 당신이 그래주길 바라는 사람은 아무도 없어." 루스가 말했다. "그 아이들은 당신의 자랑이야. 나이에 비해 깍듯하고 의젓하다고 칭찬하는 사람이 얼마나 많아? 당신하고 케이트가 그렇게 키웠으니까, 케이트가 세상을 떠난 뒤에도 당신이 계속 그렇게 키웠으니까 아이들이 그런 칭찬을 들을 수 있는 거라고. 케이트는 당신이 달라지길 바라지 않을 거야. 당신은 훌륭한 아빠야. 아이들을 위해서 안 된다고 해야 하는 때도 있는 법이잖아."

루스가 무척 고마웠다. 루스는 듣기 좋은 말만 골라서 하지 않고 내가 잘못하면 직언을 할 친구였다. 케이트가 병석에 누워 있을 때 찾아오는 친척들을 버거워하는 나를 보고 그녀가 대놓고 나무란 적이 있었다. 잠이 절대적으로 부족한 상황에서 몇몇 친척들을 상대하다 폭발한 날이었는데, 그렇게 힘든 때라도 루스는 봐주는 법이 없었다. "당신 지금 통제가 안 되고 있어. 진정해. 당신 때문에 지금 상황이 열 배 고약해졌잖아." 나중에 생각해보니 늘 그랬던 것처럼 그녀의 말이 맞았다.

"고마워, 루스. 당신은 정말 좋은 친구야." 내가 말했다. "내일 다시 전화할게."

수화기를 내려놓자마자 다시 벨이 울렸다. 내일 스카이뉴스, BBC, ITN에 출연해 엄마의 리스트에 관한 이야기를 나눌 수 있느냐고 묻는 통신사의 전화였다.

"당연하죠." 나는 얼른 대답했다. "생각지도 못했던 영상 자료까지 추억상자에 넣게 됐는걸요. 기꺼이 출연할게요!"

10월 1일은 꿈같은 하루였다. 등교하는 아이들을 찍어도 좋다고 지역 BBC 방송국에 말해놓고 평소처럼 아침 시간을 보내는데, 그제야 비로소 실감이 나면서 내가 무슨 짓을 벌인 건가 하는 생각이 들었다.

"방송국에서 왜 우리를 찍어요?" 리프가 어리둥절해하며 물었다.

"엄마가 우리한테 남긴 리스트에 대해 취재하고 싶대."

"왜요?"

"왜냐하면, 음, 왜냐하면 그런 리스트를 남기는 엄마가 별로 없거든."

"그런데 우리 엄마는 왜 그랬어요?"

"엄마는 아주아주 특별했으니까."

"그렇구나. 이제 우리 가도 돼요?"

핀은 시끌벅적한 분위기에 열광했고, 촬영 팀이 학교까지 오솔길을 걸어가는 두 아이를 카메라에 담는 십오 분 동안 스포트라이트를 만끽하며 즐거워했다. 내가 인터뷰할 차례가 되기 직전에 휴대전화가 울렸다. 이른 아침에 전화라니 평소에 없던 일이었는데, 십년지기 네이선이었다.

"신지, 나 지금 열차 안이야. 그런데 하마터면 자리에서 굴러떨어질 뻔했다. 네가 〈타임스〉에 대문짝만하게 실렸지 뭐냐!"

나는 껄껄 웃은 뒤에 말했다. "굉장하다. 무지 흥분돼."

카메라가 내 쪽을 향했을 때 솔직히 고백하자면 전조등 불빛 앞에 놓인 토끼가 된 듯한 심정이었다. 물론 신나는 일이기는 했지만 그에 못지않게 기묘하고 얼떨떨했다. 하지만 일단 인터뷰를 시작한 후에는 케이트에 대한 칭찬을 늘어놓고, 그녀가 얼마나 훌륭한 아내이자 엄마였으며 우리 가족이 얼마나 행복한 시간을 보냈는지 마음껏 이야기할 수 있는 기회를 즐겼다.

그 정점이 엄마의 리스트였다. 임종을 앞두고 그런 리스트를 작성하는 엄마가 얼마나 될까? 그 리스트는 케이트 자체였다. 나는 엄마의 리스트를 염두에 두고 살아가는 게 일상이 되다보니 이렇게 열띤 관심이 쏟아지는 데 놀랐다는 이야기도 했다.

BBC 기자 말로는 거의 모든 주요 일간지에 우리 기사가 실렸다고 했다. 〈타임스〉뿐 아니라 〈텔레그래프〉〈데일리메일〉〈미러〉〈선〉〈익스프레스〉〈가디언〉에도 크게 실렸다는 것이다. 이제는 라디오파이브에서도 인터뷰를 하고 싶어했다.

"좋으세요?" 사우스웨스트 뉴스서비스의 기자가 조심스럽게 물었다.

"네." 내가 대답했다. "케이트는 이렇게 큰 관심을 부담스러워했을지 모르지만, 저는 이게 그녀에게 바치는 근사한 선물이라고 생각해요."

그날 하루종일 전화통에 불이 났다. 전국 각지에서 친구들이 전화를 걸어 신문이나 뉴스에서 나를 봤노라고 했다. 멀리 스페인과 일본에서까지 우리 이야기를 취재하고 싶어했다.

한번은 리프와 핀이 하교하는 오후 시간에 스카이, ITN과 인터뷰 약속을 잡은 적이 있었다. 아이들이 우리 집 앞 막다른 골목에 다다랐을 때 지은 표정을 나는 죽을 때까지 잊지 못할 것이다. 지붕에 위성안테나를 단 방송국 차량들이 우리 집을 완전히 에워쌌고, 클립보드와 휴대전화를 든 사람들이 서성거렸다. 동네 주민들이 우리 사정을 훤히 알고 있었기에 망정이지, 노란색 테이프만 없을 뿐 대형 범죄 현장처럼 보였다.

"트럭 안에 들어가봐도 돼요?" 리프와 핀이 잽싸게 안전띠를 풀고 신나게 차 밖으로 튀어나가며 물었다.

기자와 카메라맨 들이 아이들에게 온갖 장비를 구경시켜주었고, 그런 다음 우리 집 거실에서 인터뷰를 시작했다. 나는 아이들을 카메라에 담는 것에도 아무 거리낌이 없었다. 아이들에게 특별한 경험이 될 것 같았다. 아이들 또한 이 상황을 자연스럽게 받아들였다.

"뉴스에 나와서 이야기할 수 있는 아이가 몇이나 되겠어?" 내가 두 녀석에게 말했다. "그러니까 이번 기회를 최대한 즐기는 거야!"

"텔레비전 카메라가 있으니까 좋아요?" 한 기자가 물었다.

"네." 핀이 대답했다. "아빠가 계속 웃긴 행동을 하거든요!"

나는 어깨를 으쓱하며 미소를 지었다. 정말 듣기 좋은 말이었다.

언론의 관심은 주말까지 이어지다 처음 시작됐을 때처럼 순식간에 사라졌다. 나는 케이트 이야기를 하며 카타르시스를 느꼈다. 엄마가 얼마나 멋진 사람이었는지 이야기하면서 언론의 관심을 조금 즐겼다고 해서 아이들에게 해가 되지도 않을 것이다. 아이들은 기자들에게 엄마가 무지 다정했고, 자기들과 항상 놀아주었고, 보고 싶다고 이야기했다. 케이트가 보았더라면 자부심을 느낄 만했고 아주 귀엽기까지 했다.

며칠 뒤, 같은 반 친구가 핀에게 텔레비전에 나온 이유가 뭐냐고 묻는 소리를 우연히 들었다. "왜냐하면 우리 엄마가 아주 특별한 분이었기 때문이지." 핀은 이렇게 대답하고 얼른 도망쳤다.

그날 저녁 집에 와보니 우편함에 씨앗 두 꾸러미와, 아이들이 케이트를 생각하며 클로버와 해바라기를 키웠으면 좋겠다는 익명의 쪽지가 들어 있었다. 다음날, 그다음날에도 몇 개가 더 배달되었다. 나는 아이들에게 날이 따뜻해지면 엄마 무덤가에 클로버를 심고, 우리 집 마당에 해바라기를 기르자고 했다. 아이들은 고개만 끄덕일 뿐 낯선 선물에 대해 묻지 않았다. 아이들이 느끼기에 카메라맨과 기자 들에게 포위당한 사건보다 더 놀랍거나 신나는 일은 없는 모양이었다.

그다음주에 리프의 담임 선생님이 전하기를 리프가 수업 시간에 자리에서 일어나 엄마를 잃은 경험담을 아주 유창하게 들려주었다고 했다. 친구들 앞에서 엄마가 많이 보고 싶지만 멋진 아빠와 동생이 있어서 행복하다고, 슬프면 셋이 똘똘 뭉친다고 했다는 이야기를 듣고 가슴이 뭉클했다. 리프가 연사를 자청하고 나선 이유는 같은 반친구도 암으로 엄마를 잃었기 때문인데, 정말이지 슬픈 우연의 일치였다.

"리프가 얼마나 어른스러운지 큰 감동을 받았답니다." 담임 선생님이 말했다. "그런데 리프의 이야기를 들으면서 눈물이 나오려는 걸 참느라 혼났어요."

리프가 자리에서 일어나 아이들 앞에서 발표를 할 만큼 자신감이 생겼다는 것만으로도 고마운 일인데, 하물며 그 주제가 엄마를 잃은 경험담이라니…… 리프의 자신감은 나날이 높아지고 있었고, 이는 상당한 발전이었다.

학교에서 전한 기쁜 소식은 이것 말고도 한 가지 더 있었다. 내가 운영위원장으로 선출돼 아이들 교육에 더 많은 부분을 기여할 수 있게 된 것이다. 학교 일에 상당히 많은 시간을 할애해야 한다는 뜻이기도 했지만, 그보다 더 값진 일이 어디 있겠는가. 나는 앞으로 학교 정책을 입안하는 데 참여하고, 새로운 교직원 면접도 참관하고, 기금 마련이나 '와우 교실'이나 파티 같은 온갖 재미있는 활동에도 관여할 수 있을 것이다.

내가 시간제로 근무하기 때문에 맡을 수 있는 자리였다. 나와 입장을 바꾸고 싶어할 아빠는 한 명도 없겠지만, 케이트의 죽음이라는 비극적인 사건을 긍정적으로 승화시켰다는 데 의의가 있었다. 그뿐 아니라 이로써 그녀의 기대치를 초과 달성했다. 케이트는 '올세인츠 학교 일을 돕고, 리프를 더 많이 챙겨주기'라는 부탁을 남겼을 때 나처럼 야심만만한 계획을 세우지 않았을 것이다.

"당신이 분장한 산타클로스 끝내줬잖아." 케이트는 그 항목을 리스트에 넣으며 미소를 지었다. "그런 식으로 학교 일을 좀더 도와줘. 워낙 아이들을 잘 다루니까."

내가 산타클로스로 분장한 것은 케이트가 죽기 몇 주 전, 우리가 크리스마스 휴가를 맞아 라플란드에 가기 전 학기가 몇 주 남지 않았을 때였다. 의상이 워낙 감쪽같아서 우습게도 학교의 작은 인공 동굴로 찾아온 리프와 핀조차 나인 줄 알아차리지 못했다. 나는 '호호호' 웃으면서 미모의 엄마 몇 명을 조수랍시고 무릎에 앉히는 장난으로 케이트를 자극했다. 하지만 라플란드에서 진짜 산타를 만났을 때 늘 그렇듯 최후의 승자는 케이트가 되었다.

"우아, 학교에 왔던 산타보다 훨씬 더 멋지다!" 핀이 외쳤다.

"그야 진짜니까 그렇지, 바보." 리프가 대꾸했다.

케이트는 목도리로 입을 가리고 아이들 몰래 키득거렸다.

"당신은 B급 짝퉁이야." 그녀가 내 귀에 대고 속삭였다. "그래도 사랑해."

나는 그 순간을 생생히 기억했고, 아이들 방 선반에 놓아둔 라플란드 사진을 보면서 날마다 떠올렸다. 그 사진을 찍은 지 이제 곧 일 년이라니 믿기지가 않았다.

때는 11월, 바깥 기온이 점점 떨어지고 있었다. 나는 성과 관리 건으로 교장 선생님과 오후에 회의가 있어 참석하러 나선 길이었다. 날씨는 화창했지만 살을 에는 듯이 추웠다. 몸을 부들부들 떨며 교회 묘지를 가로지르는데 이집트 여행이 기다리고 있어 다행이라는 생각이 들었다. 태양이 이글거리는 곳으로 탈출하는 환상적인 여행이 될 터였다.

회의가 열린 곳은 학교 부속 교회 뒤편의 창문 없는 방으로 다락을 개조한 공간이었다. 방금 눈이 내리기 시작했다고 누군가가 말하는 소리를 들었지만, 기껏해야 몇 송이 날리는 수준이겠거니 생각하며 신경쓰지 않았다. 그런데 족히 몇 시간 동안 계속된 회의를 마치고 밖으로 나왔을 때 내 눈을 믿을 수가 없었다. 온 세상이 하얗게 변한 것이다. 내가 안으로 들어간 순간부터 계속 내렸는지 땅에도 눈이 제법 수북하게 쌓여 있었다.

정신이 얼떨떨했다. 캐슬쿰에서 연기를 뚫고 〈워 호스〉 세트장으로 들어섰을 때와 비슷한 기분이었다. 하얀 세상 속으로 발을 내디디며 시간을 거슬러오르는 듯한 느낌이 든 것은 같았지만, 이번에는 설레기보다 불안했다. 전혀 모르는 과거가 재현된 것이 아니라 나의 과거, 케이트와 함께했던 과거로 돌아갔기 때문이다.

발치를 내려다보며 한 걸음 내디뎠다. 눈을 밟으면서 뽀드득 소리가 나는 순간, 충격이 내 온몸을 뒤흔들었다. 나는 라플란드로 되돌아갔다. 케이트와 함께 손을 잡고 눈밭을 걸었던 기억이 뽀드득 소리에 되살아났다. 모든 것이 라플란드와 케이트와 우리가 마지막으로 함께 떠났던 여행을 떠오르게 했다. 지금의 나처럼 하얀 세상에 둘러싸였던 그녀의 모습이 눈에 선했다. 뼛속까지 파고들던 추위도 새삼 느껴졌다. 눈이 내리면 얼마나 추운지, 눈을 밟으면 어떻게 고운 자갈을 밟았을 때와 비슷한 뽀드득 소리가 나는지 잊고 있었건만. 나는 원래 그 소리를 좋아했다. 라플란드에서도 그 소리가 좋았다. 그 소리 뒤로 웃음소리가 이어졌기 때문이다.

이제는 뽀드득 소리가 신경에 거슬렸다. 나는 살아 있는데 케이트는 죽었다. 이 교회 묘지에 묻힌 수많은 사람들처럼. 새하얀 빛 때문에 눈이 부시고 따끔거렸다. 길거리와 차량의 일상적인 소음이 꽁꽁 얼어붙어 눈이 되기라도 한 것처럼 나를 둘러싼 온 사방이 고요했다.

나 혼자뿐이었다.

발걸음을 재촉했다. 벌겋게 달아오른 두 뺨이 차가운 공기에 화끈
거리고 따끔했다. 숨이 가빴다. 얼른 정상적으로 숨을 쉴 수 있는 차
에 올라 눈을 피해 달아나고 싶었다. 나는 운전석으로 몸을 던지다시
피 하고 거칠게 문을 닫았다. 그러자 섬뜩한 메아리가 울렸고, 눈더
미가 운전석 창문을 타고 쏟아져내려 나지막이 쿵 소리를 내면서 바
닥으로 떨어졌다. 답답한 차 안의 공기를 허겁지겁 들이마시는데, 눈
물이 흘렀다.

상실감이 폐부를 찔렀다. 그런데 문득 생각해보니 내가 애달파하
는 이유는 나 자신이 아니라 케이트가 놓친 것 때문이었다.

'케이트는 이 광경을 보지 못하잖아.' 이런 생각이 뇌리를 스쳤다.
'그녀는 앞으로 두 번 다시 눈을 보지 못해. 두 번 다시 아무것도 보
지 못해.'

더이상 수많은 것을 누리지 못하게 된 케이트가 가여워서 미칠 것
같았다. 나는 시동을 걸고, 고요하고 하얀 세상을 잊은 채 엔진 소리
를 방패막이 삼아 목놓아 울었다. 봇물이 터지듯 흐르는 눈물을 막을
방법이 없었다. 하지만 이렇게 무기력한 내가, 이렇게 감정을 주체하
지 못하는 내가 싫어서 스스로에게 호통을 쳤다.

'울고 싶으면 실컷 울어, 이 바보야.' 나는 속으로 다그쳤다. '그런
다음 제발 정신 차리고 얼른 출발해.'

하지만 몸이 말을 듣지 않았다. 어디 베이거나 얻어맞은 것처럼

아팠다. 위장이 단단히 뭉치고 뒤틀리는 바람에 목구멍에서 숨이 턱 턱 걸렸다. 고통이 어찌나 생생한지 실제로 다친 건 아니라고 몇 번 이나 스스로에게 일러줘야 했다.

얼마나 많은 시간이 흘렀을까. 몸과 마음의 고통이 잦아들고 비로 소 눈물이 멈추었을 때 주차장을 내다보았더니 눈 위에 찍힌 발자국 들이 시야에 들어왔다. 사방으로 수많은 발자국이 나 있었다. 완벽하 게 하얗던 세상은 찰나였고, 얼어붙었던 거리의 소음이 방울방울 녹 아 다시 대기로 스며들었다. 모두의 삶은 계속된다. 케이트만 예외 일 뿐.

나는 저녁으로 뭘 먹으면 좋을까 고민하며 슈퍼마켓으로 차를 몰 았다. 생각나는 메뉴라고는 우리가 좋아했던 후추 소스를 곁들인 스 테이크뿐이었다. 아이들도 좋아해서 만드는 법을 가르치기 시작한 참이었다. 케이트는 그 스테이크를 워낙 사랑해서 자기가 떠난 뒤에 도 아이들에게 만들어주길 바랐고, 엄마의 리스트에 '당신의 후추 소 스'라고 적어놓을 정도였다. 그녀가 그 항목을 적을 때, 나는 웃으면 서 가문 대대로 내려온 비법이 이런 식으로 전수되는 모습을 보았더 라면 우리 할아버지가 아주 좋아했겠다고 말했다. "그런 대접을 받 을 만한 자격이 있어." 그녀가 말했다. "진짜 맛있거든." 그렇게 좋 아했던 스테이크를 다시는 먹지 못하게 된 케이트를 생각하면 가슴 이 아팠지만, 아이들에게만큼은 꼭 먹이겠다고 다짐했다.

조금 멍한 기분으로 통로를 옮겨다니며 스테이크용 살코기, 통후

추와 천일염, 더블크림과 황설탕을 카트에 넣었다. 조리 방법이라면 손바닥 보듯 훤했고, 오늘 저녁에 이 스테이크를 요리하기로 한 것도 좋은 생각인 듯했다. 우울하면 뭔가를 먹곤 하는 내 성격을 감안했을 때 스테이크를 먹으면 기운이 날 것 같았다. 케이트가 침울해하면 내가 테스코 파이니스트 초콜릿과 캐러멜 에클레어를 사다주곤 했다. 그녀가 '좋아하는 것들' 리스트에 이 둘을 빼고 오렌지맛 클럽 비스킷과 레몬 커드, 월넛 휩과 딸기 치즈케이크만 적어서 뜻밖이기는 했지만, 좋아했던 음식이 워낙 많아서 다 적으려면 한도 끝도 없었을 것이다.

엄마가 또 뭘 좋아했는지 아이들에게 알려주는 일쯤이야 식은 죽 먹기였다. 케이트가 좋아했던 것들이라면 손바닥 보듯 훤해서 리스트가 따로 필요 없었다. 내 말을 증명할 겸 케이트가 좋아했던 음식들을 머릿속으로 죽 떠올려보았다. 크렘브륄레, 딸기, 닭고기 코르마, 북경식 오리구이, 가늘게 채 썰어서 바삭하게 튀긴 쇠고기(칠리소스 없이), 닭고기 티카, 햄과 파인애플을 얹은 피자, 터키시 딜라이트, 우리 아버지가 일요일에 해주시던 바비큐, 볼로네세 스파게티, (냉장고에서 바로 꺼낸) 캐드베리스 플레이크, 셀러리와 견과류와 사과를 넣은 샐러드, 갓 만든 프로피테롤 그리고 더블데커 초콜릿바. 케이트는 더블데커를 항상 희한하게 먹었다. 초콜릿 속에 든 누가를 아껴두었다가 맨 마지막에 먹었던 것이다. 조그만 다람쥐처럼 초콜릿바를 조금씩 갉아먹던 그녀의 모습이 눈에 선했다. 텔레비전의 한 장면이 머릿속을 스치고 지나가기라도 한 것처럼 선명하게 떠올랐다.

무슨 정신으로 계산을 하고 집까지 차를 몰고 왔는지 모르겠다. 장바구니를 여는데 뭘 샀는지 생각이 나지 않았다.

"오늘 저녁은 뭐예요?" 리프가 물었다.

"전 세계적으로 유명한 아빠의 후추 소스 스테이크!" 장바구니에서 재료를 꺼내며 선포했다.

"맛있겠다!" 리프가 외쳤다. "소금 빻는 거 도와드릴까요?"

"좋지! 아빠가 한 말 기억하지?"

"팔이 빠지도록 열심히 빻아야 된다고 하셨죠!" 리프가 말했다.

"딩동댕!"

"푸딩 사오셨어요?" 핀이 물었다.

"찾아보자." 장바구니 안을 뒤져보았다. "과일 요구르트는 있다."

다행히 나는 에클레어나 딸기 치즈케이크나 더블데커에 깜빡 죽지는 않았다. 좋아하기는 했지만, 케이트만큼은 아니었다.

나는 앞쪽 창밖을 내다보며 교회 묘지에 찍혀 있던 발자국들을 떠올렸다. 집 앞 진입로에 깊숙이 찍힌 아이들과 내 발자국이 보였다. 계속 폭설이 내리고 있으니 우리 발자국도 머잖아 덮일 것이다.

"저녁 먹고 눈밭에서 놀아도 돼요?" 핀이 물었다.

"당연하지. 대신 아빠도 끼워줘야 해."

사실은 다시 눈밭으로 나가고 싶지 않았다. 하지만 이제는 우리 셋이서 함께 헤쳐나가야 했고 그러려면 눈밭으로 나가야 했다. 우리는 밖으로 나가서 더 많은 발자국을 남길 것이다. 우리는 그럴 수 있으니까.

이집트 홍해에서

스노클링 즐기기

"또 취소해야겠다." 케이트가 덤덤한 목소
리로 말했다. "미안해, 여보."

아이들과 함께 이집트에서 스노클링을 하려고 계획한
게 벌써 세번째인데, 이번에도 케이트의 병 때문에 취소해야 했다.

때는 2009년 봄, 아직 치료가 여섯 달 남은 시점이었다.

"왜 미안하다는 소리를 해. 언젠가는 갈 텐데, 뭐." 나는 다정하게
그녀를 품에 안으며 이렇게 말했다.

케이트가 어찌나 왜소하게 느껴지던지, 마치 한 마리 작은 새 같
아서 너무 세게 끌어안으면 그 여린 몸이 다치기라도 할까봐 겁이 났

다. 그녀는 웬만해서는 불평하는 법 없이 치료 과정을 잘 견디는 듯 보였지만, 수술에 임상시약, 화학요법, 거기에 방사선치료까지 더해 지자 예전에 비해 많은 것이 달라졌다.

눈에 띄는 부분만 달라진 게 아니었다. 암은 우리가 갑작스레 잃 게 된 가슴 그리고 점점 사라져가는 머리카락과 눈썹에 정신을 파는 사이, 입술의 색깔을 천천히 앗아가고 엉덩이와 허벅지의 부드러운 곡선을 허물어뜨렸다. 케이트의 육신을 한번 약탈한 뒤에도 한참 동 안 좀도둑처럼 컴컴한 그늘 속에서 서성였다. 여행을 다시 취소하게 되자 머릿속에서 경보등이 울렸다. 암이라는 그 거대하고 무자비한 여정에서 우리는 이제 막 걸음을 떼기 시작한 데 불과하다는 사실이 느껴졌다.

나는 케이트의 이마와 작은 손에 차례로 입을 맞추었다. 암이 그 녀의 피부에서 수분을, 손톱에서 윤기를 앗아갔다. 케이트의 에너지 를 모조리 빨아먹은 뒤 메스꺼움과 구토와 피로만 명함처럼 남겼다. 하지만 케이트의 정신까지 손대지는 못할 것이다. 반짝이는 눈빛과 가슴속에서 타오르는 불꽃은 절대 가져가지 못할 것이다. 그녀의 마 음속 희망은 빼앗지 못할 것이다. 나는 그렇게 믿었다.

"이집트는 나중에 가면 돼." 나는 속삭였다. "지금은 당신 건강이 우선이야. 당신 상태가 괜찮아지면 다시 예약하면 돼. 그동안 손꼽아 기다릴 것도 있고 얼마나 좋아."

"나도 알아." 케이트가 나지막이 말했다. "당신 말이 맞아. 아이들이랑 스노클링도 못할 거면 가는 의미가 없지."

그녀는 창백한 입술을 움직여 옅은 미소를 지었다. 리프와 핀이 홍해의 물고기와 산호 사이를 누비며 수영하는 멋진 순간을 상상하는 중임을 알 수 있었다. 불이 들어온 형광등처럼 그녀의 눈이 반짝이자 병실 안이 환해졌다.

정말로 손꼽아 기다리던 여행이었다. 두 아이 모두 두 살 때 스노클링을 배웠고, 세 살부터 수영을 했다. 우리 둘이서 "얼른 애들 데리고 홍해에 가서 스노클링 하고 싶다"고 말한 게 몇 번인지 셀 수도 없었다.

열대어와 말미잘과 바다 생물 들을 보면 리프와 핀이 좋아서 쓰러질 텐데, 한시라도 빨리 그 순간을 함께하고 싶었다. 케이트가 치료를 받는 몇 개월 동안 처음에는 유방절제술 때문에, 그다음에는 화학요법과 방사선치료 때문에 어쩔 수 없이 예약을 취소했을 때도 나는 그 꿈을 포기하지 않았다.

시간이 지나 2009년 플로리다와 라플란드 여행을 예약했을 때 케이트에게 다음 순서는 이집트라고 말했다. 고비를 넘겼다고 굳게 믿었던 것이다. "내년에 가자." 단순히 그녀의 기운을 북돋우려고 꺼낸 말이 아니었다. 나는 털끝만큼도 의심한 적이 없었다.

"2010년에 드디어 갈 수 있겠네." 내가 말했다. "두고 봐. 그때까지 기다린 보람이 있을 테니까."

"그러게." 그녀가 말했다. "갈 수 있었으면 좋겠다."

그뒤로 점차 시간이 흐르면서 내가 이집트 이야기를 꺼낼 때마다 케이트는 "행운을 빌어야겠지"라고만 대꾸했다. 그때는 예약을 잡아놓고 또다시 취소하게 되면 실망할까봐 조심스러워서 그러는 줄 알았는데, 이제 와 생각해보면 그녀는 내가 걱정하기 훨씬 전부터 어쩌면 이대로 생을 마감할지 모른다고 두려워했던 모양이다.

리스트에 '이집트 홍해에서 스노클링 즐기기'라고 적으면서 그녀가 지었던 그 쓸쓸한 표정을 나는 영원히 잊지 못할 것이다. 새벽까지 리스트를 만드느라 기운 없고 피곤했을 텐데, 그 문장까지 적으려니 얼마나 괴로웠을까. 거기 어린 아픔과 실망감이 나에게까지 전해지는 듯했다.

"당연히 다 같이 가야지." 이렇게 말하는데 목이 메었고, 눈물이 흐르기 시작했다.

케이트가 남긴 부탁들을 보면 나에게는 미래가 있지만 그녀에게는 미래가 없었다. 내 앞에는 아이들과 함께할 기나긴 인생이 기다리고 있지만, 그녀 앞에는 죽음뿐이라는 의미가 내포되어 있었다. 하지만 나는 믿고 싶지 않았고, 믿지 않았다. 그때까지만 해도 '다 같이'라고 하면 케이트와 나 아니면 케이트와 나와 아이들을 의미했다. 그런데 이제는 나와 리프와 핀, 이렇게 셋을 의미했다. "당연히 다 같이 갈게. 가서 당신을 생각할게."

케이트는 울음을 터뜨리며 안아달라고 했다. 나는 그녀를 품에 안았다. 가녀린 껍데기만 남아서 그 어느 때보다 왜소했다. 그녀는 흐느끼며 미안하다고 했고, 우리 셋이서 최고로 신나는 시간을 보내겠노라고 약속해달라고 했다.

"약속할게." 목멘 소리로 이렇게 대답했지만, 속으로는 믿지 않았다. 벌어지지 않을 수도 있는 일을 벌써부터 기정사실로 여기지 않겠다고 생각했다. 나는 케이트의 임종을 지키는 순간에도 희망을 버리지 못했다.

2010년 크리스마스 직전, 이집트행 비행기가 이륙하는 순간에도 그때처럼 목이 멨다. 약속을 지킨 우리 가족들이 나를 에워싸고 있었다. 신나서 어쩔 줄 몰라하는 리프와 핀의 모습이 보기 좋았다. 안전띠를 매지 않았더라면 이집트까지 가는 내내 비행기 안에서 폴짝폴짝 뛰었을 것이다.

마침내 여행을 떠나 케이트의 리스트에서 이렇게 큰 항목을 지울 수 있게 되어 안도의 한숨이 나왔다. 집에서 춥고 칙칙한 크리스마스를 보내지 않는 것도 정말 기뻤다. 하지만 이 모든 긍정적인 부분에도 불구하고 슬픈 생각이 떠오르는 것은 어쩔 수가 없었다. 나는 케이트가 건강을 회복해 이번 여행길에 내 옆자리에 앉아 있을 거라고 진심으로 생각했다. 그녀가 이집트 항목을 리스트에 적었을 때도 실낱같은 희망의 끈을 놓지 않았는데, 지금 돌이켜보면 한심한 생각이었다.

이제 희망 같은 건 없었다. 이것이 현실이었다. 나는 울고 싶었지만 정신 차리자고, 아이들과 함께 최고로 멋진 시간을 보내겠다고 한 약속을 지켜야 하지 않겠느냐고 마음을 다잡았다.

"상어한테 물릴 수도 있어요?" 핀이 물었다.

"아니, 너는 맛이 없어서 안 물 거야."

만약 케이트가 옆에 있었더라면 눈을 부라리며 쓸데없는 소리 하지 말라고 혼냈을 것이다. 그런 다음 몰디브에서 야간 스쿠버다이빙을 했던 날 상어들이 다 잔다는 내 말을 믿었다가, 백기흉상어 위에 올라타는 바람에 얼마나 놀랐는지 모른다고 우리 식구들에게 고자질을 했을 것이다.

아이들에게 이런 말도 했겠지. "아빠 말은 신경쓰지 마. 너희 놀리느라 그러는 거야."

사실은 몇 주 전, 홍해에 상어가 나타나서 관광객 한 명이 사망하고 스쿠버다이버 몇 명이 다쳤다. 아직도 그 일대에는 입수 금지령이 내려졌는데, 스노클링도 금지됐으면 이번 여행의 목적이 완전히 무산되는 터라 불안했다.

"아빠, 바다에서 수영 못하면 어떻게 해요?" 리프가 물었다. 어른들끼리 하는 이야기를 들은 것이다.

"우리 리프는 참 꼼꼼하기도 하지." 나는 놀리는 투로 말했다. "벌어지지도 않은 일을 미리 걱정할 필요는 없어."

"하지만 만약 그러면요?"

"닥치면 그때 가서 고민해야지. 어쨌든 재미있게 놀 수 있을 거야.

그 때문에 여행을 망칠 수는 없잖아?"

녀석은 고개를 끄덕였지만 여전히 불안한 얼굴이었다.

"지금은 뭘 하면서 시간을 때울까?" 내가 물었다. "재밌는 이야기 할까?"

둘 다 귀를 쫑긋 세웠다. 핀은 라플란드로 가는 비행기 안에서 승무원들이 주최한 재미있는 이야기 하기 대회에서 일등을 한 적이 있는 터라 스스로 코미디언 기질이 있다고 생각했다.

"똑똑." 내가 말했다.

"누구세요?" 두 아이가 한목소리로 물었다.

"흑흑."

"흑흑?"

"울지 마, 크리스마스잖아!"

리프와 핀은 둘이서 이 농담을 주고받으며 배를 잡고 웃었고, 곧 자기들이 아는 이야기를 늘어놓기 시작했다. 나도 웃음이 나왔다. 이제 서서히 긴장이 풀리면서 휴가 분위기를 즐길 수 있었다. 이렇게 많은 가족들이 곁을 지켜줘서 고마울 따름이었다. 단체로 움직이니 사방이 계속 부산하고 번잡했다. 딱 내게 필요한 분위기였다.

다 같이 공항에서 샤름엘셰이크에 있는 호텔로 이동한 다음 체크인을 하고, 몇 시에 만나서 저녁을 먹을지 결정하기까지 정신이 하나도 없었다. 아이들은 룸서비스 메뉴를 보고 정신을 못 차렸다.

"피자 주문하면 안 돼요?" 핀이 물었다.

"우아, 그리고 푸딩도 잔뜩이요!" 리프도 옆에서 거들었다.

"안 돼!" 내가 딱 잘라 말했다.

"제발요, 아빠아아." 두 녀석은 애걸복걸했다.

"안 돼." 내가 대답했다. "나가서 먹을 거니까 룸서비스 필요 없어. 이제 아빠 그만 좀 괴롭혀라!"

아이들은 끊임없이 티격태격하고 종알거렸다. 그 덕분에 슬퍼하기는커녕 생각할 여유조차 없었으니 축복이었다고 해야 할 것이다.

여행 준비를 하면서 그동안 케이트의 역할이 얼마나 컸는지 뼈저리게 느낄 수 있었다. 지금까지 내가 실전에 강한 아빠인 줄 알았건만, 마지막까지 모든 상황을 정리하고 예약을 다시 한번 확인하고 우리 각자에게 필요한 물건을 빠짐없이 챙겼는지 확인한 사람은 케이트였다. 여행길에 오르면 그녀는 메리 포핀스처럼 요술 가방에서 물티슈, 간식, 일회용 반창고, 색칠공부 책을 척척 꺼냈다. 심지어 아팠을 때도 생활의 모든 면을 챙겼고, 아이들에게 필요한 물건을 항상 준비해놓고 있었다.

나는 지난 몇 주 동안 크리스마스 선물과 선크림을 사고, 우리 강아지 맡길 곳을 구하고, 환전하고, 짐을 싸느라 녹초가 됐다. 게다가 집안 살림에 회사일에 학교 운영위원회까지 꾸려나가야 했으니······ 할 일이 너무 많아서 다 해낼 수 있을까 걱정될 정도였다.

어느 날 저녁은 너무 피곤해서 아이들 가방을 들여다볼 여력도 없었는데, 열어보길 천만다행이었다. 리프의 가방 안에 두 아이가 학교에서 맨 처음 정식으로 찍은 사진이 들어 있었던 것이다. 단정한 빨간색 스웨터를 입고 당당하게 포즈를 취한 모습이었다. '해마다 학교에서 찍은 사진을 구입했으면 좋겠어.' 케이트가 보았더라면 얼마나 좋아했을까. 나는 몇 장 더 주문하겠다고 신청서에 기입했다.

사진을 보는 순간 어지러웠던 머릿속이 정리되고, 스트레스가 사라지는 느낌이 들었다. 내가 지난 몇 주 동안 머리 잘린 닭처럼 이리저리 뛰어다닌 이유가 그 사진 속에 들어 있었다. 미치도록 피곤하기는 했지만 아빠 노릇은 기쁨이자 특권이었다.

마침내 짐 정리를 끝내고 방에서 쉬는데 기진맥진했지만 뿌듯했다. 우리가 마침내 해냈구나 싶었고 굉장한 업적을 달성한 기분이 들었다. 두말하면 잔소리지만 아이들은 나가고 싶어서 안달을 냈고, 나는 아무리 피곤해도 '케이트스럽게' 최대한 장단을 맞춰주어야 했다.

"언제 바다에서 스노클링할 수 있어요?" 핀이 물었다.

녀석은 한껏 신이 나서 제자리에서 펄쩍펄쩍 뛰었다.

"먼저 수영장에서 연습부터 열심히 해야지, 디디." 내가 말했다. "디디가 아니라 티거*라고 불러야 하나?"

"피라미드는 언제 구경해요?" 리프가 물었다. "미라도 볼 거예요?"

"바보, 여기 엄마가 어디 있나?"** 핀이 핀잔을 주었다. 농담을 하

---

* '곰돌이 푸' 이야기에 등장하는 활발하고 자신감 넘치는 호랑이.

** 영어로 미라와 엄마가 둘 다 mummy이다.

려는 의도는 전혀 없어 보였다.

리프는 배를 잡고 웃었다. "엄마 말고 붕대 칭칭 감은 이집트 미라 말이야!"

나도 따라 웃을 수밖에 없었다. 그 말에 절망의 눈물을 흘릴 수는 없지 않은가.

우리는 며칠 동안 준비를 한 다음에야 오랫동안 손꼽아 기다려온 산호초 스노클링을 시도할 수 있었다. 다행히 상어 소동이 가라앉아서 입수 금지 조치가 철회됐다. 이제는 우리 앞에 거칠 것이 없었고, 슬퍼하느라 이 순간을 망치고 싶지도 않았다.

"즐기자." 나는 스스로에게 다짐했다. "두 번 다시 오지 않을 이 순간을 즐기는 거야."

내가 택시를 타고 호텔에서 어느 정도 거리가 있는 아름다운 자연보호구역에 가기로 했을 때 남동생 맷이 도와주려고 따라나섰다. 리프와 핀은 자기들이 좋아하는 닌텐도 마리오카트 게임의 주인공 이름을 따서 택시 기사를 '마리오'라고 불렀고, 우리는 함께 키득대며 뜨거운 사막 길을 달렸다. 가는 길에 아이들이 아주 어렸을 때 케이트와 함께 묵었던 드림스 비치를 지나쳤다. 그때도 크리스마스 연휴였는데, 나는 "저기 갔던 거 기억나니?" 하고 물으려다 참았다. 기억할 사람이 나 하나뿐이기 때문이었다.

그 대신 자연보호구역에 도착했을 때 케이트와 내가 좋아했던 격언("짜릿하게 살지 않으면 인생을 낭비하는 것이다!")을 떠올리며,

아이들의 아드레날린을 끌어올리는 데 전력을 다했다. 아이들에게 바닷속에서 어떤 물고기들을 볼 수 있는지 알려주고, 엄마는 우스꽝스럽게 생긴 클라운피시 놀리는 걸 좋아했는데 혹시 있나 찾아보라고 했다.

"아주 놀라운 경험을 하게 될 거야! 두 눈을 믿을 수 없을걸? 이제 모험을 시작하자!"

진작부터 신이 났던 아이들은 내 장단에 맞춰 기대감에 방방 뛰었다. 행복이 넘치는 시간이 될 수 있도록 내가 두 배로 노력을 기울여야 한다는 뜻이었다.

나는 미소를 지었지만, 잠수복을 입고 마스크와 스노클을 쓰는 아이들을 도와주며 심호흡을 했다. 옛날 같았으면 케이트가 아이들을 챙기는 동안 내가 즐거워하는 그녀의 표정을 사진에 담았을 것이다. 그런데 이제는 아이들에게 장비를 착용시키는 것도, 번갈아 포즈를 취하게 하는 것도 모두 내 몫이었다. "당신이 이렇게 여러 가지 일을 한꺼번에 할 수 있는 줄 몰랐는데." 놀리는 케이트의 목소리가 들렸다. 워낙 아련해서 유령의 목소리처럼 느껴졌다.

하늘을 올려다보았다. 짙은 파란색이었다. 만약 케이트가 구름 위로 올라갔다면 지금 이곳에는 없었다. 하늘에 구름 한 조각 보이지 않았던 것이다. 케이트는 떠났다. 그녀 없이 나 혼자 그녀를 추억하며 아이들과 함께 이 순간을 즐겨야 했다. 맷이 같이 와주어서 정말 다행이었다. 정신적으로 든든했을 뿐 아니라 덕분에 리프는 맷이,

핀은 내가 업을 수 있었다. 바로 얼마 전에 상어가 나타났다고 하니 아이들끼리 수영을 하도록 내버려두기 불안했던 것이다. 맷은 키가 182센티미터나 되는 수상안전요원이고 아이들도 잘 따랐으니 이보다 훌륭한 파트너는 없었다.

맷의 등에 업힌 채 잔뜩 기대하며 홍해 속으로 몸을 담그는 리프를 보고 있으려니 가슴이 미어지는 한편으로 뭉클했다. 잠시 후 우리도 물속으로 들어가자 핀이 내 목을 단단히 붙잡는 게 느껴졌다. 후끈한 택시를 타고 온 뒤라 물이 차갑게 느껴져서 두 아이 모두 비명을 지르며 꿈틀거렸다.

다행히 우리 쪽을 향해 다가오는 에인절피시와 클라운피시가 바로 눈에 들어왔다. 케이트가 좋아했던 물고기들이라 반갑고 친숙했다. 하지만 이번에는 아이들과 함께하는 새로운 경험이니 처음 만난다고도 할 수 있었다. 그 점이 마음에 들었다.

푸른점가오리, 배주름쥐치, 비늘돔이 분홍색, 파란색, 초록색 산호 사이를 들락거렸다. 숨이 막히도록 아름다웠지만, 아이들이 가장 흥분한 순간은 파란색 양쥐돔과 노란색 양쥐돔을 발견했을 때였다. 우리 집 수조에도 〈니모를 찾아서〉의 캐릭터 이름을 따서 도리와 버블스라고 부르는 파란색과 노란색의 양쥐돔이 있었던 것이다. 핀은 신이 난 나머지 물고기처럼 몸을 비틀었고, 리프는 눈앞에서 펼쳐지는 장관을 하나도 놓치지 않으려는 듯 열심히 눈으로 좇았다.

세줄가는돔 무리가 우리 코앞에서 새파란색이었던 몸을 샛노란색으로 바꾸는 장관이 화려한 피날레를 장식했다. 포식자를 따돌릴 때 쓰는 놀라운 수법이었다. 이 멋진 공연을 중단하고 싶지 않았지만, 한시라도 빨리 아이들의 소감을 듣고 싶었다.

모래톱으로 돌아가 마스크를 벗자마자 리프와 핀은 잠시도 쉬지 않고 질문을 쏟아냈다. "우리 수조에서도 파이어피시랑 샘슨피시 기르면 안 돼요? 물고기들을 그렇게 보여주는 수조는 없어요? 노란 물고기가 어떻게 파란색으로 바뀌나요? 마법이에요?" 질문에 대답하면서 아이들의 장비를 벗기는데 쿵쾅거리는 녀석들의 심장이 느껴졌다. 두 아이의 눈이 햇빛을 받아 반짝였다. 그런데 갑자기 리프가 조용해졌다.

"왜 어떤 사람들은 산호 위로 걸어가요?" 녀석이 진지한 목소리로 물었다.

"그러면 안 된다는 걸 모르거나 생각이 없고 이기적이기 때문이지." 내가 대답했다.

"그럼 산호들이 아프잖아요." 녀석은 몹시 속상한 얼굴이었다. "산호들이 아파하는 거 싫어요. 그러면 죽을지도 모르는데."

나는 녀석을 꼭 안아주었다. 리프는 가끔 애어른 같을 때가 있는데, 살아 있는 생물을 그 정도로 존중하다니 감동적이었다. 하지만 이런 때 슬퍼할 수는 없었다. 두 아이 인생에 영원히 남을 근사한 순간인데, 리프가 상처와 죽음에 몰두하는 것은 내가 원하는 바가 아니었다.

"엄마도 산호를 얼마나 아끼고 사랑했는지 몰라." 나는 리프에게 말했다. "너도 엄마처럼 최고다. 네 마음 씀씀이를 보았더라면 엄마도 기뻐하셨을 거야."

"고마워요, 아빠." 리프는 씩씩한 미소를 지어 보였다.

돌아가는 길에는 다른 기사가 모는 택시를 탔는데, 알고 보니 오는 길에 우리를 태운 기사와 사돈 간이라고 했다.

"마리오가 아니잖아요!" 핀이 실망한 목소리로 외쳤다.

"아마 루이지일 거야." 리프가 던진 농담에 맷과 나는 폭소를 터뜨렸고, 마리오와 루이지가 대결을 펼치는 닌텐도 게임을 두 아이가 워낙 좋아한다고 기사에게 설명해주었다.

나는 두 아이 모두 정식으로 교육을 받을 만한 나이가 돼서 다 같이 스쿠버다이빙을 할 수 있는 날이 무척 기대된다고 맷에게 말했다. 리프는 내 친구 켄이 운영하는 동네 수영장에서 이미 강습을 몇 번 받은 적이 있었다. 맨 처음 시작했을 때는 고작 다섯 살이라 내가 가르친 사람 중에서 가장 나이가 어렸다. 등뒤에 산소통을 매달고 2.5미터를 내려가 물속에서 의기양양하게 '오케이' 신호를 보냈는데, 그 어린 나이에 대단한 일이었다.

"너도 얼른 해보고 싶지?" 맷이 핀에게 말했다.

"나도 해봤어요!" 핀이 자랑하자 내가 어찌 된 영문인지 설명해주었다. 그날 핀도 형에게 지기 싫어서 스노클 대신 압력조절기와 산소통을 달고 물 위를 둥둥 떠다니며 스쿠버다이빙 흉내를 냈는데, 그 모습을 보고 케이트가 수영장 옆에서 데굴데굴 구르며 얼마나 웃었는지 모른다고 말이다.

"핀답네!" 맷이 말했다. 맞는 말이었다.

재미있는 추억이었지만, 그날 케이트가 수영장 옆에서 눈물을 몇 방울 흘렸던 것도 생각났다. 그때는 리프에게 생애 첫 스쿠버다이빙 강습을 해주고 싶은데 팔에 꽂힌 관들 때문에 물속에 들어갈 수 없어서 눈물을 흘리는 줄 알았다. 그런데 지금 생각해보니 그게 전부가 아니었다. 케이트는 최악의 사태가 벌어지면 자기가 무엇을 누리지 못할지 그 순간 느꼈던 것이다. 어쩌면 최악의 사태가 기다리고 있음을 이미 감지했거나 알았을지도 모른다. 하지만 죽기 여섯 달 전부터 그럴 리는 없었기만을 바랄 따름이었다.

크리스마스 당일, 열세 명의 일행이 모두 이집트에 모이자 우리는 전용 보트를 빌리러 나아마베이의 다이빙 센터로 향했다. 기쁘게도 일인당 사십 파운드만 내면 선원과 강사가 딸린 어마어마하게 큰 보트를 빌릴 수 있었다. 우리는 기분좋게 티란 섬을 향해 출발했고, 가는 길에 잡은 커다란 참치를 맛있게 구워서 곁들인 샐러드로 점심을 해결했다. 나도 느긋하게 분위기를 즐길 수 있었다.

전혀 크리스마스 같지 않아 오히려 고마웠다. 물론 산타가 아이들을 찾아오고 가족과 친구끼리 선물을 주고받기는 했지만, 여느 다른 휴가와 똑같았다. 지난 크리스마스에 대한 상념은 물론이고 다른 생각을 할 여유조차 없었다.

크리스마스 다음날에는 수영장에서 아이들에게 스노클링 연습을 시킨 다음, 체력도 기르고 살도 뺄 겸 기분좋을 정도로 시원한 다른 수영장에서 100미터 코스를 왕복했다. 다른 가족들이 리프와 핀을 돌봐주는 동안 매일 이렇게 휴가를 보냈다.

솔직히 저녁이면 가끔 힘들 때도 있었다. 클럽이나 바에 가는 젊은 친구들을 보면 나도 가고 싶었지만 아이들 때문에 따라나설 수가 없었다. 케이트가 있었다면 호텔 바에서 조용히 한잔하며 행복한 시간을 보냈을 텐데, 지금은 혼자 아이를 키우는 어려움만 새록새록 절감했다.

가족들에게 둘러싸여 있었지만, 아이들을 떠맡기고 나가서 신나게 놀 수는 없는 노릇이었다. 모두들 나름대로 휴가를 즐기러 온 것이니까. 충분히 이해하는 바이지만, 그래도 가끔 비참한 기분이 드는 건 어쩔 수 없었다. 날씨마저 도와주지 않아서 급기야 12월 29일에는 폭우가 쏟아지기 시작했다.

"이렇게 비가 많이 오는 건 몇 년 만에 처음이네요." 웨이터가 남의 속도 모르고 조잘거렸다. "보통은 일 년에 사흘 정도만 잠깐 내리다 그치는데 말이죠. 모두들 신이 났어요. 워낙 드문 일이라서요."

'멋져.' 나는 생각했다. '아주 딱이네.'

핀의 다섯번째 생일이라 하루종일 스노클링을 하고 수영하고 바닷가에서 햇볕을 쪼이며 놀고 싶었건만.

"우리 파티 해요?" 핀이 물었다.

"아니, 여기서는 못해." 내가 말했다.

"하지만 형 생일 때는 아주아주 굉장한 파티를 열어줬잖아요. 불공평해!"

"맞아, 불공평하지. 하지만 아빠한테 좋은 수가 있어." 나는 이렇게 말하며 녀석을 바짝 끌어당겼다.

"뭔데요?" 녀석이 의심스럽다는 투로 물었다.

"크리스마스 며칠 뒤가 생일이니까 안 좋지?"

"그런 것 같아요."

"선물을 한꺼번에 받고 다음해까지 빈손으로 기다려야 하잖아."

녀석은 고개를 끄덕였다. "그래서 좋은 수가 뭔데요?"

"봄에 날씨가 따뜻해지면 생일파티 한 번 더 하자. 네 진짜 생일에는 가족들끼리 다 모여서 축하하고, 3월 아빠 생일이랑 엄마의 날 근처에 네 친구들을 초대해 으리으리한 생일파티를 여는 거야."

"오케이, 좋아요." 핀은 히죽히죽 웃으며 곧바로 물었다. "몇 밤 남았어요? 영화관에서 파티 해도 돼요?"

"한참 남았고, 영화관에서 해도 돼. 형 생일 때 했던 것처럼 영화관을 통째로 빌려서 '핀의 비공식 생일파티'라고 부르자."

녀석은 나와 하이파이브를 하고 형에게 이 소식을 알리러 달려갔다. 하지만 이것으로 오늘 당장 아이들과 무엇을 하며 보내야 할지까지 해결된 것은 아니었다. 신경이 살짝 곤두서기 시작했다. 시간이

지날수록 빗줄기가 점점 거세져 객실 창문을 두드렸고, 바깥에서는 도로 위로 물이 넘쳐흘렀다.

바다로 나가고 싶어서 온몸이 근질거렸지만 물건너간 일이었다.

"비 언제 그쳐요, 아빠?" 리프가 칭얼거렸다. "심심해요."

"곧 그치겠지."

"곧 언제요?"

"나도 모르겠다, 리프. 아빠가 어떻게 알겠니?"

리프는 호텔 전화기 버튼을 누르며 장난을 치기 시작했고, 핀은 이 침대에서 저 침대로 점프를 시도했다.

"둘 다 그만!" 내가 외쳤다. "그러다 뭐 하나 고장내겠다."

말이 끝나기가 무섭게 핀이 자기 침대 끄트머리에서 서랍장 위로 엉거주춤하게 떨어지는 바람에 등을 다쳤다.

"괜찮아요." 깜짝 놀란 녀석은 울음을 참으려고 입술을 깨물며 씩씩하게 대답했다.

잠시 후 핀은 다시 온 객실 안을 휘젓고 다니기 시작했고, 리프는 관심사를 바꿔 선크림을 만지작거리다 이불 위에 묻혔다.

"얘들아, 아빠 좀 살려주라!" 나는 고함을 질렀다. "핀이 선물로 받은 장난감이나 뭐 그런 거 가지고 얌전하게 놀면 안 되겠니?"

"심심하단 말이에요!" 리프가 투덜거렸다.

"언제 밖에 나갈 수 있어요, 아빠?" 핀도 칭얼댔다.

"아직은 못 나가." 내가 말했다. "닌텐도 게임 하면서 얌전히 놀 수 없니? 아빠 샤워하고 오 분만이라도 좀 쉬자!"

아이들은 툴툴거렸지만 내가 시킨 대로 침대에 앉아서 게임을 했다. 샤워를 시작한 지 오 분도 지나지 않았을 때 다급하게 문을 두드리는 소리가 들렸다. 믿을 수가 없었다. 나는 물이 뚝뚝 흐르는 몸에 수건을 두른 채 씩씩거리며 문 쪽으로 쿵쾅쿵쾅 걸어갔다.

문을 열어보니 티끌 하나 없는 제복 위로 빳빳하게 풀을 먹인 흰색 앞치마를 두른 웨이터가 커다란 쟁반을 들고 발코니가 딸린 통로에 서 있었다. 쟁반에는 커다란 초콜릿 케이크와 여러 가지 비스킷, 김이 모락모락 나는 찻주전자가 놓여 있었다. 그가 등지고 선 출입구 너머로, 오전인데도 시커멓게 찌푸린 하늘이 보였다.

"아드님께 드리는 겁니다." 그가 어색한 미소를 지으며 말했다.

바로 그때 무시무시한 번개가 웨이터 뒤로 보이는 테니스 코트에 꽂히자 그가 크리스마스트리처럼 환하게 빛났다. 케이크 위에는 요란한 소용돌이 모양의 은박지 장식이 놓여 있었는데, 경악한 내 눈에는 초콜릿 스펀지케이크가 아니라 거대한 피뢰침처럼 보였다. 총알만한 빗방울이 노면을 두드렸고, 번갯불이 번쩍하고 지그재그로 하늘을 가를 때마다 구름이 자주색으로 물들었다. 자극적인 냄새가 허공에 감돌았다. 연기와 불쾌한 먼지의 역겨운 조합이 콧구멍을 간질였다. 목덜미를 타고 뜨거운 피가 솟구치면서 뚜껑이 열렸다.

"리프! 핀!" 나는 고래고래 고함을 질렀다. "누가 룸서비스 시켰니? 아빠가 전화기 건드리지 말랬지!"

뒤를 돌아보니 두 아이가 내 침대 이불 속에서 조그만 고개를 내밀고 파란 눈으로 순한 양처럼 나를 쳐다보고 있었다.

"너희 때문에 못 살겠다! 이게 얼만지 알기나 해?"

아이들이 불안하고 당황한 얼굴로 쭈뼛쭈뼛 내 쪽으로 걸어왔다.

"너희한테 〈나 홀로 집에〉 DVD를 보여주는 게 아니었는데. 그걸 보고 배운 거지? 그렇지?"

아이들은 영문을 모르겠다는 표정이었다.

"아, 비용은 걱정하실 필요 없습니다." 젊은 웨이터가 깍듯하게 설명했다. "매니저님께서 아드님 핀의 생일이라고 보낸 케이크예요. 생일 축하한다고요."

어느새 웨이터의 얼굴엔 옅은 미소는 사라지고 극도로 불안해하는 기색이 역력했다. 또다시 피가 솟구쳤는데, 이번에는 화가 나서 부글거리는 게 아니라 창피해서 얼굴이 화끈거리는 것이었다.

"이거 정말 미안합니다." 나는 한참 만에 쟁반을 받아들며 말했다.

"괜찮습니다. 그런데 제가 잠깐 들어가도 될까요?" 그가 다급한 목소리로 손을 떨며 물었다. 이제 보니 그가 안절부절못하는 이유는 내가 폭발해서가 아니라 폭풍 때문이었다. "폭풍을 한 번도 본 적이 없어서요." 이제는 목소리마저 떨렸다. "단지 내 야자수 두 그루가 번개에 맞아서 뿌리에 불이 났어요. 그런 광경은 제 평생 처음이에요. 평소에는 비도 잘 안 오는데."

"오해해서 죄송합니다. 어떻게 사과드려야 할지 모르겠네요." 나는 그를 안으로 들이며 말했다. "들어오세요. 얘들아, 너희한테도 아빠가 사과해야겠다. 와서 케이크 한 조각씩 먹으렴."

리프는 마뜩잖다는 듯 나를 쳐다보았고, 심지어 핀조차 충격을 극복하는 데 어느 정도 시간이 걸렸다.

"인간은 누구나 실수를 하잖아." 내가 말했다. "그런다고 꽁하면 되겠니? 상대방이 사과를 하면 받아주고 악수를 하거나 한번 안아주면서 툭툭 털어야지."

핀이 아무 말 없이 고개를 끄덕이며 그 조그만 팔로 나를 끌어안았고, 리프도 재빨리 동생을 따라 했다. 포옹은 부드럽고 촉촉한 초콜릿 케이크 때문에 최단 시간 신기록을 남기며 눈 깜빡할 새 끝났지만, 그래도 고마웠다.

"생일 축하한다, 핀." 내가 말했다. "평생 잊지 못할 생일이 될 것 같은데?"

한참 만에 웨이터가 용기를 모아 다시 밖으로 나갔을 때 비는 커다란 우박으로 바뀌어 있었다. 놀랍게도 우박의 크기가 1파운드짜리 동전만했다. 지금까지 폭풍이라면 숱하게 목격했지만, 이렇게 극적인 폭풍은 처음이었다.

나는 하늘을 올려다보며 고개를 저었다. 내세를 믿지 않아 다행이라는 생각이 들었다. 내세를 믿는다면 이 상황은 케이트의 소행이라고 볼 수밖에 없었다. 핀의 생일을 함께 축하해주지 못해 분통을 터뜨리는 중이라고 말이다. 우리 가족 중에 실제로 그렇게 생각한 사람이 있었을지도 모른다. 아니면 그렇게 황당한 실수를 저지른 나를 보고 케이트가 배를 잡고 웃다가 구름에서 떨어지며 천둥이 친 거라든가. 나는 이런 종류의 이야기를 딱히 믿지 않았지만, 워낙 기막힌 타이밍이라 고민의 여지가 생겼다.

다음날이 되자 하늘이 다시 파래졌다. 내가 예감한 그대로였다. 태양이 밝게 빛났고, 바람 없이 고요한 허공에서는 깨끗한 냄새가 풍겼다. 여행의 새로운 시작이었다. 우리는 다시 가장 잘하는 일에 몰두했다. 매 순간을 최대한 즐기는 것. 오전에 동생이 수구를 하며 아이들과 놀아주는 동안 나는 바닷가로 나가 모래사장에 앉았다.

고요한 공기가 어쩐지 불안했다. 번개에 맞아 불타버린 야자수 뿌리를 보니 '폭풍 후의 고요'라는 말이 자꾸만 생각났다. 지금이 분명 폭풍 후의 고요 같은데, 예전에도 한 번 속은 적이 있어서 믿을 수가 없었다. 또다른 폭풍이 들이닥치지 않기만을 하늘에 빌 따름이었다.

모래사장에 앉아서 내 옆 빈자리를 바라보았다. 케이트가 그렇게 젊은 나이에 떠날 줄은 꿈에도 몰랐다. 서른여덟이면 한창때가 아닌가. 어처구니없을 만큼 젊은 나이 아닌가. 그렇게 단명할 만큼 잘못한 일도 없는데. 마침내 리프의 치료가 끝나고 승산 없는 싸움에서 승리를 거둔 뒤 케이트와 집 근처 해변에 앉아 있었던 때가 다시금 떠올랐다. "해냈다!" 케이트는 이렇게 외쳤고, 우리는 정말 그런 줄 알았다. 우리는 번개가 내리쳐도 살아남았고, 몇 년간 수도 없이 불을 꺼왔다. 병원에서 약물과 수술로 리프의 암이 전이되지 않도록 막

아주었고, 우리는 그토록 갈망하던 고요를 다 함께 즐기는 중이었다. 그것이 폭풍 전야의 고요인 줄은, 케이트의 암이라는 뇌우의 전조인 줄은 미처 모른 채. 만에 하나 또다시 천둥이나 번개가 내리치면 어떻게 하지? 그 충격을 나 혼자 감당할 수 있을까?

드러누워 눈을 감았다. '만에 하나'는 어리석은 발상이었다. 무슨 일이든 벌어질 수 있다. 나는 리프에게 '만에 하나'는 쓸데없는 가정이라 가르쳤고, 그렇게 가르치는 게 맞다고 생각한다. 그것은 부정적이고 불필요한 사고방식이다. 낙관하며 기다리는 편이 훨씬 낫다.

확실한 것은 지나간 일들뿐, 앞으로 벌어질 일은 아무도 장담할 수 없다. 케이트가 세상을 떠난 지도 열두 달 가까이 되었고, 그동안 많은 일들이 있었다. 삶은 계속됐고, 나는 그럴 수 있다는 데 충격과 동시에 위안을 느꼈다. 처음에는 어떻게 그럴 수 있을지 상상조차 하기 힘들었지만, 사실 삶은 계속되어야 했다. 조금씩 조심스럽게 이루어진 변화라 언제부터 어떤 과정을 거쳐 그렇게 됐는지 모르겠지만, 비명이 나올 것처럼 쓰라리던 고통이 아릿하고 얼얼한 슬픔으로 무뎌졌다.

케이트의 첫 기일이 몇 주 앞으로 다가온 지금, 그녀 없이 일 년을 지내는 동안 벌어진 온갖 좋은 일 덕분에 상실의 아픔을 견딜 수 있었다는 생각이 들었다. 나는 지나온 시간을 월별로, 계절별로 천천히 되짚어보았다.

케이트의 장례식을 전후해 얼어붙을 듯이 추웠던 겨울 날씨가 조금씩 풀리기 시작할 무렵 우리는 보트를 사고 새로운 모험을 시작했다. 순조로운 항해까지는 기대하지 않았고 일말의 행복이나마 느낄 수 있기를 바랐는데, 행복했던 순간들이 많았다.

이마에 내리쬐는 따스한 햇살을 만끽하는 동안 행복했던 추억들이 하나둘씩 떠올랐다. 프리디에서 도시락을 먹고 벌레와 나비를 잡으려고 이리저리 내달리던 리프와 핀. 포 세인츠 운전대를 잡고 바람에 머리를 날리며 "더 빨리! 더 빨리!"를 외치면서 희희낙락하던 아이들. 리프의 생일에 우리 셋이 해적으로 분장하고 한껏 행복해하며 카메라 앞에서 포즈를 취했던 기억도 선명하고 생생했다.

하지만 슬프게도 가끔은 맑고 화창한 날에도 눈 깜빡할 사이 하늘이 잿빛으로 변하고, 머리 위로 비탄의 구름이 몰려와 온 사방을 시커멓게 뒤덮기도 했다. 나는 사별을 경험한 사람을 대상으로 진행하는 상담을 받아본 적이 없지만 이것이 정상이라는 것을, 깔끔하게 단계별로 슬픔을 극복하는 사람은 없다는 것을 알고 있었다. 언제 그 녀석이 나를 덮쳐 추억을 떠올리게 하거나 눈물을 터뜨리게 할지 알 수 없는 일이었다.

부활절에 캠핑을 갔을 때 감정을 다스리지 못했던 게 후회가 됐다. 좀더 참을 수 있었을 텐데. 리프의 배에 생겼던 혹이 떠올랐을 때는 불현듯 가슴이 서늘하게 조여왔다. 케이트를 떠나보낸 뒤 한 해를 통틀어 그 혹을 발견했을 때 가장 암울했고, 걱정할 필요가 없는 것으로 밝혀졌을 때 가장 행복했다. 이에 생각이 미치자 모든 상념이 지워지면서 딱 한 가지 사실만 선명하게 남았다.

두 아이를 행복하고 건강하게 키우는 것이 케이트의 꿈이었다. 그리고 지금 내 곁에는 행복하고 건강한 두 아이가 있지 않은가. 케이트가 엄마의 리스트를 쓴 이유도 그 꿈 때문이었다. 자기가 어떤 사람인지 알리는 몇 토막의 정보, 나에게 남긴 충고와 아이들에게 남긴 당부가 사실은 모두 같은 내용이었다. '인생에 감사하며 행복하고 재미있게 살기.' '남에게 친절을 베풀고 위험한 짓은 하지 않기.' 그리고 '나를 잊지 말되 과거에 연연하지 말고 하루하루를 최대한 알차게 보내기'라는 바람도 행간에 들어 있었다. 그녀는 나와 함께 오랜 시간에 걸쳐 대화하고 울고 얼싸안으면서 똑같은 이야기를 여러 방식으로 변주해 엄마의 리스트를 완성했다.

내가 지금까지 이룬 일들을 케이트가 흡족해할까? 잘하고 있다고 생각할까? 단 일 분만이라도 케이트를 되살려내 그녀가 어떻게 생각하는지 묻고, 소중한 충고와 의견을 듣고 싶다. 워낙 정리를 잘하는 성격이었으니 이러저러하다고 뚝딱 알려줄 수 있을 텐데.

세상에 완벽한 사람은 없다. 그녀가 부탁한 일들을 모두 해내지도 못했고, 완벽하게 끝내지 않은 채로 지운 항목도 있었다. 케이트가 그 말을 내뱉은 순간부터 이미 짐작했다시피 다른 사람을 만나라는 부탁이 가장 어려웠다. 상상도 할 수 없는 일이라 처음에는 숨이 막혔다. 내 아내는 죽어가고 있었지만 그녀는 영원히 내 소울메이트로 남을 터였다. 그런데 어떻게 내가 다른 여자를, 아이들의 다른 엄마를 찾을 수 있겠는가.

나는 일어나 앉아 홍해를 바라보며 곰곰이 생각에 잠겼다. 오른손이 본능적으로 왼쪽 넷째 손가락으로 향했다. 지난 몇 개월 동안 결혼반지 대신 끼고 다니는, 사랑의 매듭을 새긴 머리끈을 만지작거리는 버릇이 생겼다. 이제야 깨달았는데, 케이트를 생각할 때, 특히 다른 여자를 만나라는 부탁을 생각할 때 거의 무의식적으로 나오는 행동이었다. 그런데 놀랍게도 머리끈은 없고, 끈에 살짝 눌린 자국만 만져졌다. 나는 아무것도 없는 빈자리를 한참 동안 쳐다보며, 결혼반지를 대신하던 머리끈이 어디로 갔는지 애써 기억을 더듬었다.

닳아서 가늘어진 것 같더니 나도 모르는 새 끊어져 바닷속으로 떠내려간 모양이었다. 언젠가는 그렇게 될 줄 알았으면서, 매듭이 늘어지고 갈라진 것을 보고도 아무 조치를 취하지 않은 내 잘못이었다. 아이들과 스노클링을 하는 동안 떠내려간 게 분명했는데, 나는 물고기를 보며 감탄하는 아이들에게 푹 빠져서 알아차리지도 못했다.

가슴이 짠하고 조금 슬프기는 했지만 놀라지는 않았다. 다른 여자를 만나는 것이 이제는 상상조차 할 수 없는 일은 아니었고, 그 사실을 인정하면서 마음이 불편하지도 않았다. 수평선을 물끄러미 바라보는데, 바다와 하늘을 가르는 저 쪽빛의 가는 선 너머에는 무엇이 있을까 궁금해졌다. 케이트가 세상을 떠난 지 얼마 되지 않았을 때처럼 두렵거나 의기소침하지는 않았다. 그 너머를 자세히 들여다보고 구석구석 살필 마음의 준비가 되어 있었다. 나는 어쩌면 생각보다 훨씬 더 멀리 왔을지 모른다. 문득 미래가 묘하게 기대되었다. 또다른 소울메이트를 찾을 수 있을 것 같지는 않았다. 케이트는 다른 누구로 대체할 수 없는 존재였다. 하지만 아주 오랜만에, 사별과 상실과 끊임없는 고통의 순간들 저편의 만족스러운 삶, 아주 특별한 삶을 그릴 수 있었다.

그럴 수만 있다면 그 자리에서 당장 수평선으로 달려들어 바다와 하늘을 가르고 내 새로운 세상을 엿보고 싶었다. 그럴 마음의 준비가 되어 있었다. 나는 죽을 때까지 절대 케이트를 잊지 않을 테고, 아이들이 엄마를 기억하도록 최대한 노력할 것이다. 하지만 무언가가 달라졌다. 그날 갑자기 벌어진 일이 아니라, 시간이 천천히 내 심장을 치료하면서 생긴 일이었다. 그동안 시간이 아무도 모르게 내 안에서 상처를 꿰매고 멍을 어루만졌던 것이다. 아직 갈 길이 멀지만, 이제는 상처가 벌어져 피가 나지는 않았다.

이것이 내게 찾아온 폭풍 후의 고요였다. 최악의 시기는 지났다고 확신할 수 있었다. 태양이 눈부시게 반짝였다. 케이트가 나를 내려다보며 웃고 있었다.

온 가족이 모여

식사할 수 있는 식탁 놓기

이집트에 다녀온 지도 어느덧 일곱

달이 지난 2011년 7월. 집 증축 공사가 드디어

끝났고 새로 산 식탁이 오늘 아침에 도착한다. 나는 지금 침대에 앉

아 테스코에서 살 물건들을 적고 있다. 오늘 저녁에 내가 요리를 하

기 때문이다. 아이들은 학교에 있고 오늘은 나 혼자만의 시간이다.

이제 슬슬 출간할 책의 마지막 장을 써야 할 것 같아서 올해 다이어

리를 들춰보고 있다.

2011년 1월 20일, 케이트의 첫 기일에 리프의 암이 재발하지 않았

는지 확인하는 정기검진이 있었다. 다이어리에 적힌 날짜를 본 순간

그날 병원에서 들은 말이 생각나 꿈은 아닌지 나를 꼬집어보고 싶다. 익숙한 촬영과 혈액 검사가 이어지는 동안 나는 리프의 손을 잡아주었다. 작년에 좋은 소식도 들었고, 사타구니에 생긴 혹도 걱정할 필요 없다고 해서 나는 속으로 결과를 낙관했다. 비버 스카우트에 가입한 리프는 모든 스카우트 활동을 무척 좋아했고, 주말마다 태그럭비 연습도 잘하고 있었다. 한쪽 다리가 약해서 균형을 잘 못 잡는데도 얼마나 열심히 뛰는지 감탄스러울 정도였다.

첫 시합 때부터 태그를 피해 적진으로 10야드가량 돌진하는 게 아닌가. 패스 능력도 뛰어나서 녀석이 던진 공이 뱅글뱅글 회전하며 눈부시게 허공을 가르는 모습을 나는 넋을 잃고 바라보았다. 그날 터치라인에 서서 그 광경을 보는데, 병원에서 리프가 다시는 걷지 못할지도 모른다는 이야기를 듣고 사흘 뒤에 녀석이 병원 놀이방에서 유모차를 밀었던 순간이 떠올랐다. 케이트와 나는 깜짝 놀라서 서로 쳐다보았다. "이야, 너 그럴 수가 없을 텐데?" 케이트는 십팔 개월이었던 리프에게 이렇게 말하고, 털썩 주저앉아 놀라움과 기쁨이 뒤섞인 웃음을 터뜨렸다. 보고도 믿기지 않았다. 의사들도 직접 보기 전에는 우리 말을 믿지 않았다. 우리는 리프의 대퇴신경이 암세포의 공격을 받았다는 사실을 알고 있었고, 향후 예정된 온갖 화학요법과 방사선 치료를 거치면 상태가 더욱 심각해질 거라고 사전에 경고를 들었지만, 아이가 다시 걷지 못할 수도 있다는 끔찍한 예후는 아직 받아들이지 못한 상태였다. 그런데 유모차를 미는 것으로 미루어보아 암이 아무리 공격적이라도 뇌에서 다리로 어찌어찌 신호가 전달되는 모양이었다. 기적 같은 일이었다. 리프가 어떻게 그럴 수 있었는지 의사들조차 아직까지 그 수수께끼를 해결하지 못했다.

이제 나는 리프가 럭비를 하는 모습을 볼 때마다 무한한 자부심으로 뿌듯해진다. 경기장에 서 있는 자체만으로도 녀석에게는 대단한 성취이다. 핀도 럭비 연습을 할 때면 질주하는 기관차 같아서 두 녀석의 경기를 구경하는 재미가 쏠쏠하다. 보고 있으면 내가 브리스틀 팀에서 스크럼하프*로 활약했던 시절이 생각난다. 케이트는 최고의 열성 팬답게 지독하게 추운 날에도 꼬박꼬박 관중석을 지켰다.

한번은 바스 대학교 팀을 상대하던 날, 상대편 응원단이 내 여자친구가 자기들과 함께 사이드라인에 서 있는 줄도 모르고 나를 향해 온갖 야유를 퍼부은 적이 있었다. 케이트는 모자와 목도리로 에스키모처럼 중무장하고 진눈깨비와 살을 에는 바람을 견디며 한참 동안 묵묵히 듣고만 있었다. 그들이 나를 "빨간 머리 밥통"이라고 부르며 자기 팀 선수들에게 뭉개버리라고 선동했을 때에도 완벽한 기회가 오기만을 기다렸다. 그러다 내가 트라이**를 기록하자 열광하며 큰 소리로 외쳤다. "잘했어, 신지!"

"지금 어느 편이에요?" 상대편 응원단 중 한 명이 물었다.

---

* 럭비 용어. 한 팀 선수들이 서로 어깨를 걸고 상대 팀을 밀치는 스크럼 대형에서 후방에 자리하는 선수.

** 상대편의 골라인 안에 공을 찍어 득점하는 것.

"빨간 머리 밥통 편이요." 케이트는 환하게 웃으며 대답했다. 상대방은 내 머리 색보다 더 빨개진 얼굴로 그런 소리를 해서 미안하다며 거듭 사과했다.

나는 그때 기억에 혼자 미소를 지으며 다시 다이어리로 시선을 돌려 '2011년 1월 20일―리프, 병원 예약' 아래 적힌 내용을 읽었다.

'놀랍고 환상적이고 굉장한 뉴스. 병원에서 검사 결과가 모두 양호하다며 기뻐함. 이제 암에 걸릴 확률이 남들과 똑같아졌다고!'

스티븐스 교수에게 그 소식을 들었을 때 내 귀를 의심했다. 몇 년 동안 들은 소식 중에서 최고로 기쁜 소식이라 케이트와 함께 나누고 싶은 마음이 간절했다. 그녀가 그토록 오랫동안 기다렸던 소식이자 우리가 감히 꿈도 꾸지 못했던 소식이었다. 그야말로 완벽한 기적이었다.

검진이 끝나고 케이트의 묘지로 아이들을 데려가면서, 오늘이 엄마가 돌아가신 지 딱 일 년째 되는 날이니 무덤가에 싱싱한 꽃다발도 놓고 근사한 소식도 선물하면 엄마가 좋아하실 거라고 설명했다.

아이들과 함께 무덤가에 흰 장미를 놓고 조용히 리프의 놀라운 소식을 전하는 동안 묘지에 사는 울새 친구가 아름다운 노래를 들려주었다. 이 소식을 듣고 뛸 듯이 기뻐할 그녀의 모습이 그려졌다. "우리가 누릴 수 있는 행운이 딱 하나뿐이라면 그게 리프의 몫이 되어서 정말 다행이야." 이렇게 말하는 케이트의 목소리가 들리는 듯했다.

아이들이 멀찌감치 떨어져 있는 틈을 타, 3월에 더블린에서 열리는 아일랜드와 잉글랜드의 국제 럭비 경기 표를 구하려고 노력중이라는 소식도 케이트에게 전했다. "아이들을 데리고 국제 럭비 경기 보러 가기. 이건 쉬운 항목이었어, 케이트." 아이들이 산울타리를 따라 한가로이 거닐며 바다를 구경하는 동안 나는 이렇게 속삭였다. "표를 구할 수 있을 것 같아."

묘지를 떠나면서 아이들은 엄마에게 손을 흔들었다. 엄마가 살아 있을 때 놀이터에서 손을 흔들던 모습과 다를 바가 없었다. 아무도 눈물을 흘리지 않았다. 나도 예전과 달리 가슴이 저미거나 목이 메지 않았다. 날은 추웠지만 공기는 상쾌했고, 아이들은 세상만사 아무 걱정 없는 얼굴이었다. 지난 열두 달 동안 얼마나 자주 왔던지, 이제 케이트를 만나러 오는 일이 일상의 일부가 되었다. 그리고 앞으로도 우리의 행보에는 변함이 없을 것이다. 리프와 핀은 차에 오르면서 나를 향해 사랑스러운 미소를 지었다. 그 미소에 내 심장이 녹아내렸다.

다시 다이어리로 시선을 돌렸다. 2011년 상반기에는 기억에 남을 만한 날과 기념일이 많았다. 밸런타인데이는 작년보다 수월하게 지나갔다. 모르는 척 지나쳐 다이어리에 빈칸으로 남은 것은 작년과 같았지만, 올해는 훨씬 쉽게 무시할 수 있었다. 다행스럽게도 괴로운 날이나 기념일은 한번 견디고 나면 다음번에는 감당하기가 훨씬 수월해진다.

그럭저럭 데이트를 하는 횟수는 좀더 늘었지만, 상대는 여전히 친구의 친구였다. 연애라고 할 만큼 진지한 만남은 없었지만 밖에 나가서 대화도 나누고 저녁도 먹고 영화도 볼 수 있어 즐거웠다. 누구의 방해도 받지 않고 어른들끼리 이야기를 나눌 수 있는 것만으로도 좋았다.

한번은 데이트 상대가 단도직입적으로 "사별의 상처를 어떻게 달래세요?"라고 물은 적이 있다. 클리브던의 바닷가가 내다보이는 술집에서였다. 자신의 사생활과 문제가 많았던 이혼 과정을 워낙 가감 없이 털어놓았던 상대라 나도 아주 솔직하게 비유를 곁들여 진심에서 우러난 대답을 했다.

"이렇게 표현하면 될 것 같아요." 나는 그녀와 바다를 번갈아 쳐다보며 말했다. "케이트가 죽었을 때 처음에는 슬픔의 파도가 나를 끊임없이 때리는 바닷가에 서 있는 듯한 심정이었어요. 파도가 번번이 나를 쓰러뜨리고 집어삼켰죠. 다시 일어설 수 있을까, 다시 물 밖으로 고개나마 내밀 수 있을까 싶은 날도 있었어요. 그런데 시간이 어느 정도 지나니까 파도가 나를 때리고 그때마다 다리가 휘청거리는 건 여전하지만, 그래도 지금은 모래사장 중간까지 기어올라갈 수 있고 그보다 더 멀리 갈 때도 있어요. 이 정도면 대답이 될까요?"

나는 빙긋 웃었다. 스스로 내린 자기분석이 제법 만족스러웠다.

"아주 잘 대처하고 계신 것 같아요." 그녀가 촉촉하게 젖은 눈으로 나를 물끄러미 바라보며 말했다.

"그렇게 봐주셔서 감사합니다." 나는 명랑하게 말했다. "하지만 달리 선택의 여지가 없으니까요. 빠져 죽지 않으려면 헤엄쳐 나오는 수밖에요. 어린 두 아이가 있으니 감당해야죠. 이겨내고 앞으로 나아가야죠."

"맞아요. 하지만 누구나 당신처럼 잘해나가는 건 아니잖아요." 그녀가 말했다.

"누구나 저처럼 끝내주는 두 아이가 있는 건 아니니까요. 그런 점에서 저는 행운아예요." 내가 말했다. "물론 아이들이 웃어주거나 손을 흔들어주거나 '사랑해요, 아빠' 해주는 맛에 살지만, 저도 인간이다 보니 슬픔이 북받쳐서 가슴이 미어질 때도 있어요."

그녀는 다정하게 고개를 끄덕이며 더는 캐묻지 않았다. 나는 요즘도 가끔 케이트의 페이스북에 접속해 친구와 가족 들이 남긴 애도의 메시지를 읽는다는 이야기나, 그녀의 계정을 없애는 일은 엄두도 내지 못한다는 이야기는 하지 않았다. 하물며 아직도 케이트의 향수를 베개에 뿌리고 잠을 청한다거나 아이들이 불쑥 내뱉은 별것 아닌 소리에 완전히 무너지기도 한다는 말은 어떻게 꺼낼 수 있겠는가.

"처음에는 차 한 잔 못 끓인 적도 있었어요." 나는 이렇게만 덧붙였다. "지금은 그 정도는 아니에요. 갈수록 편해지고 있어요."

3월의 럭비 시합 건은 잘되지 않았다. 아이들과 함께 더블린에 가려고 갖은 노력을 기울였지만 표가 매진이라 패배를 인정하고 클리브던의 동네 럭비 클럽에서 중계를 지켜보는 수밖에 없었다. 시합은 잉글랜드의 패배로 끝났고, 팬의 관점에서 보았을 때 명승부는 아니었다. 패배를 위로하고 승리를 자축하며 얼마나 많은 기네스 맥주가 소비되었을지 짐작해볼 따름이었다.

"그거 알아?" 나중에 내가 동생에게 말했다. "아이들 데리고 아일랜드에 가지 못한 게 오히려 다행인 것 같아."

"왜? 잉글랜드가 져서?"

"아니, 그게 아니라 아이들이 클럽에서 나랑 같이 정말 재미있게 중계를 봤거든. 럭비 선수복을 입고 깃발을 흔들면서 말이야. 그 나이에 큰 국제경기를 보러 가는 건 무리가 아닐까 싶어. 아이들이 좀더 커서 제대로 즐길 수 있을 때까지 기다리는 게 좋겠어."

"음, 그런데 리스트는 어쩌고?" 맷이 조심스럽게 물었다. "애초에 거기 가려고 했던 게 형수의 리스트 때문 아니었어?"

"그랬지." 내가 대답했다. "만약 작년에 이런 일이 벌어졌다면 훨씬 침울해했겠지만 이제는 안 그래. 내 마음이 움직이는 대로 천천히 해도 될 것 같아. 그 리스트는 내게 도움을 주려고 만든 거지 스트레스를 주려고 만든 건 아니잖아. 케이트가 기한을 정해놓지도 않았고."

맷은 고개를 끄덕였다. "형이 그렇게 편하게 생각하니까 좋다. 형, 변했어. 다행이네."

내 생일도 대수롭지 않게 흘려보냈다. 3월 18일에 마흔다섯 살이 되었지만, 카드와 작은 종이 필통을 직접 만들어 선물한 아이들과 집에서 시간을 보냈다. '생일 축하는 요란하게'라는 케이트의 당부를 저버리는 일이었지만, 내 생일까지 해당되지는 않을 것이다. 게다가 핀에게 약속했듯이 그 주에는 우리가 엄마의 날로 정한 3월 22일, 케이트의 마흔번째 생일에 맞춰 녀석의 비공식 생일파티를 열기로 되어 있었다.

나는 다시 클리브던의 커즌 극장을 통째로 빌려 리프와 핀의 같은 반 친구들을 포함해 이백여 명이 넘는 친구와 가족 들을 초대했고, 우리는 함께 〈요기 베어〉를 관람했다.

"저것 좀 봐요, 아빠!" 극장 안으로 들어섰을 때 핀이 외쳤다. '핀의 비공식 생일을 축하합니다!'라는 문구가 스크린 전면을 장식하고 있었다.

"어떻게 하신 거예요?" 핀이 입을 떡 벌리고 물었다.

"마술을 부렸지." 내가 대답했다. 녀석은 '나 이제 다섯 살이에요!'라고 적힌 배지를 가슴에 달고 오후 내내 웃는 얼굴로 깡충깡충 뛰어다니며 "마술 하나 더 보여주세요, 아빠!" 하고 졸라댔다. 자기가 좋아하는 동전 사라지는 마술을 보여달라는 소리였는데, 나도 녀석 못지않게 좋아하는 마술이었다. 영화 관람이 끝난 뒤에는 크림빵을 우적우적 해치우고 즐거운 시간을 보냈다. 전원이 자원봉사자로 구성된 극장 직원들이 그날 특별한 추억을 만들 수 있도록 열심히 애써주어서 정말로 고마웠다.

그날 밤 잠잘 시간이 되었을 때 내가 아이들에게 문틀에 키를 표시하지 않겠느냐고 물었다. 마지막으로 키를 잰 지 오래되었던 것이다. 두 아이 모두 몇 센티미터 자란 것을 보고 기뻐했는데, 아직까지 둘의 키 차이가 크지 않았다.

"너희 둘 다 머지않아 아빠를 따라잡겠다." 내가 농담조로 말했다.

"엄마는 작았어요." 리프가 155센티미터였던 케이트의 키를 표시한 자국을 보며 말했다. "엄마를 먼저 따라잡을 수 있겠다!"

나는 이때다 싶어, 핀의 생일파티에 묻혀서 유야무야 지나간 엄마의 날을 환기했다.

"작년 엄마의 날에 보트 샀던 거 기억하지?"

내 말에 두 아이는 고분고분 고개를 끄덕였지만, 엄마의 날과 보트의 상관관계를 기억하고 있는지는 확실하지 않았다.

"그뒤로 꼬박 일 년이 흘러서 다시 엄마의 날이 됐다니. 세월 참 빠르다, 그렇지?"

"큰 우리 방이랑 비밀 통로는 언제 생겨요?" 핀이 물었다.

"곧 생길 거야. 부활절 방학이 지나고 여름방학이 끝나기 전에. 꽤 여러 밤을 자야 하지만 시간이 금세 갈 거야."

"우리 키 잰 거 문틀에 그대로 남길 수 있어요?" 리프가 진지하게 물었다.

"당연하지." 문틀은 건드리지 않도록 인부들에게 다시 한번 일러두어야겠다고 머릿속에 새겼다. 장한 녀석 같으니라고. 꼼꼼한 리프의 그물망을 빠져나가는 건 거의 없었다.

나는 두 녀석에게 두 번씩 뽀뽀한 다음 잘 자라고 인사했다. "빈대는 물지 않는다는 거 잊지 마!" 내 말에 두 아이는 "특히 아빠 빈대는요!"라고 화답했다. 언제부터인지는 모르겠지만, "무진장 무진장"

전에 이 말을 주고받는 것이 일종의 규칙이 되었다.

나는 방문을 닫고 혼자 층계참을 가로질렀다. 수백 번 똑같은 과정을 반복하는 동안 아이들을 재우고 나면 곧바로 나를 덮쳤던 쓰라린 공허감이 어느덧 자취를 감추었다.

다이어리를 들고 혼자 침대에 앉아 있는 지금은 케이트를 떠나보낸 초기의 외로웠던 날들을 추억으로 간직할 수 있어서 다행이라는 생각이 들었다. 물론 외롭지 않다면 거짓말이겠지만 전에 비하면 괴로움은 훨씬 덜했다. 혼자 있기 싫어하는 마음은 여전하지만 아무래도 내가 대처하는 방법을 익힌 모양이다.

일상에도 점진적인 변화가 있었다. 초반에는 친구와 가족 들이 저녁 여덟시 이후에 전화를 걸어주었다. 아이들을 재운 뒤 나 혼자 보내는 그 시간에 대화와 정신적인 응원이 필요하다는 것을 알기 때문이었다. 요즘은 여덟시가 넘으면 데이트하는 상대와 문자메시지를 주고받거나 통화를 한다. "기분은 좀 어때?"라는 식의 대화 대신 가벼운 농담을 나눌 수 있어서 다행이다.

3월 마지막 주는 정신없이 바빴다. 계획했던 대로 우리 결혼기념일인 3월 31일에 아이들 세례식을 거행하기로 했다. 올세인츠에서 세례식을 주관해주기로 한 노엘이 대부모는 누구냐고 물었다. 나는 머뭇거리다 조심스럽게 대답했다. "아직 결정을 못했어요."

"무슨 문제라도 있나요?" 그가 눈치를 살피며 물었다.

"아뇨." 내가 대답했다. "케이트가 리스트를 작성하는 동안 둘이서 이 문제를 놓고 한참 동안 의논했었어요. 케이트는 너무 간섭하기 싫다면서 저더러 알아서 하라고 했지만, 누가 아이들 대부모가 됐으면 좋겠는지 자기 의견을 밝혔거든요. 그래서 고민하는 중이에요."

나는 조용히 세례식을 치르고 싶었기 때문에 가까운 친구와 가족들만 몇 명 불렀다.

"대부모는 정하셨습니까?" 노엘이 물었다.

"마음의 준비를 단단히 하셔야겠어요." 나는 웃으며 말했다. "처남 벤, 제 남동생 매슈, 제 여동생 케이와 루신다, 케이트의 사촌 이언, 케이트의 단짝 루스, 그리고 마지막으로 케이트가 아이들을 몬테소리 유치원에 보내면서 사귄 친구 제인이요."

노엘은 한쪽 눈썹을 추켜세우며 미소를 지었다. "좋습니다." 대부모들에게 앞으로 나와달라고 했을 때 모인 사람의 절반이 넘는 것을 보고 모두들 웃음을 터뜨렸다.

"제가 여러분 중에서 어찌 선택을 할 수 있겠습니까?" 나는 농담조로 말했다.

성수반이 워낙 높아서 아이들이 받침대를 딛고 올라가야 하는 것을 보고 노엘이 아이들더러 "교수대로 오르라"고 했을 때 또다시 웃음꽃이 피었다. 훈훈하고 소박한 분위기라 케이트도 좋아했을 것이다. 그녀도 나도 독실한 신자는 아니었지만, 아이들이 나중에 교회에서 결혼식을 올릴 수 있는 자격을 갖추길 바라는 마음에서 세례를 받기를 원했다.

'당신이 얼른 손자를 볼 수 있게 아이들이 일찍 결혼하면 좋겠다.' 케이트의 리스트에는 이런 항목도 있었다.

"그렇게 먼 미래의 일까지 미리 생각하다니 믿을 수가 없어." 케이트가 그 말을 꺼냈을 때 나는 깜짝 놀라며 말했다. 그녀가 앞으로 얼마나 많은 것을 놓치게 될지, 우리 둘이서 얼마나 많은 것을 함께 나누지 못할지 실감이 났다. 케이트는 이제 고작 반생을 살았을 뿐인데, 내 앞에는 그녀 없이 살아가야 할 수십 년이 남았다는 생각에 덜컥 겁이 났던 기억이 떠올랐다.

"그럴 수밖에 없잖아." 그녀는 눈물을 흘리면서도 기운내라는 듯 나를 향해 애써 웃어 보였다. "할 수 있는 일이 생각밖에 없는걸. 지금은 할 수 있는 일이 아무것도 없잖아, 안 그래?"

3월의 어느 흐린 목요일 오후, 아이들은 다른 친구들은 모두 집에 가는데 자기들은 왜 세례를 받느냐고 묻지 않았다. 아빠와 엄마가 십오 년 전 결혼한 날에 세례를 받게 해주려는 거라고 이야기했더니 좋아했다. 당분간은 그 정도 설명이면 충분할 듯했다.

얼마 안 되는 짧은 생애 동안 흔치 않은 온갖 일을 겪은 터라 두 아이 다 흘러가는 대로 상황을 받아들이는 데 이골이 난 듯했다. 그날이 엄마를 땅에 묻은 지 꼭 일 년이 되는 날이기도 하다는 중요한 사실은 깨닫지 못한 채 사진을 찍느라 포즈를 취하는 아이들을 보고 있자니 케이트가 남긴 리스트가 다시 떠올랐다.

이제는 정말로 숨을 고르고 싶다는 생각이 들었다. 그래야 할 것 같은 강한 예감이 들었다. 아이들이 나와 함께 즐거운 마음으로 항목을 지워가며 엄마의 리스트를 제대로 인식하기를 바라는 마음이 간절했다. 증축 공사가 끝나면 케이트가 남긴 굵직한 소원 몇 가지가 한꺼번에 이루어질 테니 그다음부터는 나도 상황이 흘러가는 대로 대처해나가기로 마음먹었다. 이제는 무엇이든 급하게 처리할 필요가 없지 않을까. 교회 묘지에 서서 뒤늦게 구름 사이로 고개를 내민 햇볕을 받으며 그러는 편이 좋겠다고 생각했다.

다이어리를 보았더니 4월 초에 지나간 어머니날이 생각났다. 아이들은 작년에도 그랬으니 올해도 학교에서 다른 친구들이 엄마에게 카드를 쓰는 동안 자기들은 할머니에게 쓰면 된다고, 전혀 걱정 않는 눈치였다. 두번째라 작년보다 수월할 테고, 내년이면 훨씬 더 수월해질 것이다.

날씨가 하루하루 포근해졌다. 인부들이 예전 온실을 철거하고 뒷마당에 장비와 자재를 가득 쌓아놓기는 했지만 해바라기 씨앗을 심을 때가 된 듯했다. 우리를 아는 사람들이 우편함에 넣은 것도 있지만, 케이트의 기사를 접한 생면부지의 사람들이 우리 집 주소를 알아내 보낸 것도 있었다. 이제 봄도 됐으니 아직 싱싱할 때 씨앗을 심고 싶었다.

'가끔 해바라기 기르기.' 케이트가 남긴 부탁이었다. 그녀다운 부탁이라 리스트에서 그 항목을 볼 때마다 미소가 떠올랐다. 나는 아이들의 도움을 받아 해바라기 씨앗을 여러 개의 조그만 화분에 심어 꼭 꼭 다진 뒤 집 주변과 앞마당의 가장 양지바른 곳에 놓았다. 어느 화창한 오후 아이들과 함께 교회 묘지까지 자전거를 타고 가서 케이트의 무덤 주변에도 군데군데 심었다. '행운을 직접 키워보세요'라고 적힌 봉투에 담겨 배달된 네잎클로버 씨앗도 하얗게 탈색된 산호 조각으로 땅을 파서 무덤가에 심은 다음 흙으로 덮었다.

"무럭무럭 자랐으면 좋겠다." 핀이 말했다. "그럼 엄마가 좋아할 텐데."

"그러게." 내가 말했다. "하지만 무럭무럭 자라지 않더라도 슬퍼하면 안 돼. 최선을 다하겠지만, 쉽게 키울 수 있는 식물이 아니거든."

"알았어요." 핀이 대답했다. "최선을 다해도 안 되면 어쩔 수 없는 거잖아요. 그렇죠, 아빠?"

개를 데리고 집 뒤편 강변으로 산책을 나갈 때마다 엄마가 이곳에서 네잎클로버를 여러 번 찾았다고 누누이 강조했지만, 아이들은 별로 열심히 찾지 않았고 행운도 따라주지 않았다. 나는 그래도 개의치 않았다. 아이들에게 이야기했던 것처럼 어쨌든 시도는 해보았고, 그래도 안 되면 어쩔 수 없는 거였다. 핀이 그 말을 잊지 않고 가슴속에 새겨두고 있었다니 진심으로 기뻤다.

나는 4월의 나머지 날들과 5월, 6월의 기록을 계속 훑어보았다. 부활절 연휴에 아이들을 데리고 우리 아버지와 새어머니와 함께 또

다시 캠핑을 다녀왔고, 아이들이 운전하는 보트와 제트스키 위에서 신나는 시간도 자주 보냈다. 리프는 포 세인츠로 시속 90킬로미터를 기록한 뒤 스스로 스피드의 제왕이라고 생각했는데, 그 모습이 보기 좋았다. 두 아이 모두 학교에서 사귄 여자친구를 데리고 바다로 나가서 자신의 기량을 과시했다.

가장 신나는 사건으로 꼽을 만한 게 그 정도였다. 증축 공사로 집 안이 한바탕 뒤집어지기는 했지만 케이트를 떠나보낸 이래 가장 조용하고 평범한 몇 개월이 흘렀다. 업무가 바빴고 학교 일에 할애하는 시간이 많았지만, 그 정도는 일상다반사였다. '케이트 관련' 사업들은 이 책만 빼고 모두 흐지부지되었는데, 그래도 상관없었다. 어쩔 수 없이 치러야 하는 의식과 죽음의 여파에서 벗어나 좀더 규칙적인 일상을 영위하는 게 맞는 거였다.

"잘 지냈어요?" 어느 날 슈퍼에서 만난 금발의 미녀가 나를 보고 환하게 웃으며 물었다.

"이렇게 당신을 만나니 더 좋네요." 나는 넉살 좋게 대답했다. 그녀의 두 뺨이 조금 발개졌고, 초록색 눈이 살짝 반짝였다. 나는 '눈'에 집착하는 사람이라 항상 눈을 본다. 그녀는 눈이 예뻤다. 우리는 몇 개월에 걸쳐 만날 때마다 한 번씩 농담을 주고받는 사이였다. 장을 보러 나간 길에 그녀를 만나면 늘 즐거웠다.

"정말 선수라니까?" 그녀는 웃음을 터뜨렸다.

"그러게요. 나도 모르게 그만." 나는 이렇게 대답하고 자연스럽게 덧붙였다. "당신이 내 선수 본능을 건드려서 그래요."

이제 그녀의 얼굴은 홍당무가 되었고, 나도 얼굴이 조금 화끈거렸다.

"그럼 더이상 이런 식으로 만나지 말아야겠네요!" 그녀는 카트에 빵과 우유를 담으며 킥킥거렸다.

"그러게요." 나도 맞장구를 쳤다. "이런 식으로 만나지 말고 술이나 한잔 해야겠네요. 어때요?"

"그래요." 그녀는 놀라면서도 즐거운 목소리였다. "안 될 것 없죠. 좋아요."

그날 '앨리'라는 이름으로 그녀의 전화번호를 저장하고 집으로 돌아오는데, 기분이 아주 좋았다. 지금까지는 줄곧 친구들이 소개해준 여자들을 만났다면 이번에는 내가 직접 나서서 다가간 상대였다. 사십대에 연애를 시작하는 것도 괜찮을지 모른다는 생각이 들었다.

우리는 커스티가 아이들을 맡아주는 다음주 수요일에 조용한 술집에서 만나기로 했다. 나는 어떤 옷을 입을지, 무슨 말을 하면 좋을지 조바심내지 않고, 호감이 가는 상대와 만날 시간을 즐거운 마음으로 기다렸다. 앨리도 나에게 호감이 있는 눈치였고, 성격이 시원시원하고 유쾌해 보였다.

그녀도 배를 좋아할지 궁금했고, 좋아했으면 좋겠다는 생각이 들었다. 바다에 대한 열정, 모험에 대한 열정을 함께 나눌 수 없는 사람과 평생을 더불어 지낼 수는 없었다. '진정해, 신지.' 나는 속으로 중얼거렸다. '술 한잔 같이 마시는 거잖아. 재혼 상대를 고르는 게 아니라고!'

이제 7월 초였고 증축 공사가 거의 끝나가고 있었다. 데이트 복장으로 차려입고 성의 주인이 된 기분으로 집 안을 둘러보는데, 내가 케이트 덕분에 해낼 수 있었던 이 모든 일을 그녀가 보았다면 좋아했을 거라는 생각이 들었다.

일층에서는 새 주방이 점점 모양새를 갖추어가고 있었다. 나는 눈에 확 띄는 조약돌 무늬의 멋진 화강암을 선택했다. 천장의 부분조명이 화강암을 비추면 바닷가에 흩뿌려진 조약돌처럼 보였다. 주방과 거실 사이에 놓인 거대한 수조는 어느 각도에서나 들여다볼 수 있었다. 아이들은 하얀 바탕에 빨간 줄무늬가 있는 청소새우, 〈니모를 찾아서〉에 나오는 파란색과 노란색 양쥐돔, 홍해에서 보았던 파이어피시와 새파란 샘슨피시, 모래를 헤집고 다니는 망둥이, 진홍색 긴코가시고기, 적갈색 클라운피시, 소라게, 불가사리 그리고 마지막으로 조류를 먹어 수조를 청소하는 터보달팽이로 수조를 채웠다.

케이트는 '수조 정리'를 부탁했는데, 우리는 목표를 초과 달성했다. 예전에 쓰던 수조도 버리지 않고, 다락방에 꾸밀 아이들 놀이방에 설치할 계획이었다.

두 층을 모두 확장했어도 마당에는 리프와 핀이 놀 만한 공간이 충분했다. 공사도 거의 다 끝나서 이제 다시 아이들이 예전에 좋아하던 대로 공을 던지고 트램펄린에서 뛰어놀 수 있었다. 암벽 등반 연습용 벽을 설치하는 일이 여전히 눈에 띄는 항목으로 남아 있지만 나중에 아이들과 함께 재미있게 해결할 수 있는 과제였다. 꽃을 심어서 정원을 예쁘게 꾸미는 일도 마찬가지였다. 집과 케이트의 무덤가에 심은 해바라기와 클로버는 아예 싹을 틔우지 않았다. 나중에 다시 한번 시도할 날을 기대하며, 그때는 야생화도 심어서 나비들을 유혹해볼까 궁리했다. 케이트는 나비를 좋아했다. 리프를 임신했을 때 볕 좋은 날 정원에서 나비를 쫓아다녔던 그녀의 모습이 눈에 선하다.

이층에는 위아래 모양이 똑같은 이층 침대, 해적 분위기의 조명등과 서랍장과 커튼을 갖춘 아이들의 넓은 침실이 완공 직전이었다. 내가 상상한 그림이 그대로 재현된 공간이었다. 특별 제작한 선반 위, 가장 눈에 잘 띄는 자리에는 플로리다에서 돌고래와 수영했을 때 온 가족이 함께 찍은 사진과 라플란드에서 우리 둘이 번갈아 아이들을 데리고 산타클로스와 함께 찍은 사진을 두었다. '아이들 방에 우리 사진 놓기.' 이 소원을 이룬 셈이었다.

예전에 쓰던 내 작업실에서 다락방에 새로 만든 아이들 놀이방까지 비밀 통로가 연결됐다. 이 책이 완성된 시점에 증축 공사도 끝이 나서 디자이너에게 받은 책 표지 이미지로 비밀 통로 입구를 꾸몄다. 비밀 통로의 문을 열 때마다 책장에 꽂힌 거대한 책을 펼쳐 은밀한 모험의 세계로 발을 들여놓는 주인공이 되는 듯한 분위기를 연출하기 위해서였는데, 아이들도 무척 좋아했다. 케이트도 보았다면 기뻐했을 테고 나도 마찬가지다.

　나중에는 다락방이 빈백 소파와 책, 컴퓨터게임이 있는 휴게실이 될 테고, 아이들이 중고등학생이 돼서 장난감을 모두 치우면 녀석들의 아지트가 될 것이다. 그런 용도로 활용하는 편이 훨씬 나았다. 케이트도 먼지를 뒤집어쓴 우리의 오래된 물건들로 다락방을 채우길 바라지는 않았을 것이다. 케이트가 입었던 웨딩드레스를 비롯해 몇 가지 소중한 기념품은 다락방 한쪽에 조그맣게 마련한 창고에 넣어두었다. 그 정도면 충분했다. 추억들은 대부분 내 머리와 가슴에 담아두었는데, 그곳은 영원히 공간이 넉넉할 테니까.

　앨리와의 데이트는 유쾌한 분위기 속에서 이어졌다. 알고 보니 그녀는 나에 대해 이미 제법 많은 사실을 알고 있었다. 지역 일간지에 실린 기사를 몇 번 읽었고, 방송에 출연한 나와 두 아이를 기억하고 있었던 것이다. 케이트에 대해 처음부터 고주알미주알 설명할 필요가 없어서 다행이었다. 우리는 금세 오랫동안 알고 지낸 친구처럼 수다를 떠는 사이가 되었다.

　싱글맘이라 자주 타지는 못하지만 앨리는 제트스키를 좋아한다고 했다. 반가운 소식이었다. 유머 감각도 훌륭해서 같이 있으면 편하고 마음이 끌렸다. 술을 몇 잔 마신 그녀가 "케이트가 그런 리스트를 남겨줘서 고마워요?"라고 물었을 때 나는 조금도 불쾌하지 않았다.

　"네." 나는 이렇게 대답했다. 케이트가 리스트를 혼자 작성해 임종 직전에 내게 건넸다는 세간의 오해를 이 기회에 바로잡을 수 있어서 고마웠다. "사실 그 리스트는 스트레스가 극에 달했을 때 우리 둘이 같이 쓴 거예요." 앨리에게 털어놓으며 깊은숨을 들이쉬었다. "이제 와 생각해보면, 더 많은 리스트를 쓰지 못한 게 안타까워요. 케이트가 이겨낼 줄 알았거든요. 그래서 그런 리스트가 필요 없을 거라고 믿었어요. 내가 현실을 직시했더라면 좀더 광범위한 내용을 넣을 수 있었을 텐데. 나는 누구라도 그런 리스트를 만들어야 한다고 생각해요."

"왜요?" 앨리의 에메랄드색 눈동자에 물음표가 가득했다.

"리스트를 보면서 많은 도움과 용기를 얻었거든요. 슬픔에 잠겨 길을 잃었을 때 리스트가 지표가 되어주었어요. 완벽하게 이루지는 못했지만 케이트가 부탁한 일들을 실행에 옮기면서 즐거웠고요. 예를 들어 리프의 생일파티만 해도 얼마나 근사했다고요. 내가 어떤 식으로 준비해서 치렀는지 케이트가 보았다면 깜짝 놀랐을 거예요. 그녀가 부탁한 캠핑 같은 경우 거듭할수록 앞으로 점점 나아지겠지만, 어쨌든 실천에 옮겼다는 자체만으로도 기뻐요. 의지할 리스트가 있었기 때문에 계속 견딜 수 있었고 외로움을 덜 수 있었죠. 그렇다고 과거에 집착하지는 않아요. 어떤 의미에서는 케이트를 떠나보낸 뒤에 이미 달라졌는걸요. 리스트는 현재와 미래에 잘 대처할 수 있게 돕는 역할이에요."

"애들은 어떻게 지내고 있어요?" 앨리는 이렇게 묻고 나서 조심스럽게 덧붙였다. "내가 물어봐도 되는지 모르겠지만."

"잘 지내요. 그리고 나는 애들 얘기 하는 거 좋아해요. 애들은 공사가 끝나면 집이 멋지게 변신할 거라 아주 신이 났어요. 적응력이 어찌나 뛰어난지, 보고 있으면 뿌듯하죠. 둘 다 넉살 좋고 장난기가 넘쳐서 하루라도 안 웃고 지나가는 날이 없어요. 형제간에 우애도 돈독하고요. 리프는 날이 갈수록 자신감이 늘어나고 있어요."

"그러니까 원래는 핀이 자신감 넘치는 성격이군요?"

"그렇다고 볼 수 있죠." 나는 웃음을 터뜨렸다. "나를 아주 꼭 닮았어요. 요즘은 개 때문에 힘들어 죽겠어요. 관심을 받고 싶으면 징징거리거든요. 애가 그런다고 짜증내지 말고 버릇을 고칠 방법을 찾아야 할 텐데. 나도 워낙 관심을 받아야 직성이 풀리는 성격이니 아이를 이해하고 좀더 너그럽게 대해야 할 텐데 말이죠…… 리프는 천성이 조용하고 생각이 많아요. 요즘 들어 엄마를 보고 싶어하죠. 문제는 침대에 누웠을 때 엄마 이야기를 꺼내는 경우가 많아졌다는 건데, 좀더 늦게 자고 싶어서 꼼수를 부리는 게 아닌가 싶어요……"

나는 문득 이야기를 멈추었다. 속 시원하게 털어놓을 수 있어서 좋긴 했지만 너무 허물없이 횡설수설하나 싶었기 때문이다. 앨리는 아무 말도 하지 않고 웃으며 그저 고개만 끄덕였다. 그래서 나는 하던 이야기를 계속했다.

"나만 아이들을 보살피는 게 아니라 아이들도 나를 알뜰히 보살핀답니다. 내가 속상해하면 알아차리고 달래주기도 하고요."

"속상할 때가 많은가요?" 앨리가 불쑥 물었다. "그러니까 무슨 뜻인가 하면, 케이트를 잊어가고 있느냐는 건데…… 언젠가 케이트를 잊을 날이 있을까요?"

"그거 참 어려운 질문인데요?" 나는 길게 한숨을 쉬었다. "시간이 약이라는 말이 맞는 것 같아요. 혼자인 아픔을, 상실의 아픔을 시간 속에서 극복하고 적응해갈 수 있으니까요. 슬픔은 표현하라고 하잖아요. 나도 꽁꽁 틀어막지 않아요. 그러니까 눈물을 흘릴 때도 있다는 거죠. 아이들이 워낙 어리고 예민하니까 아이들 앞에서는 자꾸 울지 않으려고 조심하지만, 혼자일 때는 자기 연민에 빠져들기도 해요. 고맙게도 그런 경우가 점점 줄어들고 있지만."

"다행이네요." 앨리가 다정하게 말했다.

"엄마의 리스트가 큰 도움이 됐어요." 내가 덧붙였다. "케이트가 남기고 간 게 얼마나 많은지 몰라요. 물론 리프와 핀도 있지만, 케이트의 마음을 리스트와 우리 주변 곳곳에 흩뿌려놓았어요. 그 마음은 앞으로도 영원할 거고요."

앨리의 눈에 고인 눈물을 보고 하던 이야기를 멈추었다. 내 눈에도 눈물이 가득 고였다.

나는 그날 저녁에 앨리에 대해 많은 것을 알 수 있었다. 그녀와 함께한 시간이 즐거웠고, 그녀의 직선적인 화법이 마음에 들었다. 그리고 깊은 대화를 나누면서 나의 현재 위치에 대해서도 뜻밖에 많은 깨달음을 얻었다.

"나중에 이런 대화를 다시 나눌 수 있을까요?" 그녀가 나에 대한 호감을 잃지 않았기를 바라면서 물었다.

"좋죠." 그녀가 진심에서 우러난 미소를 지었고, 우리는 작별 인사를 주고받으며 언제 날씨가 좋을 때 보트를 타고 나가든지 해변에서 산책을 하자고 약속했다.

그뒤로 몇 주가 흘렀고, 나는 밀려드는 집안일에 정신이 없었다. 인부들은 마무리 작업에 여념이 없었고, 나는 시간이 날 때마다 인테리어를 결정하고 선반을 설치하고 사진을 걸고 가구와 카펫을 옮겼다.

밤에는 종종 앨리와 통화를 하며 아이들과 바쁜 일과에 얽힌 그녀의 모험담을 즐겁게 들었다. 그녀도 이런저런 일들로 짬이 나지 않아 다음번 만날 날을 잡을 수가 없었다.

"있잖아요, 언제 한번 퇴근하고 우리 집에서 차 한잔 하는 거 어때요?" 내가 제안했다. "우리 집도 구경시켜주고, 아이들도 소개하고, 밀린 수다도 떨게."

"좋죠. 고마워요." 그녀가 말했다. "언제가 좋을지 아직 모르겠어요. 나중에 문자 보낼게요."

그것이 지난주였다. 다이어리를 다음 페이지로 넘기자 오늘 날짜 밑에 '식탁 도착!!!'이라고 적힌 게 보였다. 집 안을 채울 퍼즐의 커다란 마지막 한 조각인 식탁이 도착하기만을 얼마나 손꼽아 기다렸던가. 내가 주문한 식탁은 튼튼한 오크 나무로 만든 큼지막한 육인용으로 같은 재질의 의자가 딸려 있었다. 케이트가 잡지에서 고른 것과 똑같았다.

"이런 식탁 사고 싶다." 케이트는 꿈꾸듯이 말했다. "이런 식탁을 집 안 한가운데에 놓았으면 좋겠어. 온 가족이 모여서 최대한 자주 같이 식사할 수 있게."

그 소리가 듣기 좋았다. 케이트의 말은 내 심장을 간질여 그녀에 대한 사랑으로 떨리게 했다. 케이트는 예나 지금이나 나의 서핑 걸이자 작은 인어공주였지만, 아이들의 멋진 엄마이기도 했다. 좋은 엄마로서 행복한 가정을 꾸리는 일을 가장 중요하게 생각했고, 상식적이고 전통적인 가치관을 고수했다. 그런 한편으로 나를 사랑해마지않았다. 그녀가 사는 세상의 중심이 나라서, 그녀가 식탁 상석에 앉히고 싶어하는 남자가 나라서 정말 다행이었다.

"최소한 일주일에 한 번은 온 가족이 모여서 식사할 수 있게 식탁을 놓았으면 좋겠어." 케이트는 리스트에 이 항목을 추가하며 나지막이 읊조렸다.

나는 그 말을 듣고 가슴이 뭉클했다.

"그야 식은 죽 먹기지." 내가 말했다.

같이 이룰 수 있겠다는 생각이 들 만큼 소박한 소원이었다. 나는 침대에 누운 케이트를 앞에 두고 벌써부터 온실에 있는 가구를 들어내, 제대로 된 식당을 만들기 전에 임시로 식탁 놓을 자리를 마련하는 상상을 펼쳤다. 산소통 없이 스스로 호흡하고, 집에서 만든 라사

냐를 내놓으며 맛있게 먹으라고 하고, 아이들에게 포크와 나이프 쓰는 법을 제대로 알려주는 케이트의 모습도 그려보았다. 물론 그런 광경은 내 상상에 그쳤다. 케이트는 요리를 하고 나, 리프, 핀과 함께 식탁에 둘러앉기는커녕 제대로 된 식사를 할 수 있을 만큼 건강을 회복하지도 못했다.

마침내 그날 늦은 오전 무렵, 포장을 벗기고 새 식탁을 제자리에 놓았을 때 나는 경외라고 할 만한 감정이 담긴 눈빛으로 그 모습을 물끄러미 바라보았다. 근사했다. 확장한 창문으로 햇살이 비치자 오크 나무가 따뜻한 모래처럼 반짝였다. 한쪽에는 기포가 보글거리는 수조가 있고 다른 쪽에는 반짝반짝 빛나는 조약돌 무늬의 화강암 벽이 있었다. 이 공간에 그보다 더 완벽하게 어울리는 식탁은 없었다.

나는 아이들 학교가 끝나고 다 같이 모여 앉아 식사할 순간을 고대하며 볼로네세 스파게티를 만들었다. 예상했던 바지만 리프와 핀은 식탁을 보고 비밀 통로나 놀이방, 수조만큼 열광하지 않았다.

"텔레비전 보면서 먹으면 안 돼요?" 상을 차리는 나를 보고 핀이 칭얼거렸다.

"안 돼, 핀. 다 같이 식탁에 둘러앉아서 오늘 하루는 어땠는지 이야기하면서 먹을 거야. 텔레비전은 다 먹은 다음에 보고. 이제 손 씻고 자리에 앉아라."

"너무해요!" 녀석은 항의하는 뜻에서 팔짱을 끼고 나를 노려보며 투덜거렸다.

리프는 고분고분 손을 씻고 나서 식탁을 한 바퀴 돌며 미심쩍은 눈빛으로 여섯 개의 의자를 빤히 쳐다보았다.

"우리는 세 명인데 의자는 왜 여섯 개예요?" 녀석이 물었다.

"가끔 너희 친구들이 와서 차를 마실 수도 있고, 지금까지 일요일 저녁을 먹여주신 데 보답하는 의미에서 일요일에 할아버지를 초대해 저녁을 대접할 수도 있으니까. 할머니와 할아버지가 오시면 같이 식사를 할 수도 있고, 아니면 루스 아줌마나 맷 삼촌이나 벤 삼촌이 올 수도 있지." 나는 음식을 나르며 말했다.

"엄마가 좋아하겠다." 리프가 말했다.

"그러실 거야."

핀도 이제 자리에 앉았고 더는 짜증을 부리지 않았다. "친구를 몇 명까지 초대할 수 있어요?"

"세 명이지, 바보야!" 리프가 빈 의자 세 개를 가리키며 대답했다.

"각자 세 명?" 핀이 자기 허벅지를 치며 너스레를 떨었다.

"아니지." 리프는 짜증을 냈다. "그럼 아홉 명이 되잖아! 각자 한 명씩만 초대할 수 있어!"

나는 엄마에게 이 식탁이 얼마나 큰 의미였는지 아이들에게 설명하지 않기로 했다. 스파게티를 신나게 먹는 리프와 핀을 바라보니, 말보다 행동이 더 중요할 때도 있는 법이라는 생각이 들었다. 지금은 케이트를 추억하며 이 식탁에 둘러앉게 된 경위와 이유를 설명하는 것보다 이렇게 함께 앉아 있는 순간이 더욱더 의미 있었다.

아이들은 스파게티 소스를 입 주변에 잔뜩 묻히고 조금 철없이 굴었지만, 내가 자기들을 지켜보고 있다는 걸 알기에 선을 넘지는 않았다. 나는 그런 아이들을 혼내고 싶지 않았다. 여기 이렇게 앉아서 이 순간을 아이들과 함께할 수 있다는 자체가 어마어마한 특권임을 알기에. 이런 일을 가능하게 해준 케이트에게 감사했다.

저녁식사를 마칠 무렵 누군가가 문을 두드리는 소리가 들렸다. 문을 열어보니 놀랍게도 앨리였다.

"내가 보낸 문자 받았어요?" 그녀가 물었다.

"무슨 문자요? 못 받았어요, 저녁 준비하느라. 들어와요." 내가 말했다.

그녀가 무척 반가웠다. 나는 그녀를 식탁으로 안내했다. 그사이 아이들은 남은 음식을 해치웠다. 아이들이 인사를 하는데 웃는 얼굴이 꼭 토마토소스로 그린 만화 같아서 앨리와 나는 웃음을 터뜨렸다.

"배고파요? 많이 남았는데 좀 먹을래요?" 내가 물었다.

"아니에요. 말은 고맙지만 곧 가봐야 하거든요." 앨리가 대답하며 의자를 뺐다. "와, 편하다. 식탁이 정말 예뻐요! 차 한잔이면 돼요. 내가 방해한 게 아니라면요."

내가 전혀 방해되지 않는다고 대답하고 그녀를 정식으로 소개하려는 찰나, 아이들이 나름의 방식으로 선수를 쳤다.

"아빠 친구예요?" 핀이 붙임성 있게 물었다.

"응." 그녀는 미소를 지었다. "네가 핀이로구나? 나는 앨리야."

"아빠도 친구를 한 명 초대할 수 있어요." 핀은 인정한다는 투로 말했다. "이제는 의자가 충분하거든요!"

"한 명만?" 앨리는 영문을 모르겠다는 듯 살짝 미간을 찌푸렸다.

"그게 이렇게 된 이야기예요." 리프가 차근차근 설명에 들어갔다. "이제 의자가 여섯 개가 됐는데, 저랑 아빠랑 핀이 앉으면 세 개가 남잖아요. 만약 엄마가 살아 계셨다면 우리 식구가 네 개를 차지하고 두 개가 남아서 아빠는 친구를 초대하지 못하고 저랑 핀만 초대할 수 있겠죠. 하지만 엄마는 돌아가셨고, 아빠랑 저희가 넓고 멋진 식탁을 써주길 바라셨고, 아빠가 새로운 친구도 사귀길 바라셨어요."

앨리는 할말을 잃은 채 나를 쳐다보았다.

"이렇게까지 많이 알고 있는 줄은 몰랐는데, 맞아요." 나는 장난스럽게 눈동자를 굴리며 창밖으로 시선을 돌려 하늘을 올려다보았다. "고마워, 케이트." 큰 소리로 외친 다음 속으로 이렇게 덧붙였다. '정말 다 고마워.'

에필로그

그동안 리스트를 작성해두라고 수많은
사람을 부추기면서 나도 리스트를 만들어야
겠다고 생각했다.

케이트를 떠나보낸 초기에는 그녀의 인생뿐 아니라 내 인생까지
촘촘히 반영된 엄마의 리스트가 있었으니 서두를 필요가 없었다. 하
지만 이 년이 지난 지금은 상황이 달라졌다. 얼마 전, 이 책의 집필을
도와준 레이철이 다음번에는 어디로 여행을 떠날 생각이냐고 물었
다. 그때 나는 "라스베이거스와 그랜드캐니언"이라고 뜻밖의 대답
을 했다.

"거긴 리스트에 없는 곳이잖아요." 그녀가 말했다. "스위스나 오스트레일리아에 가겠다고 할 줄 알았는데."

"케이트의 리스트에는 없죠." 내가 대답했다. "하지만 내 리스트에는 있어요. 나는 미국을 탐험하고 싶거든요. 라스베이거스에서 정신없이 놀아보기도 하고, 사격도 하고, 안장 없는 말을 타고 그랜드캐니언을 누비기도 하면서. 예전부터 꿈꾸었던 일이에요."

"케이트도 알고 있었나요?"

"아뇨, 같이 얘기해본 적 없어요. 내가 가자고 하면 케이트도 따라나섰을 테고 나름대로 즐기면서 흥미를 보였을 테지만, 케이트가 좋아할 만한 여행은 아니에요."

"그럼…… 누구랑 같이 갈 건데요?"

"혼자서요." 나는 딱 잘라 말했다. "자유를 만끽하면서 미래를 구상할 거예요. 지금은 어느 길로 가야 할지 몰라서 수많은 출구가 있는 로터리를 뱅글뱅글 돌고 있는 듯한 심정이거든요. 사업을 확장하고 싶은데 집 안에서 해야 할 일은 점점 더 많아지고, 아이들의 자립심을 키워주고 싶지만 또 한편으로는 품 안에 두고 싶고, 행복한 가정도 꾸리면서 다른 사람들과의 관계도 소홀하고 싶지 않고요. 어깨에 얹힌 짐이 얼마나 많은지 몰라요. 가끔은 케이트한테 '이제 뭘 하면 좋을까?' 하고 묻고 싶을 정도라니까요? 올바른 길을 선택해야 한다고 속삭이는 그녀의 목소리가 들리는 듯한데, 뭐가 올바른 길인지 모르겠단 말이죠. 한 발자국 뒤로 물러나서 다음 행보를 결정하는 것도 좋을 것 같아요."

바로 그때부터 내 리스트의 초안이 잡히기 시작했다. 나와 아이들이 '해야 할 일'과 '기억해야 할 일'로 이루어진 리스트인데, 이제는 여러 가지 이유에서 그것을 글로 옮길 때가 되었다.

현실적인 이유를 들자면 리프와 핀을 생각해서 나에게 무슨 일이 벌어질 경우 대비책을 마련해야 했다. 사랑하는 사람들에게 내 희망 사항을 밝히고, 아이들 양육과 경제적인 문제를 어떻게 하면 되는지 당부를 남기는 것이다. 이는 간단한 일이었는데, 자세한 내용은 비밀에 부치겠다.

케이트가 세상을 떠난 뒤로 우리 모두 이러저러하게 성장했다는 사실도 리스트를 작성해야 할 또 한 가지 이유였다. 아이들은 이제 여섯 살과 일곱 살로, 까불기 좋아하는 어린아이에서 침착하고 자기 생각이 분명하고 재미있는 사내아이로 자랐다. 3월이면 나도 마흔여섯 살이 되는데, 시간의 흐름이 피부로 느껴진다. 나는 인생이 어떤 식으로 갑자기 끝날 수 있는지, 정신을 똑바로 차리고 기회를 놓치지 않는 게 얼마나 중요한지 잘 안다. 머지않아 십대를 거쳐 청년으로 성장할 아이들의 모습이 그려지기에 리스트에 그런 내 마음을 담고 싶다.

볼 때마다 뿌듯한 리프와 핀에게 엄마가 나를 사랑한 만큼 나도 엄마를 사랑했음을, 너희 둘이 우리의 가장 큰 자랑거리임을 알리고 싶다.

케이트를 보내면서 그 어느 때보다 열심히 살고 싶은 마음이 생겼다. 온갖 모험으로 가득한 환상적인 시간을 수십 년이나 함께할 수 있어서 행복했지만, 그래도 아쉬움은 남는다. 여행을 더 자주 갔더라면, 세상을 더 많이 구경했더라면, 아이를 몇 명 더 낳았더라면 얼마나 좋았을까. 이제 케이트와 함께 인생을 보낼 수는 없지만, 혼자서라도 최대한 열심히 사는 것은 할 수 있다. 나는 앞으로 그런 인생을 살면서 리프와 핀에게도 모범을 보여줄 생각이다.

이 책을 쓰는 일은 행복한 작업이었다. 이 책은 케이트에게, 우리가 함께했던 멋진 날들에 바치는 찬사다. 쓰는 내내 눈물이 흘렀지만 그래도 진심으로 즐거웠다. 이제 마무리를 지으려니 감정적인 면에서 과거를 정리하는 기분이라 감동적이기까지 하다. 내게 이 책은 케이트와 함께했던 날들이 끝나고 케이트가 없는 새로운 날들이 시작되었음을 알리는 상징과도 같다.

케이트, 하늘에서 나를 지켜보고 있다면 이제부터 내가 적어내려가는 글을 읽어줘. 읽고 나면 행복해질 거야.

나는 죽을 때까지 당신을 잊지 않을 테고, 내가 어딜 가든 무엇을 하든 엄마의 리스트는 언제나 나와 함께할 거야. 그렇게 위독한 상황에서 이 리스트를 남기기 위해 애써줘서 고마워. 아이들과 나는 영원히 당신을 그리워하면서 당신이 우리에게 남긴 선물을 고마워할 거야.

나는 혼자서도 잘해내고 있어. 앞으로 어떤 미래가 펼쳐질지 모르겠지만, 우리 둘이서 늘 그랬던 것처럼 희망과 설렘을 안고 열린 마음으로 맞이할 준비가 되어 있어. 운이 좋으면 또다른 소울메이트를 찾을 수 있을지도 몰라. 노력한다고 약속할게. 하루하루 열심히 살면 불가능한 일이란 없으니까.

여기 내 리스트를 공개할게. 하지만 완결편은 아니야. 앞으로도 계속 새로운 내용을 추가할 거야. 웃고 배우고 베풀고 사랑하는 일은 아무리 해도 부족하니까.

:: 아빠의 리스트

앞으로의 바람

리프와 핀이 결혼한 뒤에도 가능한 한 가까이 살면서 서로의 삶에 충분히 관여했으면 좋겠다.

리프와 핀이 가능하면 캠프 아메리카에 참여하면 좋겠다.

두 아이 모두 스쿠버다이빙 강사 자격증을 따면 좋겠다.

꾸준히 보트 타기.

아이들이 온 가족과 함께 여행을 자주 다녔으면. 엄마와 아빠는 전 세계를 탐험하면서 뉴질랜드, 오스트레일리아, 스위스, 미국도 다시 한번 여행하고, 캐나다, 벨리즈, 태국도 가볼 생각이었거든.

아빠―라스베이거스와 그랜드캐니언 여행.

아빠―체력을 기르고 살 빼기.

대부와 대모 들이 리프와 핀의 삶에 함께하면 좋겠다.

아이들이 스물한 살 이후에 외국에서 살거나 일을 하고 싶대도 찬성.

엄마와, 엄마와 함께했던 일들에 얽힌 추억

아빠는 엄마에게 입을 맞추고 꼭 끌어안기를 좋아했단다.

아빠는 아빠가 뽀뽀하거나 안아줄 때 엄마가 한쪽 발을 드는 것을 좋아했단다.

엄마와 아빠가 만난 곳은 로빈커즌스 스포츠센터의 롤러스케이트장.

엄마와 아빠는 야외나 도심과 멀리 떨어진 곳에서 별을 구경하는 것을 좋아했단다.

엄마와 아빠는 예의범절을 아주 중요하게 생각해.

엄마와 아빠는 인생에 대한 여러 가지 멋진 규칙을 믿었어. 그 구절들은 영원히 우리와 함께할 거야. '의미 있는 인생을' '날마다 보람을 느낄 만한 일을 하기' '짜릿하게 살지 않으면 인생을 낭비하는 것이다' '싸우더라도 하루를 넘기지 말기' '만나는 사람마다 웃으며 인사하기' '사람들의 기분을 존중하기' '낭만을 추구하더라도 멋있게'.

엄마가 맨 처음 비행기를 탔을 때 옆자리에 아빠가 있었지. 엄마와 아빠는 둘이서 처음으로 시도한 일이 아주 많았어. 너희도 나이가 들면 하고 싶은 일들을 적고 '첫 경험'을 기록으로 남기면 좋겠다.

운좋게 소울메이트를 만나게 되거든 꼭 붙잡고, 살아가면서 누릴 수 있는 특별한 순간들을 위해 함께 노력하기.

아빠는 엄마의 눈과 미소와 엉덩이를 사랑했지. 특히 꼭 끼는 표백한 청바지를 입었을 때!

아빠는 온갖 마술을 좋아했고 직접 시연해 보이기도 했지만, 인생이라는 마술이 최고란다.

아빠는 음식과 요리하기를 좋아했어. 특히 좋아했던 음식은 딸기, 생선, 새우, 조개, 두툼한 스테이크 그리고 럼주.

아빠는 엄마를 케이트 아니면 케이티라고 불렀고, 엄마는 아빠를 항상 신지라고 불렀지.

엄마는 항상 아빠를 도왔고, 엄마와 아빠는 종종 새로운 걸 함께 배웠단다.

자연을 존중하고 절대 쓰레기를 함부로 버리지 말 것. 엄마와 아빠는 좋아하는 곳에 놀러갈 때마다 쓰레기를 주웠어.

아빠가 주변의 도움으로 엄마와 함께했던 날들을 책으로 썼어. 제목은 '엄마가 있어줄게'. 힘들지만 보람 있는 작업이었단다. 엄마와의 추억을 영원히 간직할 수 있으니 얼마나 근사하니.

아빠는 엄마의 반려자로 선택된 데 무한한 자부심을 느끼는 사람이야. 그러니 엄마가 얼마나 멋진 사람이었는지 너희에게 계속 알려줄 거야.

지은이 **세인트 존 그린**

영국 잉글랜드의 남서부 지역에서 자랐다. 이십대에 소울메이트인 케이트를 만나 서로 아끼고 사랑하며 살던 중 케이트가 유방암에 걸렸다. 케이트는 세상을 뜨기 전, 남겨질 남편과 두 아이를 위해 '엄마의 리스트'를 만들었고, 세인트 존 그린은 케이트가 남긴 리스트의 내용과 그녀와의 추억을 담아 2012년 『엄마가 있어줄게』를 발표했다. 이 책은 온 영국을 감동시키며 아마존 베스트셀러 1위에 올랐다.

옮긴이 **이은선**

연세대학교 중어중문학과와 같은 학교 국제학대학원 동아시아학과를 졸업했다. 출판사 편집자, 저작권 담당자를 거쳐 번역가로 활동중이다. 옮긴 책으로는 『해리 윈스턴을 위하여 1, 2』 『리딩 프라미스』 『사라의 열쇠』 『딸에게 보내는 편지』 『로우보이』 『누들메이커』 등이 있다.

엄마가 있어줄게

1판 1쇄 2013년 5월 6일 | 1판 2쇄 2013년 6월 5일

지은이 세인트 존 그린 | 옮긴이 이은선 | 펴낸이 강병선
기획 이현자 | 책임편집 윤정민 | 편집 이현자 | 모니터링 이희연
디자인 김선미 이원경 | 저작권 한문숙 박혜연 김지영
마케팅 정민호 김도윤 박보람 양서연 | 온라인마케팅 김희숙 김상만 이원주 한수진
제작 서동관 김애진 김동욱 임현식 | 제작처 한영문화사

펴낸곳 (주)문학동네
출판등록 1993년 10월 22일 제406-2003-000045호
주소 413-756 경기도 파주시 문발동 파주출판도시 513-8
전자우편 editor@munhak.com | 대표전화 031) 955-8888 | 팩스 031) 955-8855
문의전화 031) 955-3576(마케팅) 031) 955-2634(편집)
문학동네카페 http://cafe.naver.com/mhdn

ISBN 978-89-546-2124-3 03840

www.munhak.com